ご近所JK伊勢崎さんは
異世界帰りの大聖女
深見おしお
Oshio Fukami
illustration えいひ

「それじゃあ行くよ。手、出して」
松《まつ》永《なが》幸《こう》太《た》郎《ろう》
日々の仕事に疲れるアラサーリーマン。聖奈を
かばって瀕死となり、なぜか一緒に異世界に。
それがきっかけで魔力に覚醒したことで、
異世界と地球を移動できるようになり!?

伊《い》勢《せ》崎《ざき》聖《せい》奈《な》
松永のご近所に住む女子高生。
実はかつて異世界で大聖女と
呼ばれていた。

ねーセンパイ、
マジで仕事やめちゃうんすか？
ああ、親戚の家業を
手伝うことにしたんだ
いきなり過ぎますってマジ
ね、ね、センパイ。
その親戚さんの仕事って、
あと一枠くらい空いてないっすか？
今なら若い戦力が
お安くゲットできますよ？
何バカなこと言ってるんだ
さっさと仕事に戻りな
ちぇー……
相《あい》原《はら》莉《り》緒《お》
入社2年目の松永の後輩。
新人教育の担当だった
松永に妙に懐いている。

ご近所JK伊勢崎さんは
異世界帰りの大聖女
深見おしお
Oshio Fukami
illustration えいひ
ご近所JK伊勢崎さんは
異世界帰りの大聖女
～そして俺は彼女専用の魔力供給
おじさんとして、突如目覚めた時空魔法で
地球と異世界を駆け巡る～

1　アラサーとＪＫ

「それではお先に失礼します」

「おや？　松永《まつなが》君、相変わらず帰るのが早いねえ……。上司より先に帰るなんて失礼と思わないのかな？　あっ、そうだ。時間が余っているならこっちの書類を――」

「ははは、今日は予定が入っていまして……」

サービス残業を強要しようとする上司に苦笑で返しつつ、俺はさっさとオフィスを後にする。

背後からは舌打ちの音。上司にはすっかり嫌われてしまっている気がするけれど、出世する気はないので問題ない。ストレスを抱えることなく、なるべくのんびりと生きていきたいものだよ。

今日もサービス残業から逃げ切った俺は、電車で自宅の最寄り駅に到着し、スマホで時間を確認する。

時刻は夜の八時。まだまだ飲食店も開いている時間だが、出世を諦めている俺は普段から節約をしなければいけない。目的地はもちろん近所のスーパーマーケットだ。

さっそく最寄りのスーパーにたどり着いた俺は、カゴを持ちながら店内をうろつく。

スーパーは夜になると見切り品が多くなってお得なイメージがあるけれど、この店のように二十四時間営業のスーパーだとそうでもない。人気の揚げ物なんかはすでに売り切れていたりもする。

そんな中でメニューも決めずに店内を眺めながら、その日の気分で晩飯を作るのは結構楽しい。

俺の数少ない趣味のひとつとも言えるね。


今日は肉の気分だった俺は、精肉売り場の陳列棚を端から一品ずつチェックしながら歩き、ステーキ用の牛肉に半額のシールが貼られているのを見つけた。

よし、今夜はこれだな。

俺はそのステーキにサッと手を伸ばし――同じように伸びてきた手とぶつかってしまった。

「あっ、すいませ――ああ、伊勢崎《いせざき》さん」

「あら、おじさま。ふふっ、奇遇ですね」

そう言って口元に手をあて上品に笑っているのは伊勢崎聖奈《せいな》さんだった。知り合いの女子高生《JK》である。

夜の八時という時間帯に、高校生の伊勢崎さんが制服《ブレザー》姿でこのスーパーにいるのはかなり浮いているのだが、彼女は遅くまで部活動を行い、有名私立高校からここまで電車で通学しているのだ。

そういうことでたまに……いや、結構な頻度でこのスーパーで出会っている。

ただ、彼女の場合は時間帯なんかより、そもそもこんな庶民のスーパーでお買い物をしていること自体に違和感を覚える。

というのも、こちらの伊勢崎聖奈さんは不幸にも両親を事故で亡くしてしまったのだが、その際に相当な額の遺産を相続したなんて話をチラッと聞いたことがあるからだ。

そういうことで、ここは彼女がうろつくようなスーパーじゃないように思えるんだよね。もちろんお金持ちだったとしても、節約するに越したことはないのだけれど。

「俺はもういいから伊勢崎さん、どうぞ」

俺が半額ステーキを伊勢崎さんに譲ると、彼女はいたずらっぽく笑いながら、

「ふふっ。おじさま、大丈夫ですよ。ほら、ここにもう一つ」

半額ステーキのパックを持ち上げると、その下にも同じ半額シールが貼られたステーキが重ねられていた。

「ああ、本当だ。お陰で今日は久々にステーキが食べられそうだよ」

「まあ、おじさまったら」

なにが面白いのかころころと笑う伊勢崎さん。

もはや定着しているので訂正する気はなれないけど、アラサーって高校生にとってはおじさんなんだよな……。おじさまなだけマシなのだろうか。

◇◇◇

それから一緒にスーパーを回り、伊勢崎さんと一緒に帰宅することになった。

彼女とスーパーで会ったときはいつもそうしている。この辺りの治安は特に悪いということもないけれど、それでも夜に女子高生が一人で歩くのに不安がないわけではないからね。

「ところでおじさま。今度お婆様《ばあ》がおじさまを呼んでお食事でもどうかとおっしゃっていたのですけど、ご予定をお聞きしてもよろしいでしょうか？」

「ええっ、いいのかなあー？　この間もごちそうになったばかりなのに」

伊勢崎さんのお婆《ばあ》さんとは、俺が伊勢崎さんと知り合う前からの付き合いだ。

なんといっても俺が住んでいるマンションのオーナーさんだからね。かれこれ大学時代から仲良くさせてもらっている。

「いつもお婆様と私、二人だけの食事ですから。おじさまに来ていただけたら賑《にぎ》やかになりますし、お婆様も私も嬉《うれ》しいです」

「そうかな？　俺もそんなに賑やかな方じゃないと思うけど……。それでよければまたごちそうになりに行くよ」

「よかった！　それでは次の火曜日はどうでしょう――」

そこで伊勢崎さんの言葉と足がふっと止まった。俺は伊勢崎さんから視線を外し、伊勢崎さんと同じように前を見据える。

前方にはもう俺の住むマンションが見えていた。

そこからさらに奥へと進んだところには、この辺りの一般的な住宅街からすると場違いとすら思える和風の大豪邸――伊勢崎邸があるのだが、マンションと伊勢崎邸の間の道路に一人の男が立っているのが見えた。

男が俺たちの方に顔を向け、小走りで近づいてくる。近くの街灯が男を照らし、男が高校生くらいの少年だということがようやくわかった。なかなかのイケメンだ。

イケメン少年は伊勢崎さんの前に立つと、彼女に決意を込めた瞳を向けて大きな声を上げる。

「い、伊勢崎っ！」

「は、はい……」

「おっ、俺！　やっぱり諦めきれない！　だからもう一度言う！　俺と付き合ってくれ！」

ヒュー、生の告白シーンだ。こんなの初めて見たよ。

伊勢崎さんはテレビでもなかなかお目にかかれないレベルの美少女だし、そうじゃないかとは思っていたのだが、やっぱりモテているらしい。

そういえば伊勢崎さんも、そろそろ彼氏でも作って青春を楽しむようなお年頃なんだよな……。

おじさまなんて言われている俺だけれど、伊勢崎さんのことは歳《とし》の離れた妹のように思っている。

いきなりの彼氏候補の登場に、俺は少しだけさみしい気持ちになった。

だが伊勢崎さんは、俺と話しているときには聞いたこともないような冷たい声で答える。

「すでにお断りしたはずです。お返事も変わりません。もう私にプライベートで話しかけるのは止めてください」

その言葉に少年は取り乱したように声を荒げた。

「……なっ、なんでだよ！　俺は学園トップクラスの成績だし、サッカー部のキャプテンもやってる。それに顔だってイケてるだろ!?　そんな俺と付き合えたら、伊勢崎だって楽しいに決まってんだからさ！　俺を振るなんてマジでありえねえって！」

おお、ハイスペック男子だ。けれどまあ、それを鼻にかけるのはちょっといただけないかもしれないね。

「……二度は言いません。今すぐ帰ってください」

再び冷たく言い放つ伊勢崎さん。すると少年の視線が俺に向いた。

「ってか、そのおっさんは誰なんだよ！　親……じゃないよな？　ま、まさか伊勢崎、そんなヤツと……！」

どうやらアラサーなのに伊勢崎さんの親だと思われる事態は回避できたようだ。そのことにホッと胸を撫《な》で下《お》ろしたいところだったけれど、まずはあらぬ誤解を解いたほうがいいな。

「少年、俺はたまたま会った、近所のただのおじさんだよ。君も今日のところはとりあえず出直してみたらどうかな？」

伊勢崎さんが「出直したって返事は変わりはしないけど」とボソっとつぶやいたが、どうやら彼には聞こえなかったようだ。なかなか辛辣《しんらつ》だね。

「おっさんの指図は受けねえよ！　けれどな聖奈っ！　お前が俺のモノにならないなんて、そんなの絶対に許さねえ、許さねえからな……。それならせめて俺の手で……！」

急に名前呼びで距離感を詰めてきた少年は、懐からキラリと光る——重厚なサバイバルナイフを取り出すと、それを両手に持って伊勢崎さんに向かって駆け出した。

えっ、ウソだろ⁉　殺したら永遠に俺の物とかいうヤツ⁉

あまりの急展開に心臓を跳ね上げつつ隣に目をやると、伊勢崎さんも顔をこわばらせて硬直していた。

——危ないっ！　そう思ったときは体が勝手に動いていた。

俺は伊勢崎さんと少年の間に割って入り——

「いやあああああーー！　おじさまっ、おじさまー‼」

伊勢崎さんが叫ぶ。熱い、腹が熱い。うつむいて自分の腹部に目をやると、そこにはサバイバルナイフが柄のところまで深く深く突き刺さっていた。

「そんなっ！　おじさまっ！　おじさま！」

俺の肩を抱き、涙を流す伊勢崎さん。

「お、お、お前が悪いんだ……。俺のモノにならないお前が悪いんだからなっ！」

伊勢崎さんの叫びと俺の真っ赤な血で我に返ったのか、少年はこちらを見ながら後ずさりを始め、やがて背を向けて走り去っていった。

「いやっ！　おじさま、死なないでっ！　きゅ、救急車……！」

崩れ落ちるように地面に横たわった俺の隣で、手を震わせながらスマホを操作する伊勢崎さん。

だがスマホは手から滑り落ち、カシャンと軽い音を立てる。

そんな様子を見ているうちに……ああ……なんだか刺されたところも痛くなくなってきた……。

俺の人生がこんな風に終わるのは意外だったけど、のんびりとただ生きていくだけの人生だ。その最期で、妹のように思っている子を助けられたのなら、これでよかったのかもな……。


そんなことをぼんやりと考えていると、ぽたぽたと冷たいものが俺の顔に落ちてきた。

いつの間にか閉じていたまぶたを開けると、瞳を涙で濡《ぬ》らす伊勢崎さんの顔がすぐ近くにあった。

どうやら俺は膝枕をされているらしい。

「こんな、こんなことって……。私が【力】を取り戻していれば、こんなことには……!!」

ぽたぽたと涙を落としながら、変なことをつぶやく伊勢崎さん。

はは、【力】を取り戻すって。そんな厨二病《ちゅうにびょう》みたいなことを伊勢崎さんでも言うんだなあ……。

高校生にもなって厨二病を発症している伊勢崎さんのことが少し心配になったけれど、まあ伊勢崎さんは美人だし、実家はお金持ちだし、優しいお婆さんはいるし、この先もなんとかなるだろう。


……喉が詰まってもうしゃべれそうにない。

俺は別れの挨拶の代わりに最期の力を振り絞って、伊勢崎さんの手を握った。

そういえば彼女の手を握ったのはこれが初めてだな。ほっそりとしていて、強く握ったら壊れてしまいそうな華奢《きゃしゃ》な手をしていた。ひんやりと冷たくて気持ちがいい。

「おっ、おじさま！　死なないで、お願い……！」

ぼろぼろと涙を流す伊勢崎さん。

せめて意識を無くす最期の時まで、伊勢崎さんの顔を見ていよう。

だが街灯の光が目に入ったらしく、伊勢崎さんが眩《まぶ》しく光って見えて俺は思わず目を細めた。

「嘘《うそ》……。私に【力】が、戻っている……!?」

戸惑うような伊勢崎さんの声が耳に届いた。

厨二病は後で思い出すと死ぬほど恥ずかしい思いをするから、なるべく早く治したほうがいい。

死にかけの俺にはもう、そんなアドバイスすらしてやれない。

「これなら……いける！」

なにか決意めいた固い声で伊勢崎さんはつぶやき、俺の手を両手でぎゅっと握りしめた。

【治癒《ヒール》】……！」

伊勢崎さんがそう叫んだ瞬間。さっきよりも眩しい光が辺りを、いや、俺の身体《からだ》を包み込んだ。

……なんだろう、温かくて気持ちがいい。死ぬ前ってこんな感じなんだ。

痛みに苦しむことがなくてよかった。

死期を悟った俺は全身の力を抜いて、再び目を閉じた。

「――おじさまっ！　おじさまっ!?」

ゆさゆさと体を揺すられた。目を開けると瞳を真っ赤に腫らした伊勢崎さんが見える。どうやらまだ生きているらしいが……。

「おじさま。傷……治っていませんか？」

「えっ、そんなバカなことが――」

俺はどういうわけか普通に力が入る腕で、刺されたところをベタベタと触る。

……痛くない。俺はさらにシャツをまくり上げた。

なぜか伊勢崎さんが俺の腹をガン見しているが、今はそれどころではない。俺も同じように自分の腹部をまじまじと見つめる。

……血で濡れてはいるが、傷自体はどこにもなかった。俺を刺したサバイバルナイフは、俺のすぐ近くに落ちている。

「傷が、治ってる……。なんで……？」

「ああ、よかった！　おじさま！　おじさまにもしものことがあったら私、私は……！」

声を震わせながら、伊勢崎さんが俺に抱きついてきた。

さっきまでは徐々に五感が失われていく感覚に襲われていたが、今は伊勢崎さんの声やぬくもり、匂いを全身で感じる。

さらにはよくわからない活力のようなモノがぐるぐると全身を駆け巡って――

「えっ？　なんだこれ？」

「どうかしましたか？　他に痛いところがありますか？」

心配そうな顔で伊勢崎さんが俺を覗《のぞ》き込む。

「いや、そうじゃなくて、なんだか変な感覚がぐるぐると――」

「？」

伊勢崎さんがこてりと首をかしげる。

その時、彼女の瞳の中に、ここではない別の光景が映し出されたような気がして、

――そこはどこなんだ？

そう思った瞬間だった。

ぐるぐると体内で渦巻いていた活力が俺から放出され、俺たちの周りを取り囲み――

俺は浮遊感に包まれながら意識を闇に飛ばしたのだった。

2　異世界転移

「おじさま。……おじさま？」

不意に鈴が転がるような美しい声が俺の耳に響いた。ずっと聞いていたくなるその声は、さらに音色を奏でる。

「もしかして、今なら気づかれずに色々と……。い、いえ、今だけは自重しなくては！　……おじさま、起きてください、おじさま！」

今度はやや切羽詰まった声だった。少し残念に思いながらも、俺の意識は徐々に浮き上がっていく。

この声は……伊勢崎さんだ。

そうか、俺はナイフで刺されて……ナイフの傷が綺麗《きれい》に消えてなくなって、それから――どうなったんだっけ……？

俺はようやく重いまぶたを開いた。

すぐ近くに伊勢崎さんの心配そうな顔と、後頭部には柔らかな感触。どうやら俺はまた伊勢崎さんに膝枕をされていたらしい。

俺は伊勢崎さんに礼を言いながら体を起こし、辺りを見回した。

辺り一面はほとんど草木も生えておらず、ただただ荒れた大地が広がっている。まるで以前写真で見た火星の荒野のようだ。

「伊勢崎さん、どうして俺はこんな所に？　というか、ここってどこなんだろう？」

俺の問いかけに伊勢崎さんは静かに答える。

「……おそらくですけど……ここは前線都市グランダのすぐ近くだと思われます」

「前線都市グランダ」

そんな市町村を聞いたことはない。

意味もわからずオウム返しをした俺に、伊勢崎さんが真剣な面持ちでコクリとうなずいた。

「ここにいては危険です。今すぐに場所を移動しましょう」

「う、うん。それには賛成だけど、それでここはどこなのかな？」

「前線都市……いえ、そうでしたね。それだけじゃわかりませんよね。ここは……つまり……」

「つまり？」

「……異世界です」

「異世界」

もうオウム返しするしかなかった。

俺が絶句していると、伊勢崎さんがスカートに付いた土を払いながら立ち上がった。

「私に大聖女の聖なる力が戻り、その力で瀕死《ひんし》の重傷を負ったおじさまを回復させました。そして
その後……どういうわけか、私とおじさまは異世界に転移したみたいです」

「ええと……俺も異世界ライトノベルとか少しは読んだこともあるけどさ、異世界ってつまりそう

いうアレってことなのかな？」

「ふふっ、そうです。そういうアレです」

伊勢崎さんはくすくすと笑いながら答えた。俺が理解したことが心底嬉しかったのだろう。

その笑顔は純粋で、俺を騙《だま》したりドッキリを仕掛けているようにはとても思えなかった。それくらいの信頼関係は俺たちにはあると思う。

俺と伊勢崎さんは異世界に転移した——どうやらそれを信じるしかなさそうだ。

◇◇◇

そうして比較的安全だという町に向かって歩いていく最中、伊勢崎さんからこの世界についての話を聞くことになった。

——今から十年以上前の話になるのだが、伊勢崎さんは両親を交通事故で亡くしている。高速道路で対向車線からはみ出してきた居眠りトラックと正面衝突したのだ。

その時、車には両親と当時五歳だった伊勢崎さんが乗っていた。

事故を起こした車からは両親の遺体が見つかった。しかし伊勢崎さんだけは見つからなかった。

それからしばらくの間、伊勢崎さんの捜索は続けられたが、高速道路のすぐ近くに川が流れていたこともあり、はね飛ばされてそこに落ちたのだろうということで捜索はさらに難航。

やがて捜索は打ち切られることになった。

そしてそれから約六年後。交番で保護された一人の少女が伊勢崎さんのお婆さんに電話をかけてきた。それが六年間行方不明だった伊勢崎さんである。

行方不明当時は黒かった髪はなぜか銀色になっており、空白の六年間の記憶もない十一歳の少女であったが、様々な調査やＤＮＡ検査の結果、間違いなくあの事故で行方不明になった伊勢崎さんだと判明。それから彼女はお婆さんの家で暮らすことになった。

両親の衝突事故は当時のニュースでも取り上げられたのだが、行方不明の伊勢崎さんが発見された件はニュースに取り上げられることはなかった。

これは世間に騒がれることなく安らかに過ごしてほしいという伊勢崎さんのお婆さんの意向のもとで、城之内《じょうのうち》家が懇意《こんい》にしている警察の方々が裏で手を回したのだと聞いている。

なお、伊勢崎さんの本当の名前は城之内聖奈。

日本で有数の大企業、城之内グループのお嬢様である。

さすがにこのご時世、そのままの名前ではすぐに身元がバレてしまうということで、お婆さんは旧姓に戻し、なにやら手を回して戸籍もお婆さんの養子ということにしたらしい。

ちなみにここまでの話は、伊勢崎さんと仲良くなるうちに伊勢崎家で鍋を囲みながら聞いていた話だ。近所に住んでいるだけのリーマンの俺に、どうしてこんな事情を話したのかは謎だけど。

そして問題は伊勢崎さんが行方不明だった空白の六年間だ。

伊勢崎さんが言うには、彼女は本当は記憶喪失になってはおらず、事故の直後にこの異世界に転移していたとのこと。

そして六年間、この世界で生活していくうちに大聖女にまで上り詰めたのだそうだ。

まさに異世界ラノベのようなお話である。


そんな話をしながら荒れた大地を歩いていくと、やがて遥《はる》か遠くに高い壁が見えてきた。

壁は少々破損しており、その修繕作業をしている人の姿も遠くから確認できた。そんな光景を見て伊勢崎さんはホッとした表情を浮かべる。

「どうやらここは前線都市グランダで間違いなさそうです。おじさま、スーツ姿はとても目立つと思います。今は脱いでください」

俺は伊勢崎さんに言われるがままにスーツを脱ぐ。だがその下に着ていたワイシャツはべっとりと血まみれだ。

「うわ……逆に目立たないかな、これ」

「いえ、血で汚れた姿もここではさほど珍しくはありませんから……。おそらく大丈夫です」

そう言いながら伊勢崎さんは制服の上着を脱ぐと、しゃがみ込んで土を掴《つか》み、着ている真っ白なブラウスを土で汚し始めた。

そうして薄汚れたブラウスを眺め、伊勢崎さんは満足げにうなずく。

「これで大丈夫だと思います。さぁおじさま、行きましょうか」

それぞれが自分の鞄《かばん》に上着を入れ、俺たちは再び壁に向かって足を進めた。


やがて壁に近づき、近くで作業していた上半身裸の男が声をかけてきた。

「おう、どうやら災難だったようだな。そっちの兄ちゃんは血まみれだけど、平気なのか？」

おじさまおじさまと言われ続けていたが、久々に兄ちゃんと言われた気がする。

というか異世界だというのに、言葉は通じるんだな。これも異世界ラノベの定番ではあるけれど、どういう理屈なんだ……。

異世界初体験で戸惑う俺とは違い、異世界経験済みの伊勢崎さんは慣れた様子で肩をすくめながら答える。

「この方のは単なる返り血よ。……それにしてもこの辺りって本当に物騒ね。これもぜんぶ紛争のせいでしょ。まったく、あんな不毛な争いをいつまで続けるつもりなのかしら。今年で……何年目だっけ？」

「十八年だよ。まったくいい加減飽きてきたぜ！」

ガハハと笑いとばす男。伊勢崎さんもやれやれと言った様子で苦笑を浮かべると、そのまま男の横を通りすぎていき、俺もその後に続く。

するとと伊勢崎さんが眉をひそめてボソリとつぶやいた。

「……十八年ってことは……ここは私が殺されてから十年後の世界ってことね……」

えぇ？　なにかまた物騒なワードが飛び込んできたんですけど？

3　聖女暗殺計画

「……ねえ、伊勢崎さん？　今、殺されたって聞こえたんだけど冗談だよね？」

「いえ、冗談ではありませんよ。私、この世界で一度殺されたのです。いわゆる暗殺ですね」

伊勢崎さんは珍しく俺の方を見ないまま、まっすぐ市街地を見据えて語り始めた。

要約すると、このような話だ。


――伊勢崎さんはかつてこの都市を含めた領土全域を巡り、人々に癒やしを施す聖女として活躍していた。

活動の場は紛争の起こるような地域ばかりではなく、魔物に襲われた町や盗賊に略奪された村や集落、富める者も貧しき者も分け隔てなく癒やしていったのだそうだ。

やがて彼女が十一歳になった頃には、大聖女と呼ばれ領民に愛される存在となっていたのだと言う。

そして運命の日は領主との謁見を終え、与えられた一室で宿泊した夜のことだった。

「――その日は謁見の他にも治癒の仕事が立て込んでいて、疲労した私はぐっすりと眠っていました。そして胸への鋭い痛みに目を覚ました時には、すでに自分の胸には深々とナイフが突き刺さっていて……。恐怖と混乱で治癒をする間もなく意識を失った私は、次に気がついた時——かつて自分が行方不明になったとされる高速道路の高架下の川辺で倒れていました」

伊勢崎さんは自分の銀髪を指で梳《と》かしながら話を続ける。

「私は……いつの間にか領民の方々から大きな名声を得ていまして、近いうちに領土を越え、国王との謁見も控えていました。私はこの領地の政策には色々と思うところがあり、意見がぶつかることもあったのですが……そんな私の影響力がさらに大きくなることを恐れた、誰かの策謀なのだと思います」

自身が暗殺されるだなんて、そんな辛《つら》い経験をする人はそうそういないだろう。おっさんの俺でも泣いちゃいそうだ。十一歳の少女ならなおさら辛かったに違いない。

「それなら君が生きていることを知られると、とても不味《まず》いことになりそうだよね。いまさらだけど顔を隠したほうがよくないかな？」

「いえ、私の髪はあの頃の黒色から銀色に変わっていますし、十七歳まで成長しています。なにより一度は殺害されたのですから、気づかれることはないと思いますよ。ですが……目立つ行動は行わないに越したことはないでしょうね。ひとまずは身を休めるところを探して、それからじっくりと元の世界に戻る方法を考えないと——」

そこまで言った伊勢崎さんは、ハッと口を押さえて立ち止まり俺に向き直った。

「おじさま、お礼が遅れてしまいましたが、私を助けてくださってありがとうございます。それなのに、私の事情に巻き込んでこのような世界に来させてしまって、本当に申し訳ないです……。私にできることでしたら、全身全霊を尽くしていかなることにも応えてみせますので、それでどうか許してください。そ、その、本当になんでも！　なんでもやりますから……！」

伊勢崎さんは『なんでもやります』のところに妙に力を込めて話すと、丁寧にお辞儀をして頭を下げたまま、時が止まったかのようにぴたりと動かなくなってしまった。

俺が何か話しかけるまで、そのままじっとしてそうだ。

「いやいや、そんなの気にしないでいいよ？　俺が勝手にやったことだし、もしかしたら俺が間に入らなくても伊勢崎さんなら、なんとかしていたかもしれないしね」

とある文化系の部活に入っている伊勢崎さんだが、かと言って運動が苦手ということもないだろう。立ち振る舞いも美しい伊勢崎さんだし、ナイフくらい華麗に避けていたかもしれない。

「だから……そうだね、なんとか地球に戻ってさ、約束していた夕食でもごちそうしてくれたらそれで十分だよ」

伊勢崎邸にお呼ばれすると、庶民の俺が普段食べたことのないような豪華なごちそうを振る舞ってもらえるのだ。思い出すだけでヨダレが出そうになるね。

俺の言葉に伊勢崎さんは頭を上げ、穏やかに笑いながら目を細めた。

「ふふっ、おじさまったら……。おじさまがそうおっしゃるならお言葉に甘えさせて頂きます。そのためにも、まずは地球に戻らないといけませんね」

伊勢崎さんは移動を再開すると、屋台や住居が立ち並ぶ雑多な町中を迷うことなく歩いていった。

どうやらこの辺りに土地勘があるようだ。


そうして一軒の店の前で足を止めると、くるりと俺に顔を向けた。

「着きました、この店です。以前と変わりないと良《い》いのですが……」

他と同じく石造りで、二階建ての建物。入り口に打ち付けられた看板には見たことのない文字で『エミーの宿』と書かれている。

どうやら宿屋のようだけど……って、なんで文字まで読めるんだろうね俺。

「おじさま、私はこの店の主人を信頼しています。その方には今回の事情をある程度話しますので、ご了承してくださいね」

「うん、わかった」

「ありがとうございます。それでは――」

伊勢崎さんは再び俺に背を向けると、気安く扉を開けて中へと入った。

4　エミーの宿

　店の中には長いカウンターがあり、中年のおばさんがカウンターに肘をついたまま俺たちを迎えた。

「いらっしゃーい。……あら、見たことない顔だね、新顔の冒険者さんかい？　雑魚寝部屋はもう満席。個室なら一つ空いてるけど……結構高いよ？　あんたたちに払えるのかね？」

　中年おばさんは値踏みをするように、俺たちを上から下までじっとりと眺める。そんなぞんざいな接客を受けながら、伊勢崎さんが震える声で言った。

「エミールおばさん」

「あん？　あんたのような美人にあたしゃ会ったこともないし、気安く名前を呼ばれるような間柄じゃないだろう？　慣れなれしいのもほどほどにしておくんだね」

「エミールおばさん。私だよ、セイナだよ」

「あたしの知っているセイナは大聖女セイナだけだよ。そんなセイナも今はもう——。……えっ？　ちょっと待ちな。あんた、もう少し近くで顔を見せておくれ……」

　目を見開いたままエミールはよろよろと伊勢崎さんに近づくと、伊勢崎さんの頬を両手でがっしりとつかんだ。

「あ、ああ……髪の毛の色は変わっちゃいるけど、この目、鼻、頬……セイナだ、たしかにセイナじゃないか……。これは一体どうなってるんだい？　あたしゃ夢でも見ているのかね……？」

「ねえエミールおばさん。私たち、今ちょっとワケありなんだ。この宿で匿《かくま》ってくれないかな？」

「なんだって？　あんたいきなり現れたと思ったら、一体……。いや、そういうことなら任せておきな。事情は後で聞かせてもらうからね。……ところで、そっちの男は何者なんだい？」

うさんくさそうに俺を見るエミール。伊勢崎さんにはまるで我が子を見つめるような目をしていたというのに。

伊勢崎さんは俺をちらっと見ると、ほんのり頬を赤くして口を開いた。

「この方は、私の……旦那様なの！」

「えっ？　――おうふっ！」

声を漏らした直後、俺の足に痛みが走る。足元を見ると素早く姿勢を正す伊勢崎さんの足が見えた。

どうやら俺は伊勢崎さんに足を踏まれたらしい。こんな荒っぽい伊勢崎さん、俺は初めて見たよ。

それに気づかなかったエミールは、伊勢崎さん、そして俺を満面の笑みで受け入れた。

「あらあらあら！　まあまあまあ！　そうかい、セイナもそういう歳なのかい。なんだかパッとしない男だけど、男は中身だからね。あんたが選んだ男なら、あたしゃ反対はしないよ！　それじゃあ少し待ってな。部屋を用意してくるからね！」

そうしてドタバタと二階へと上がっていくエミール。その後ろ姿を眺めながら、俺は伊勢崎さん

に尋ねた。

「あの……どういうことか、教えてくれるかな？」

「はい、ここは私がかつてお世話になったエミールおばさんの宿です」

伊勢崎さんはにっこりとした顔を崩さずに答える。

「そうじゃなくて……旦那様ってどういうこと？」

「あ、ああ……それは、ですね。エミールおばさんはお部屋が一つしか空いてないって言っていたでしょう？　エミールおばさんは、ああ見えてお堅い方ですから、そうとでも言わないと男女の相部屋になんかしてくれませんから。……それに」

「それに？」

「今後も共に行動していくなら、夫婦ということにしておいたほうが面倒も起こりませんから。異世界の先輩である私が言うのですから間違いありません。……それと、おじさまはここでは私のことを聖奈と呼んでくださいね。こちらではセイナと名乗ってましたから、エミールおばさんの前で伊勢崎と言っても通じませんよ？」

「うっ……。この世界は伊勢崎さんのほうが詳しいから、そういうことなら了承するけど……」

「伊勢崎じゃないです、聖奈です。さあ呼んでみてください」

「せ、聖奈ちゃん」

「呼び捨てていただいてかまいません」

「さすがにそれは勘弁して……」

伊勢崎さんは人差し指を顎にあて、考える仕草をすると、

「んー……。仕方ありません。それじゃあそれで手を打ちます。私はおじさまのことを旦那様と呼びますから、そのおつもりで。うふふっ」

やけに上機嫌に微笑《ほほえ》んだ。

俺はなぜか冷や汗が背中を伝うのを感じながら、エミールが帰ってくるのを待つことにしたのだった。

5　フランベ

俺たちは一室だけ残っていた二階の個室に案内され、エミールは伊勢崎さんと一言二言交わすとすぐに部屋から出ていった。

俺は近くの椅子にどっかりと座り、大きく息を吐く。

「ふうー。やっと落ち着けたねえ……」

「そうですね。それで今後についてなのですが――」

「ちょっと待って。……それについては、俺からひとつ考えがあるよ」

ピリッとした空気を感じたのだろう。ベッドに座っていた伊勢崎さんが背筋を正した。

「――どうぞ、おじさま」

「スーパーで買った半額ステーキ。そろそろ食べないと賞味期限がヤバい」

「………そ、そのとおりですね。さすがはおじさまですっ！」

両手をパンと合わせて賛同する伊勢崎さん。ちょっと顔がこわばってるけど気のせいだろう。

冷蔵庫に入れることもなく、常温に晒《さら》され続けた半額ステーキ。さっき見てみたら少しヤバい色をしていたもんな。まずはこれを消費することが先決なのは確定的に明らかなのだ。

◇◇◇

そういうことで、まずは腹ごしらえをすることになった。実際、腹もかなり減っている。

この異世界ではそろそろ夕方といった頃合いだけれど、スマホの時計は俺が刺された翌日の深夜三時ということになっていた。転移してからも正確に時を刻んでいたとすれば、腹が減っているのもさもありなんといったところだ。


この宿は宿泊のみで食事は提供されないそうなのだが、エミールに許可をもらい、エミールのプライベート台所を使わせてもらえることになった。

俺と伊勢崎さんが一階のカウンター奥にある台所に入ると、最初に目についたのはコンロのような調理器具。薪を使って料理をしている世界だと勝手に思っていたのだけれど、意外と科学が進んでいる世界なのかもしれない。

「コンロなんかもあるんだ。燃料はガスかな？　それとも電気？」

「そのどちらでもありませんよ。これは魔道コンロと呼ばれる物です」

そう言って、伊勢崎さんはコンロの中央の赤い宝石のようなものを指差す。

「ここに魔力を流し込めば、魔力が火に変換されるといった仕組みです。試しにやってみますね」

伊勢崎さんは宝石に指で触れ――

「……あら？」

そのまま首をかしげた。

伊勢崎さんはそれから何度か宝石に触れたり離したりを繰り返し、軽く首を振った。

「魔力が流れていきません……。魔道コンロの故障というより、これは――」

ぐっと眉間にシワを寄せて考え込む伊勢崎さん。その隣で俺はソワソワしていた。

「よくわかんないけど、俺も一度試してみていいかな？」

「え、ええ。どうぞおじさま」

魔道コンロだなんて、ちょっとワクワクするよね。

俺は伊勢崎さんに代わってコンロの前に陣取ると、赤い宝石に触れた。

柔らかい神秘的な石をめぐって争いを繰り広げる名作マンガなんかもあった気がするけど、これは普通に固い石の感触。ここに魔力を流すんだな。

魔力というのはたぶんアレのことだろう。瀕死の重傷から回復したときにぐるぐると身体の中を回っていたあの力だ。

今も意識を集中すれば、あの力が身体に渦巻いているのを感じ取ることができる。そいつを指先から放出すればいいワケだ。……よし、やるぞ。

「むうんっ!!」

俺は気合と共に、魔力を宝石に流した。すると――

ボウッッ!!

「うわっ!?」

まるでアルコールで火をつけるフランベをしたかのような、大きな火柱が一瞬で立ち昇った。

「おじさまっ！　魔力を入れすぎです！　抑えて、抑えて！」

「わ、わかった！」

言われたとおり流し込む魔力を抑える。すると火はすぐに弱くなった。俺はドッと流れた額の汗を拭いながら魔道コンロから一歩後ずさる。

「あー……。ビックリした」

「わ、私もです。本来、ツマミを回さないと火は出ない仕組みなのですけど……あら、ツマミが回ったままですね。エミールおばさんったら、相変わらず雑なんだから……」

懐かしそうに口元に笑みを浮かべる伊勢崎さん。そして彼女はツマミを一旦切り、火を完全に消した。そしてそれから再び回す。

伊勢崎さんが動かすツマミの強弱に合わせ、火が大きくなったり小さくなったりしている。その辺はガスコンロと同じ仕組みのようだ。

「魔力が貯《た》まったので、これでしばらく魔力を流さなくても使えますね。それにしても、たとえツマミが回っていたとはいえ、普通はあのような火柱は立たないのですけど……。もしかしたらおじさまには魔法の才能があるのかもしれませんよ？」

「え？　そうなの？　だとしたらちょっと嬉しいな」

やはり異世界に来たからには魔法を使ってみたいからね。なんだかんだで魔法はロマンだ。

「ふふっ、それではお料理をしながら魔法の話でもしましょうか」

俺のニヤけた顔が面白かったのか、伊勢崎さんは微笑みながら、パックに入っていた半額ステーキ二枚をフライパンの中に入れる。

　すぐに半額とは思えないステーキのいい匂いが漂ってきて、俺の腹はぐうと音を立てたのだった。

6　実験

半額ステーキの味付けは塩と胡椒《こしょう》だけだったが、それでも値段以上の味がした。

ちなみに塩も胡椒も台所から借りた。どちらも地球にあるものほど安くはないが、それほど高価なものでもないらしい。

料理と食事をしながら、俺は伊勢崎さんから魔法について少しだけ教わった。


伊勢崎さんが言うには、この世界の魔法とは光魔法や火魔法、水魔法といったように様々な分類がされていて、人によって得意分野も違うらしい。

大聖女だったという伊勢崎さんの得意魔法は光魔法。だが権威付けの意味合いで聖魔法なんて呼ばれることもあるらしい。

このように、常識として魔法が存在する世界であり、ほとんどの人間は魔力を持ってはいるのだが、それを魔法として発現させるには、魔力の流れを掴み、世界の理《ことわり》を読み解き、努力を積み重ねていく必要があるのだという。

とはいえ、一部の天才はセンスだけで魔法を発現させることができるのだとか。

例えば伊勢崎さんは五歳で転移してすぐに光魔法を発現させることができたのだそうな。

伊勢崎さんは「ですからおじさまも、すぐに魔法が使えるようになりますよ」なんてことを言っていたけれど、さすがに大聖女の伊勢崎さんと庶民リーマンの俺を同じ枠組みで考えるのは無理があると思う。

もちろんせっかくなので、魔法を使える努力はしてみようと考えてはいるけどね。


ステーキを食べ終わり、ハンカチで口を拭った伊勢崎さんが姿勢を正す。

「さて、おじさま。ひとつ言っておかねばならないことがあります」

「なにかな？」

「さきほど、ほとんどの人間が魔力を持っているという話をしましたが……どうやら私、魔力がなくなっているみたいなんです」

「えっ、でも俺の傷を治してくれたよね？」

「はい。ですから、ひとつ仮説を思いつきました。おじさま、そこに立ってください」

言われるがままに椅子から立ち上がる俺。すぐに伊勢崎さんが寄り添うように近づき、口を開く。

「【光《ライト》】。……やっぱりダメですね」

「魔力がなくて使えないってこと？」

「そのようです。そしてここからが実験です。……あくまで実験ですからね？」

「うん。俺はなにをすればいい？」

「おじさまはこちらに手を差し出してください」

言われるがままに伊勢崎さんに向かって手を差し出す俺。彼女はしばらく俺の手を凝視した後、その手をきゅっと軽く握った。

「それでは……【光《ライト》】」

すると今度は俺のすぐ隣でやわらかな光を放つ球体がふんわりと浮かんだ。

「おお、魔法だ！　すごいね、これは光の球を出す魔法？」

「その通りです。そして今の実験の結果、どうやら私はおじさまから魔力を供給されないと魔法が使えないことがわかりました」

たしかに伊勢崎さんが魔法を唱えた瞬間、俺の中の何かが引き出されたような感覚があった。おそらくそれが魔力を供給している感覚なのだろう。

「魔力を供給するには手を握らないといけないってことか」

「そのようです。で、ですが、これはまだ実験の序盤……！」

伊勢崎さんはゴクリと音が聞こえるくらいにツバを飲み込むと、決意を込めた目で俺を見つめた。

「つ、次は腕を絡めてみましょう。供給される魔力量に違いがでるかも!?」

「えっ、伊勢崎さん？　それはちょっと――」

「いいえ、おじさま。私たちは夫婦になったのですから、そのくらいのスキンシップは当たり前ですよ！」

「いや、夫婦になったんじゃなくて、夫婦のフリだからね、フリ」

「どこかでそういう演技をする必要があるかもしれません！　いえ、きっとあります！　私は異世界に詳しいんです！　ではいきますよ！」

伊勢崎さんは無理やり俺の腕を取ると、そのまま両腕でがっしり絡みついた。

彼女はいわゆる巨乳に分類される人なので、衣服越しとはいえ、その柔らかさと温かさが腕全体から伝わってくる。

初めて会ったときはガリガリに痩せていたというのに、ここまで成長してくれたことは本当に感慨深い。どうかこのまま健やかに育って、幸せに過ごしてほしいものだよ。


しかし俺が伊勢崎さんの成長に感動している間も、彼女は実験を開始しなかった。

うつむいて表情は見えないが、耳まで真っ赤になっている。

そりゃあそうか。俺の知る限り、伊勢崎さんは男女交際もまだのようだし、これくらいでも恥ずかしがるのも当然だ。腕を組んだお相手が俺のようなおっさんで申し訳ない。

「ええと……魔法は？」

「はあはあはあ……えっ？　そっ、そうでした！　ま、魔法……ええと、【光《ライト》】!!」

がばっと顔を上げ、【光《ライト》】を唱えた伊勢崎さん。その光量はさっきと変わらないように思える。

「どうやら一緒みたいだね……って、伊勢崎さん？」

俺から両腕を離した伊勢崎さんはスッと腰を落とすと、まるでオオクワガタのハサミのように両腕を広げ、じりじりと俺に迫ってきた。

「ハア、ハアハア……。おじさま、やはり密着度合いが足りなかったのかもしれません。ここはやはり正面からぎゅううううううっとハグをするべきではないでしょうか！　今度はおじさまからも抱きしめてください！　ハア、ハアハアハア！」

　恥ずかしさのあまり頭がフットーしてしまったのだろうか。伊勢崎さんは荒い息を吐きながら、後ずさる俺に一歩二歩と近づいてくる。

「フーッ、フーッ、フーッ！」

「伊勢崎さん？　ちょっと落ち着こうよ。ね？」

　俺の言葉が届いているのか、いないのか。伊勢崎さんはピタリと足を止めると――

「ぷあ」

　謎の鳴き声を発し、そのまま横にあるベッドに倒れ込んだ。

　そして鼻からつうーっと赤い血を垂らしたのだった。

7　今後の方針

「――オホン。……どうやら実験の結果、やはり私が魔法を使うには、おじさまの手を握る必要があるとわかったわけですが――」


あの後すぐに意識を取り戻した彼女は、俺の手を奪うようにつかみ取り、鼻の【治癒《ヒール》】、さらに【清浄《クリーン》】という魔法を唱え、血痕すらも消してみせた。

そして何事もなかったかのように、ベッドに腰掛けて語り始めたわけである。

これはおそらく、おっさんとはいえ異性の腕を抱いて緊張してしまい、パニクってしまったということだろう。

俺にもかつて異性との接触で慌てふためき、心にもない言葉や行動を起こしてしまった黒歴史がいくつかある。

若かりし頃にはよくあることということだ。

俺も伊勢崎さんの意向に従い、今回のことは無かったこととして、そっとしておくことにした。

ただ、平静を装っているつもりでも、伊勢崎さんの頬の赤みまでは消えてはなかったけど。

「ひとまず私の身体の状態を知ることはできました。後はどうやって地球に戻るかということですが――」

「それについては、俺からひとつ考えがあるんだけど」

「……なんでしょうか？」

一瞬目を泳がせる伊勢崎さん。さすがにもう半額ステーキとは言わないよ。

「さっきの魔力を供給した感覚で思い出したんだけど、異世界に転移したあの時、俺も魔力……魔法を使っていたような気がするんだ。もしかしたら俺がなにかをやらかしたのかもしれない」

「あの時は私も取り乱していましたし、詳しい状況は思い出せませんが……たしかにその線もありますね。当時の状況を再現できれば一番良いのですけど、そういうわけにもいきませんし……」

そう言いながら伊勢崎さんは鞄を開けると、そこからサバイバルナイフを取り出してテーブルの上に置いた。

「近くに落ちていたせいか、一緒に転移してきたみたいです。おじさまを刺した憎き……忌々しい刃物ではありますが、なにせこんな世界です。なにがあるかわかりませんから、断腸の思いで持ってきました……！」

眉間にシワを寄せながら伊勢崎さんがナイフを睨《にら》みつける。ちょっと怖い。

「本来ならスクラップにしてこの世から消し去りたいところなのですけど、せめておじさまのお役に立てばよいかと思います。どうかおじさまの護身用に持っておいてください」

「それなら伊勢崎さんが持っていたほうがよくない？」

「いえ、私には過ぎたる物です。ですから、さあ」

伊勢崎さんは有無を言わせぬ口調でサバイバルナイフを前に押し出す。

なにが過ぎたる物なのかはわからないけど、まあ伊勢崎さんは運動神経もよさそうだしな。密《ひそ》かに格闘技なんかを習っていても不思議ではない。

俺がサバイバルナイフを受け取ると、伊勢崎さんはハンカチを取り出し、自分の手を拭った。嫌われてるなあサバイバルナイフ。道具に罪はないよ。

「さて、仮におじさまの行動がキーポイントであったのなら、おじさまが魔法について学ぶことで道が開けるかもしれません。しばらくはこの宿を拠点にして活動するのが良いと思うのですけど、それでかまいませんか？」

「そうだね、俺もそれがいいと思うよ」

俺の言葉に伊勢崎さんがにっこりと笑う。

「ではそうしましょう！　うふふっ、二人きりで異国に滞在だなんて、まさに新婚旅行みたいですねっ！」

「ははっ、新婚のフリだけどね」

どうやら伊勢崎さんは俺が気負わないように、旅行を楽しむ気分でやっていこうと伝えてくれているようだ。本当にやさしい女の子だよ。

「とはいえ、外を出歩くにも情報を仕入れる必要があると思います。ひとまずはこの領地の現状を知っておきたいのですが――」

伊勢崎さんがそうつぶやいたとき、部屋の扉がノックされ、返事の前に扉が開いた。

「やあセイナに旦那さん。そろそろあんたらの身の上を聞かせてもらっていいかい？」

やってきたのはエミールだ。手にはいくつかの衣服を持っている。おそらく伊勢崎さんが事前に頼んでいた俺たち用の現地の服装だろう。

「うん、エミールおばさん。私もちょうど聞きたいことがあったの」

「そりゃあ奇遇だね。邪魔するよ」

エミールはのしのしと歩くと、空いていた椅子にどかりと座り込む。こうして情報の交換会が始まった。

8　大聖女のその後

　俺がすでに聞いている話では、この領地——カリウス伯爵領の前線都市グランダに、当時五歳の伊勢崎さんが転移した。

　そしてエミールに保護されて、紛争で怪我《けが》をした人々を癒やしていくうちに聖女として崇《あが》められるようになり——やがて暗殺されたわけだが、伊勢崎さんが聞きたいのはその後の話だ。

「えっ？　私は癒やしの巡業中に野盗に襲われて殺されたことになっているの？」

「そうだよ。護衛の兵士もなにもかも一人残らず殺されたって聞いた。それを聞いたときにはあたしゃもう……」

　思い出したのか、涙ぐむエミール。その肩を伊勢崎さんがそっと抱いた。

「大丈夫だよ。私はこのとおり生きているんだから」

「ぐすっ……そうだね、よくぞ生きていてくれたもんだよ。いったい何があったんだい？」

「……私にもよくわからないんだ。気がつけば神の国に戻っていて、そこで旦那様と知り合ったの。そしてまたこっちに来ちゃったみたいで」

　どうやら暗殺されたことは伏せておくようだ。

　ちなみに伊勢崎さんは五歳で転移当時、別の世界からやって来たとエミールに言っていたらしい。

これは二人だけの秘密だったようだが、聖女と呼ばれるようになったことも相まって、神の国と名付けていたそうだ。

「はあ……本当に神の国なんてあったんだねえ」

「もうっ、おばさん信じてなかったの？」

「そういうセイナだって、何年かすると『神の国は夢だったのかも』とか言い出したじゃないか」

「人生の半分もこっちで過ごしてたら、そういう風にもなるって……」

むすっと頬を膨らます伊勢崎さん。

いつもは丁寧な話し方や仕草で、まさにお嬢様然とした彼女だけれど、エミールに対してはまるで仲の良い親子みたいだ。見ていてとても微笑ましい。

それからしばらく会話を続け、どうやら大聖女が殺された他は、近辺の状況に特に変わりがないらしいことがわかった。

具体的にいうならば、大聖女が殺されたものの国王は寛大なるお心で領主を許し、領主は今もこの都市を前線として隣の領土とのいざこざを続けているということだ。あくまで庶民の噂話《うわさばなし》レベルではあるけれど。

ひと通り話を聞いたところで、エミールが伊勢崎さんにぐっと顔を寄せた。

「それで……これからどうするつもりなんだね？　領主様か教会に保護してもらうのかい？」

「ううん。どちらも信用できないのでやめとく。だからおばさんも私たちのことは黙ってほしいの」

「ははっ、お偉方なんてのはうさんくさいもんだからね。あんたが有名になっちまってから大変だったのは知っているし、そういうことならこの件はあたしの胸にしまっておくよ」

「ありがとエミールおばさん。それでね……しばらくこの部屋を使わせてもらっていいかな。旦那様と一緒に町を見て回りたいの」

「もちろんいいともさ！　なんならずっとこの部屋に住んだって構わないんだからね。……ただ、壁は薄いから夫婦の営みはほどほどにするんだよ！」


そう言い残すとエミールはガハハと笑いながら部屋を出ていった。

「もうっ、おばさんったら……」

「明るくてやさしいおばさんだね」

「……はい。こちらに転移して右も左もわからない私を保護して、教会に引き取られるまで育ててくれました。エミールおばさんはここにずっといてもいいと言ってくださったのですが、聖女なんて言われるようになってからは、この宿にも人が押しかけてくるようになって……」

そのときのことを思い出したのか、伊勢崎さんは形のいい眉をひそめた。やはり聖女というのは周りの人間にとって、放ってはおけない存在なのだろう。

そして教会や領主、やがては国王にまでお近づきになる予定だったところで暗殺されたわけだ。

そうなるとひとつ疑問がある。

「領主と謁見をした日に襲われたはずが巡業中に襲われたことになっていたみたいだけど、真実を隠したってことは、やっぱりその……暗殺は領主の指図なのかな？」

「それについてはわからないです。領主の面子《めんつ》もあるでしょうし、隠し通す方向で事を進めたのかもしれません。それに教会の中にも私の存在を疎《うと》ましく思う方がいました。正直、私を暗殺したのがどの手の者なのかはさっぱりわかりません。わかりませんが――」

そこで伊勢崎さんは一度軽く息を吐くと、

「誰だっていいし、どうでもいいというのが本音ですね」

曇りのないさっぱりとした顔で言い切った。

そして俺もその言葉に頷《うなず》いてみせる。

「そうだね。せっかくこうして助かったわけだし、どうせなら人生は楽しんだほうがいいと思うよ」

復讐《ふくしゅう》しても死んだ人は喜ばないという言葉があるが、殺された本人がどうでもいいと言っているのだ。外野がとやかく言うことはないだろう。

「はいっ、そのとおりです！　さすがはおじさま！」

伊勢崎さんは両手を合わせながらにこやかに笑う。

「まずは明日、おじさまと外出するのがとても楽しみですっ！　……あっ、もちろん日本に戻るきっかけを探すというのも忘れてはいませんが……」

「外出は俺も楽しみだよ。それじゃあもう遅いし、明日に備えて寝ようか」

いつの間にやら日は沈み、魔道ランプが部屋を明るく照らしている。今日はいろいろあったし、アラサーの体力はもう限界だ。

「はい、おじさま。ええと、やはりここは同じベッドで……」

などと言ってきた伊勢崎さんだが、ベッドが二つあるのに一緒に寝る理由はない。相変わらず夫婦のリアリティにこだわるけれど、そこまでやらなくていいんだからね。

俺はやんわりと断って、俺たちはそれぞれのベッドに横になり魔道ランプの明かりを消す。

するとすぐに伊勢崎さんの寝息が聞こえてきた。

異世界に不慣れな俺をこれまで引っ張ってくれていたが、やはり相当気を張っていたのだと思う。

俺としても伊勢崎さんを頼ってばかりではなく、少しは大人として頼りになるところを見せたいものだ——

そんなことを思いながら、俺もいつしか眠りについたのだった。

9　異世界二日目

――ピピピピピピピピピピ

スマホのアラームが鳴り、俺は目覚めた。部屋の反対側のベッドでは伊勢崎さんが布団に包《くる》まりながら軽く身じろぐ姿が見える。

俺はスマホのアラームを止め、鞄の中にしまった。

窓からはすでに朝の光が差し込んでいる。きっちり八時間眠れたようだ。

スマホはアラームくらいしか役に立たないので普段は電源をオフにすることにしたのだけれど、電気のない世界で後何日持つことやら。

「伊勢崎さん、おはよう。俺は外に出ておくから、準備ができたら呼んでくれるかな」

「ふぉーい……」

伊勢崎さんは謎のお返事と共にむくりと起き上がると、ひときわ大きなあくびをして、こしこしと目をこすった。

いつもお嬢様然とした伊勢崎さんからは想像できないほど、髪の毛もボサボサで目の焦点も定まっていない。そういう子供っぽい姿もとても可愛《かわい》らしいと思う。

俺はなんともほっこりした気分を感じながら、自分の衣服を持って部屋の外に出た。

部屋の外でエミールが用意してくれたこの世界の衣服に袖を通す。

少しざらついて肌触りはあまり良くない古着だけれど、もちろん文句をいうつもりはない。ありがたく着替えさせてもらう。

二階には個室がいくつか並んでいるが、誰かが出てくる前にさっさと着替えることができた。

着替えが終わりしばらく待っていると扉がゆっくり開き、そこにはこの世界の町娘の服装に着替えた伊勢崎さんが立っていた。伊勢崎さんはもじもじとしながら、

「あ、あの。私、実は朝が弱くて……とても恥ずかしいところを見せてしまい……その、忘れていただけると……」

「えっ、なにかあったっけ？　まあそんなことより早く一階に行こうか。エミールさんが朝食を用意してくれてるんだよね？」

「はっ、はいっ！」

さっきの可愛らしい伊勢崎さんの姿を忘れるのはもったいないけれど、本人の意向なら従おう。

俺はすっかり記憶喪失になった後、伊勢崎さんを伴って一階のエミールの部屋へと向かった。

◇◇◇

エミールからはコーン味のスープと白いパンをいただいた。味はまあ、うん……薄味かな。もちろん服と同じく、いただけるだけでもありがたい。

特に伊勢崎さんは、なんとも懐かしそうな表情を浮かべて楽しそうに食べていた。

そういえば伊勢崎さんは近所のスーパーの半額肉とかでも平気で食べるし、お嬢様っぽくないなと思ったことがあるけれど、それらはこの異世界で長く暮らした結果として培《つちか》われたものなのかもしれないな。


食事を頂いた後、俺と伊勢崎さんは二人揃《そろ》って外出することにした。

昨日、市街地に入った時にはなるべく人目をはばかるように歩いていたのだが、今日は堂々と町中を歩く。

美しい銀髪をなびかせる美少女である伊勢崎さんは、いかにも目立ちそうなのだけど――

「堂々としているけど、本当に大丈夫？　……聖女ってバレたりとか……」

後半は耳元でささやくように尋ねると、伊勢崎さんは自信ありげに胸を張って答える。

「あの頃はずいぶん背も低かったですし、髪の色も違いました。私だとわかるのはエミールおばさんくらいだと思いますよ」

「それならいいんだけど。ところで、今はどこに向かっているのかな」

「エミールおばさんのお世話になるとはいえ、今後の活動資金は必要です。そこでまずは持っている物で売れそうなのをお金に換えようかと思います。おじさまにも協力していただきたいのですが、よろしいでしょうか？」

◇◇◇

そういうことで、俺たちは屋台の立ち並ぶ通りへとやってきた。

その通りの中にいくつもの服を軒先に吊《つ》り下《さ》げて並べている屋台があり、その店主に伊勢崎さんが声をかけた。

「ちょっといいですか？　買い取ってほしいものがあるのですけど」

「なんだい、出してみな」

よく日焼けした男がにゅっと手を伸ばす。手はずどおり俺と伊勢崎さんは、それぞれ昨日着ていたワイシャツとブラウスを手渡す。もちろん【清浄《クリーン》】で血糊《ちのり》や泥は除去済み。ワイシャツにはナイフの穴が空いていたけれど、比較的目立たない場所で助かった。


「へえ……。ずいぶん質の良い生地じゃないか。お貴族さまの着ていた物か？」

「出どころは秘密です。それよりいくらで買ってくれますか？」

「そうだな……二枚で四千G《ゴール》でどうだ？」

「……少し安すぎませんか？」

「こんな高級品、ここじゃまともに扱えねえよ。まともに買い取ってもらいたいなら、こんなショボくれた店じゃなくて商会にでも持っていくこった」

「むむむ……。仕方ありません、それで――」

伊勢崎さんが了承しようとして、男の口がニヤリと吊《つ》り上《あ》がる。そこで俺が口を挟んだ。

「ちょっと待ってください。商会の話がでましたけど、この町で一番大きい商会はどこにあるんですか？」

「一番大きいといえば、三番街の大通りにあるレイマール商会だが……。もしかしてあそこに売りに行くつもりなのか？　商会に行けとは言ったけどよ、あの手の商人がコネもなしに会ってくれるわけねえだろ。おとなしくここで売っておけって。なあ？」

「おじ……旦那様？」

不安そうに俺を見る伊勢崎さんに俺はこくりと頷いてみせ、再び男に顔を向ける。

「いえ、せっかくなので商会の方に行ってきます。別に商談に失敗してからここに持ってきてもいいでしょう？　やらないで諦めるのはもったいないですからね」

俺はそう言って男の手から衣服を取り上げ、別れの挨拶を告げたのだった。


俺は来た道を戻りながら伊勢崎さんに話しかける。

「ごめんね、勝手に口を挟んじゃって」

「いいえ！　おじさまの懸念《けねん》も当然です。なんといってもおじさまの着ていた服ですもの。本来なら私だって言い値で買いたいところなのですから！」

などと伊勢崎さんが鼻息荒く語るが、ワイシャツに興味があるのだろうか。女子高生の間でワイシャツを着るのが流行《はや》っているとか……？

元の世界に戻れたら、おすすめの紳士服売り場を教えてあげようかな。俺の着古しなんかよりもずっといい。

「ところで四千ゴール？　っていうのは、どのくらいの価値なんだろう？」

「そうですね……。日本円の四千円くらいの価値と見てもらってよろしいかと。もちろんおおよそですけれど」

「へえ、わかりやすくてなによりだ。でもそれだとやっぱり生活費としては物足りないね。よし、それじゃあさっそくだけど——いったん宿に戻ろうか」

「はい、わかりました。おじさまのお好きなようになさってください」

なにも聞かず、素直にうなずく伊勢崎さん。

彼女の信頼に応えるためにも、しっかりと結果を出さないといけないいな。

10　レイマール商会

俺たちは宿に戻ると、それぞれが転移したときの服装――スーツと制服姿に着直した。【清浄《クリーン》】もかけてもらい、汚れひとつない状態だ。ちなみにスーツには穴が空いてなかった。めくれあがったところを刺されたのだろう。

そして伊勢崎さんの案内を頼りに、レイマール商会へと向かう。


移動中、周りの人々からチラチラと見られることはあったが、笑われたり指を指されるようなことはなかった。

やはりこの服装はこちら世界の常識から、それほどかけ離れたものではなく、上質な生地で作られた少しだけ見慣れない服装ということだ。

目立つのはデメリットだけれど、ここはメリットを取っておきたい。

そうして俺たちは三番街の大通りにあるレイマール商会の前に到着した。

この都市で一番の商会というのは確かなようで、辺りを見渡してもこれより高い建物は存在しない。

俺は伊勢崎さんを引き連れて、そのまま堂々とレイマール商会の中へと入っていった。

◇◇◇

「いらっしゃいませ」

店内に入るなり近づいてきた女性の従業員は、俺たちの姿を見て一瞬だけ物珍しそうに目を丸くしたが、すぐに態度を改めて営業スマイルを作った。うーんプロだね。

「お客様、ここはレイマール商会でございます。事前のお約束はございますでしょうか？」

「いいえ、このたびは突然の訪問失礼いたします。わたくし、行商人のマツナガと申す者です。このたびレイマール商会様に是非ともお見せしたい商品をお持ちしましたので、ご商談していただきたく参りました」

そう言って宿から持ってきたエコバッグを見せ、深々と頭を下げた。それ以外の余計なことは言わないでおく。ボロが出るからね。

従業員は俺を上から下まで眺め、ついでに隣の伊勢崎さんの美しさにハッと息を呑《の》み——

「わかりました。担当の者を呼んで参りますので、しばらくそちらでおかけになってお待ちくださいませ」

従業員はしずしずと頭を下げると、エントランスホールから奥の通路の方へと歩いていった。

俺たちは案内された椅子に座ると、伊勢崎さんが興奮気味に声を上げる。

「さすがです、おじさま！」

「あはは、まあ仕事で営業は慣れているからね」

などと余裕ぶって言ってみたりした。

正直なところ、勝率は五分だと思っていたのだけれど、やはりスーツという上質な服装の影響が大きかったと思う。これが庶民の服装なら屋台の男の言うとおり、門前払いだったことだろう。

まあたとえ今回失敗したとしても、別の商会で同じことを繰り返すだけだと思っていたので、さほどプレッシャーは感じなかったけどね。

営業なんてのは失敗しても当たり前。数をこなす根気が大事という考えが身体に染み付いてるからだろう。悲しい習性だよ。


それからしばらくして、俺たちはレイマール商会の一室に案内された。

ここは応接室らしく、革張りのソファーとシンプルだけどどこか高級感漂うテーブルが置かれ、壁際の棚にはグラスやワインらしき物まで並んでいた。いちおう客として見てもらえたようで、ひと安心である。

俺たちがソファーに座ると、すぐに三十代ほどの金髪の男が入ってきた。

ヒゲをたくわえているのは少しでも貫禄《かんろく》があるように見せるためだろうか。ヒゲがなければ案外優男《やさおとこ》のようにも思える。彼が俺たちの商談相手のようだ。

俺たちはライアスと名乗ったこの男と挨拶を交わすと、色々と身辺の探りを入れられないうちに、さっさとこちらの商品を提示することにした。
見せてしまえばこっちのもの——のはずだ。

11　商談

「おお……これは……」

目を見張り、声を漏らすライアス。

俺がエコバッグに詰めてきたのは――
・瓶ウイスキー一本
・お徳用チョコレート一袋
・柿ピー六袋入りパック
・ツナ缶三個セット。
どれも転移前にスーパーで買った物だ。見てのとおり酒とそのツマミたちである。自分の私生活を晒すようでちょっと恥ずかしい。

これらの他に、伊勢崎さんが同じくスーパーで買っていたホワイトクリームを練り込んだお茶請けの定番お菓子や、のど飴《あめ》、おそらく大家さん用に買ったのだろう煎餅《せんべい》が加わった物が今回の商品ラインナップである。

本来ならこのような物を商会に売り込むだなんて失笑を買うだけだと思うが、なんといってもここは異世界。これらの品々は、異世界の先輩であり大聖女としてそれなりの暮らしも経験した伊勢崎さんのお墨付きである。

彼女が言うには、似たような食べ物はあったものの、スーパーで買ったほどのクオリティの物はなかったとのことだ。さすがにウイスキーだけはわからないみたいだけれど。

これらの嗜好品《しこう》はお高い商品を扱う商会だからこそ、高く売れると踏んでいる。

「こちらの商品の中から、ライアス様が興味をお持ちになった商品をお買い取りいただければ幸いでございます。ぜひお手に取ってください」


俺の言葉を皮切りに、ライアスはひとつひとつを観察し始めた。ライアスにとっては透明の外装フィルムや、印刷されたイラストですら興味の対象のようだ。

しばらくしてライアスは感心するように深くうなずき、俺に顔を向けた。

「ううむ……。どれもこれも見たことのない商品です。マツナガ様、説明をお願いしてもよろしいですか？」

「はい、それでは——まずはこちらから。こちらは酒精が強い酒となっております。よろしければ試飲などいかがでしょうか？」

そう言って、俺はこの中で一番高く売れそうなウイスキーを指し示す。とはいえウイスキーの中では安物の部類なんだけどね。

「それでは遠慮なくいただきます」

ライアスが棚からグラスを取り出したので、俺はすかさずウイスキーの蓋を開けてお酌の体勢を整える。

「……ほう、コルク栓ではなく、金物で出来た蓋ですか。そちらのお国ならではの製法ですかな……？」

ライアスが暗《あん》によその国から来たのかと尋ねてきた。そりゃあ身元不明で見たこと無い商品ばかりを並べる行商人とか怪しすぎるよね。

「たしかに私と妻はよその国から参りました。ただ、商品の仕入先についてはご容赦ください」

そう答えて軽く流すと、ライアスがこれ以上追及することはなかった。

商人にとって情報は大切な飯のタネ。おいそれとは明かせないものだと察してくれたのだろう。

ところで自己紹介をしたときからそうなんだけど、俺が伊勢崎さんのことを『妻』と呼ぶたびに、隣に座る彼女が肩をぷるぷると震わせるのが気になる。

伊勢崎さんが考えた設定なのだから、恥ずかしくても我慢してほしいところだ。

「……それでは、まずはお試しを」

肩を震わせるお隣さんのことをひとまず頭の隅に追いやり、俺はライアスのグラスにウイスキーのボトルを傾けた。

ほんの一口分だけ注いだウイスキーを、ライアスは照明の光に透かすようにして眺める。それからしばらく香りを嗅いだ後、その琥珀《こはく》色の液体を口の中に流し込んだ。

怪しい人物からの飲み物を一気にいくとは、なかなかの度胸の持ち主だと思う。毒味くらいはやらされると思っていた。

ゴクンと喉を鳴らしたライアスは目を丸くし、これまでより一際大きな声を上げた。

「おおおおっ……！　これはっ！　なんという強い酒精！　私はこのような酒を飲んだことは一度もありません……！」

興奮気味に身を乗り出し、グラスの底に少し残っていたウイスキーもグラスを逆さまにしてぐいっと飲み干す。どうやらかなり気に入ってくれたようだ。

「それでは次はこちらをどうぞ」

俺はお得用チョコレートの袋を破り、興奮冷めやらぬライアスにチョコを一個差し出した。

「ふむ、こちらの透明な紙？　も不思議な物ですな。これは……チョコのように見えますが……」

包装フィルムを剝がし、チョコの匂いも十分に嗅いだ後、ライアスはゆっくりと口の中に入れる。

「おお……当商会でもチョコは扱っておりますが、そのどれよりも甘く、食感も素晴らしい……」

うっとりとした顔でつぶやくライアス。こちらも高評価のようだ。

俺はホクホク顔で次なる商品をプレゼンすることにした。

12　商談後

「マツナガ様、このたびはご足労いただきありがとうございます。当商会といたしましても、大変有意義な時間を過ごさせていただきました」

「こちらこそご多忙な中、貴重なお時間をいただきありがとうございます」

「本日お売りいただいた商品は、いつでも買い取らせていただきます。他にも何か珍しい商品がありましたら、このライアス、ライアスにお申し付けくださいませ……！」

胸に手を当てながら名前を強調するライアス。どうやら俺の専属として立候補したいらしい。

「わかりました。こちらこそよろしくお願いします」

「それではマツナガ様、奥様、またお越しくださいませ」

店舗の入り口で深々とお辞儀をするライアスに見送られ、俺たちはレイマール商会を後にした。


——今回はとても満足のいく商売ができた。

ライアスに見せた品物はすべて売り切り、その総額はなんと二十五万G。

中でもスーパーで二千円もしなかったウイスキーが一本だけで二十万Gで売れ、総額の大半を占めた。

ちなみにお菓子もひとつずつ味見をしてもらったのだが、その中で一番評価が高く、高値がついたのが伊勢崎さんが持ち込んだ例の白いチョコ。俺の柿ピーやお得用チョコでは太刀打ちできなかったようだ。

いずれ機会があるのなら、きのこのアレとたけのこのアレでどちらが高く売れるかなども挑戦してみたいね。

そして予想以上に安かったのがツナ缶だ。魚のオイル漬け自体さほど珍しいものでもないらしく、保存食として普及しているのだそうだ。

そのうえ今回のターゲットであるお金持ちの方々は、多少美味《うま》かろうがわざわざ保存食を食べたがらないとのこと。缶のパッケージが珍しいのでなんとか売れた程度だった。

ヘタをすれば蓋を開けられることもなく、観賞用として好事家のショーケースを賑わせる一品になってしまうかもしれない。


——と、そんなこともあったが、総合的にみて大成功と言っても過言ではない結果だと思う。

「さすがはおじさまですっ！　お洋服を売ろうとした私と違い、お洋服を着こなして他の物を高く売るだなんて、私には思いつきませんでした。私もおじさまの足を引っ張らないように今後精進しないといけませんね！」

目を輝かせながら語る伊勢崎さん。買いかぶりすぎだとは思うけどね。

「少しは役立ったようでなによりだよ。それじゃあせっかくお金も入ったことだし、なにか買い物でもしようか？」

「おじさまとお買い物……！　それはとても魅力的なご提案なのですけど……。荷物が増えてしまいますし、後の楽しみにしておきませんか？　それよりも……まずは魔法の訓練などはいかがでしょうか？　ふふっ」

伊勢崎さんがぱちんとウインクを決めて俺を見つめる。どうやら俺が魔法に興味があってうずうずしているのを察してくれているようだ。

「いいね。そういうことならお願いしていいかな」

「はいっ！　それでは少し広くて人のいないところに移動しましょう！　さあ、こちらですっ！」

こうして俺は伊勢崎さんに案内され、昨日転移した場所にほど近い、町はずれの荒野へと足を運んだのだった。

13　魔法の特訓？

町外れの荒野の真《ま》っ只中《ただなか》。伊勢崎さんは俺と向かい合うと、指を一本ピンと立てた。

「昨日も少し説明しましたけれど、魔法を発現させるには魔力の流れを掴み、世界の理を読み解き、その上で努力を重ねる必要があります」

「そうだね。俺なんかに魔法を教えるのは大変かもしれないけど、よろしく頼むよ」

「ですが――私はそのようなことは一切することなく魔法が使えたものですから、本来の習得方法がまったく理解できないのです」

「ええっ!?　それだと俺に魔法を教えられないんじゃない？」

「いえ、おじさまなら大丈夫です。おじさまも間違いなくこちら側の人間ですから」

自分の胸に手をあてて断言する伊勢崎さん。

こちら側というのはセンスだけで魔法をイメージし具現化してしまえるという、伊勢崎さんのような一部の天才のことなのだろう。

信頼してくれるのは嬉しいけれど、それは少し、いやかなり過大評価が過ぎるんじゃないかな。

苦笑を浮かべる俺に気づいているのかいないのか、伊勢崎さんはさらに言葉を続ける。

「ですから参考までに、私が初めて魔法を使ったときの体験をお話ししようと思います。……それはエミールおばさんに保護されて数日《すうじつ》経《た》ったある日のことでした。私は台所でエミールおばさんが料理しているのを見学していたのですが――」

懐かしそうに目を細めて語りだす伊勢崎さん。ひとまず話を聞いてみることにしよう。

「エミールおばさんが突然『痛っ！』と声を漏らしました。私が慌てて近寄ると、おばさんの指先からは血が流れていました。どうやら包丁で指を切ってしまったようです」

「ふむふむ」

「私は『おばさんかわいそう』と思いました。次に『おばさんの傷が早く治ってほしい』と願ったのです。すると突然、私の身体の中にあった魔力が活発に動き始めました」

「う、うん」

「ぐるぐると身体の中をめぐる、行き場のない魔力。私はそれを放出させるように、おばさんの指に手をかざしたのです。この時すでに私の中で、ある種の予感がありました。そして私の思ったとおり【治癒《ヒール》】が発動したのです。こうしておばさんの指の切り傷はきれいに治ったのでした。めでたしめでたし」

伊勢崎さんはぱちぱちと手を叩《たた》いてにっこり微笑んだ。

「……えっ、それで終わり？」

「そのとおりです。ですから切実に想《おも》う気持ちがきっと、魔力を操作する原動力となるんだと思います！」

「ええぇ……」

気持ちだけでやれるだなんて、どう考えたって天才の所業じゃないか。

「さすがに俺には無理じゃない？」

「いいえ、おじさまなら絶対できます。ですが、あえて問題点を挙げるとすれば、おじさまの得意属性が不明ということですね。……例えば、私は光魔法しか使えません。仮に私の得意属性が火であったとしたならば、いくらおばさんの回復を願ったとしても【治癒《ヒール》】は発動しなかったでしょう」

俺の抗議はスルーされたが、それはさておき得意分野を知ることはたしかに大事かもしれない。下手すれば練習が無駄になりかねないもんな。

「得意属性を知るにはどうしたらいいかな？」

某マンガではコップに入った水にオーラを当てて反応を見るなんてことをやっていたけど。

伊勢崎さんは顎に指をあて、うーんとしばらく唸《うな》ると、何かをひらめいたらしくポンと手を打った。

「やはりそこは数をこなすしかありませんね！　大丈夫です。私に任せてください！」

そう言って力強く胸を張る伊勢崎さん。

彼女は突然キョロキョロと辺りを見渡したかと思うと、近くに落ちていた鋭く尖《とが》った石を拾った。

「これから私は、この石で自分の腕を切りつけます！　それを見て痛そうだと思ったらおじさま、【治癒《ヒール》】を試してくださいね！」

「ちょっ、ちょっと待ったー！」

「えっ!?」

すでに腕に石をぶっ刺すモーションに入っていた伊勢崎さんがすんでのところで踏みとどまった。

思い切りが良すぎて怖いよ。

「さすがにそんなことさせられないよ……。他になにか方法が――」

そのとき、背後から近づく複数の足音が聞こえてきた。

振り返ると、いかにもガラの悪い三人組の男が俺たちを見ながらニヤニヤと感じの悪い笑みを浮かべていた。

「おいおい、お二人さんよお。こんな所でなにイチャついてんだよ？」

「まったくだぜ。独り身の俺らに喧嘩《けんか》売ってるのか？　売ってるよなあ～!?」

「まあまあ、そう脅してやるなよ。ここは謝罪の意味を込めて、有り金全部と女を置いていったら許してやろうぜ？」

「ギャハハハッ！　優しすぎるだろ！」

勝手な言い分を言いながら、距離を詰めてくる三人組。そして伊勢崎さんはというと、

「そ、そんなっ、イチャついてるだなんて……」

頬に手をあてながらもじもじと照れていた。

伊勢崎さん、冗談を言ってる場合じゃないよ。俺たちは今、ならず者に恐喝されているんだよ？

14　ならず者

ニヤニヤと笑いながら、もったいぶるようにゆっくりとこちらに歩いてくるならず者たち。

俺は持っていた現金入りエコバッグを伊勢崎さんに押し付けた。

「伊勢崎さんは先に逃げて。そして助けを呼んできてくれないか」

ここは俺が体を張るしかない。とりあえず伊勢崎さんとお金が無事ならそれでいい。

だが、もじもじとしていた伊勢崎さんはようやく我に返ったものの、エコバッグを受け取ろうとはせず、

「大丈夫ですおじさま。こういったことは以前にもよくありました。私にお任せください。……で、では、おっ、お手をお借りしますねっ！」

顔を赤らめながら俺の手をきゅっと握った。

これまでにも何度か魔法を使うたびに俺と手を握ってきたのだが、彼女はまだ慣れないようだ。

初々しいのは微笑ましいけど、おっさんの手なんて木の棒か何かだと思ってくれていいんだけどな。そんな伊勢崎さんが耳元でささやく。

「私が三つ数えたら目をつぶってください。よろしいですか？」

「う、うん。わかった」

なにかの魔法を使うのだと思われるが、問いただしている時間はない。すでに男たちは足を止め、

伊勢崎さんを舐《な》めるように眺めているからだ。

「おお……近くで見たら、こいつぁとんでもねえ上玉じゃねえか」

「ヒヒッ、久々に楽しめそうだぜ」

「たっぷり可愛がってやるよ、グヘへ……」

男たちの遠慮のない視線に晒されている伊勢崎さんだが、その表情が揺らぐことはない。

彼女は証明写真を撮るときのような真顔のまま、まっすぐに前を見据えて口を開いた。

「おじさま、いきますよ。……いち、にの、さんっ!!」

三のタイミングでギュッと目をつぶると——

「【閃光《フラッシュ》】!」

伊勢崎さんの鋭い声が耳に届く。

その瞬間、瞼《まぶた》を閉じてもなお焼き付くような激しい光が俺の眼《め》を襲い——

「ぐあああっ! 目がっ! 目がーーっ!!」

「なんだこりゃあああああああああ!!」

男たちの叫び声に目を開くと、彼らはしゃがみ込みながら両手で目を押さえ、苦しそうにもだえていた。

「目潰しの魔法です! おじさま、今のうちに逃げますっ!」

「わ、わかった!」

俺たちは体を反転させ、町の方角に向かって駆け出したのだった。

◇◇◇

捕まるわけにはいかない。俺は荒野の中を必死に走った。

けれど大人になると電車に乗り遅れそうなとき以外、全力疾走をする機会なんてほぼ無いんだよな。正直かなりキツい。

「はあっ、はあっ……はあっ……」

運動不足を後悔しつつ荒い息を吐き出しながら、俺はひたすら足を前に動かす。

だが不意に、隣を走っていた伊勢崎さんの足音が聞こえてこないことに気づいた。

伊勢崎さんのことだ。華麗なランニングフォームで遥《はる》か前方を走っているのかと思ったのだが、前方に伊勢崎さんの姿はない。なにもない荒野が続いている。

――もしかしてならず者たちに捕まったのか!?

俺は慌てて足を止め、よろめきながら背後を振り返る。

そこに伊勢崎さんはいた。

捕まることなく、こちらに向かって進んでいる姿が見える。でも、なんだアレ!?

髪を振り乱し、手足をバタバタと動かす伊勢崎さん。

手足を不規則に動かすその姿は、走っているというよりもイソギンチャクが暴れている姿を表現した前衛的なダンスに見える。はっきり言って尋常ではない。

「伊勢崎さん、どこか怪我を!?」

俺が声をかけると、うつむいていた伊勢崎さんが顔を上げた。

「ぜーはーぜーはーぜーはー……わっ、私は大丈夫ですっ！　す、すぐに追いつきますから、おじさまは先に行って待っていてくださいっ……。こひゅーこひゅーこひゅー……ぷぎゃっ！」

汗をだらだらと垂れ流していた伊勢崎さんは、何もないところで頭からバターンッと盛大にコケた。

「伊勢崎さん!?」

俺は慌てて駆け寄り、彼女を助け起こす。

幸いなことに大きな怪我はなさそうだ。彼女は汗で髪を顔に張り付けながら、恥ずかしそうに目をそらす。

「す、すみません。実は私、運動が少々苦手なものでして……」

「う、うん」

どうやら前衛的なダンスではなく真面目に走っていたらしい。

でもアレは運動が少々苦手ってレベルを遥かに超えている気がしないでもない。

「……とにかく急ごうか。もう一度走れる？」

俺は伊勢崎さんの手をぐっと握った。手を繋《つな》いで引っ張ってあげたほうが速く進めるだろう。

だが――

「おい、コラァ！　ナメたマネしてくれやがったなあ⁉」

「クソがっ！　……まだ目がチカチカしやがる！」

「ぶっ殺す！」

ならず者たちが怒りの形相で走ってくる姿が視界に入った。

俺はすぐさま町の方角に顔を向ける。ここからでも町を囲う外壁が見えるが、まだまだ遠い。

追いつかれるのは間違いないだろう。

このままではいけない。早く、早く町に、あの外壁までたどり着かなければ——

そう思った瞬間だった。

突然、俺の身体の中の魔力が動き始めた。

ぐるぐると巡り回り、吐き出すところを探すように暴れている。

これは昨日、日本からこの異世界へ転移する前に感じた感覚と似ていた。

俺はその魔力に身を委ねつつ、伊勢崎さんの手を強く握ると——


視界が暗転した。

そして次の瞬間、俺と伊勢崎さんはさっきまでとはまったく違う場所に立っていたのだった。

15　跳躍《ワープ》

「ここは……」

どこだろう？　近くには灰色の高い壁がそびえ立ち、その傍《かたわ》らにはきれいに積まれた正方形の石材の山がある。

もしかして、ついさっきまで遠くに感じていた町の外壁だろうか。

ということは……えっと、つまり――

「さすがはおじさまですっ！　ほら、さきほどの輩《やから》が今はあんなに遠くに見えますよ！」

戸惑う俺とは違い、さっきまでバテバテだった伊勢崎さんが今はハイテンションで荒野を指差す。

その先には、たしかに豆粒のように小さい三人組の姿があった。俺たちを見失い、右往左往しているように見える。どうやら危機は脱したらしい。

それを見て俺は大きく息を吐き、安堵《あんど》に胸を撫《な》でおろした。

犯罪上等《じょうとう》の三人組との追いかけっこなんて、もちろん初めての体験だ。無事に済んでよかったよ。

俺は汗を拭いながら伊勢崎さんに話しかける。

「今のが俺の魔法なんだよね？」

直前に自分の中で魔力の発動を感じた。これがまさに魔法を使ったってことなんだと思う。

伊勢崎さんは力強くうなずく。

「ええ、もちろん。おそらく【跳躍《ワープ》】だと思います。見える範囲に瞬間移動する魔法だと聞いたことがあります」

「なるほど。たしかに跳ぶ前に、この外壁を見ていたような気がする」

やはり俺は魔法を使うことに成功したらしい。しかも伊勢崎さんの言っていた、なんとなくのイメージでだ。

だからといって天才だと驕《おご》るつもりはないけれど、それでも嬉しいものは嬉しい。

このところ感じたことのなかった達成感というヤツが、じんわりと胸にこみ上げてくる。

ちなみに最後に感じた達成感はたぶん、今の会社に入社が決まった時だよ。あの頃は希望に満《み》ち溢《あふ》れていたんだけどなあ……。


しかしそんな感傷に浸っていると、珍しく伊勢崎さんが急《せ》かすように俺の袖をくいっと引っ張ってきた。

「おじさま、おじさまっ。鉄は熱いうちに打てと言います。感覚を忘れないうちに、もう一度【跳躍《ワープ》】を試してみましょう！」

伊勢崎さんの魔法レッスンはまだ続いていたらしい。あんなことがあった後だというのに、彼女のメンタルはなかなかに強靭《きょうじん》なようだ。これは歳上《としうえ》として負けていられない。

「そうだね。それじゃあ次はあの石材の上に……」

目標は、外壁のすぐ横に高く積まれている石材だ。

俺は石材に意識を置きつつ、自分の魔力を身体全体に包み込ませ——それを発動させる。


「——うおっ、とっととと」

次の瞬間には俺は石材の上にワープしていた。

一瞬よろけそうになったもののバランスを取り、眼下の伊勢崎さんに手を振る。

伊勢崎さんはぴょんぴょんと飛び跳ねながら手を振り返してくれた。

俺は再び【跳躍《ワープ》】を行い、伊勢崎さんの前に戻る。

「もう使いこなせていますね！　さすがはおじさまですっ！　ですから私、言ったでしょう？　おじさまもこちら側ですって！」

少々ドヤ顔で誇らしげに胸を張る伊勢崎さん。俺以上に喜んでくれているようで俺も嬉しい。

そして魔法を発動させ、その力を体験したことで、ひとつ確信を持てたことがある。

「……今回、異世界に転移してしまったのは、俺が異世界に【跳躍《ワープ》】してしまったってことなんだろうね」

「おそらくはそうなんだと思います。ですが【跳躍《ワープ》】というのは見える範囲に跳ぶ魔法。突然異世界に【跳躍《ワープ》】するというのはいささか不自然です。……もう少し、何かが足りていないように思えます」

眉をひそめ、しばらく思案する伊勢崎さん。だが、それについても思い出したことがあった。

「伊勢崎さん、とりあえず魔法の練習はここまでにして、町の中を案内してもらえないかな？　屋台とか見て回りたいよ。お腹《なか》も減ったし」

「はいっ、そういうことでしたら私にお任せください。小さい頃にはよく屋台でごちそうになっていたんですよ！　さあこちらへ！」

俺の予想が正しければ、日本への帰還はもうすぐそこだ。今のうちに町を見物しておきたい。

俺は足早に先を行く伊勢崎さんの背中を追いかけ、町の入り口へと足を進めた。

16　痩せ犬横丁

外壁の入り口を通り、町へと戻ってきた。

俺の前を歩いていた伊勢崎さんがくるりと反転し、こちらに体を向ける。

長い銀髪がふわりと広がり、その美しさに周囲の人々が息を呑んでいたのだが、本人は気づくことなく後ろ歩きをしながら俺に話しかける。

「それでおじさまは、どういった物を食べたいのですか？」

「うーん、そうだねえ……。せっかくだからいろいろと食べてみたいし、量の少ない食べ物をいくつかハシゴしてみたいかな」

「なるほど、そういうことでしたらやっぱり屋台が一番ですね。屋台なら私も自信がありますよ」

そう言って伊勢崎さんは再びくるりと前に向き直り、先へ先へと歩いていく。

屋台に詳しいらしい彼女が言うには、この町に住んでいた頃、怪我をしている人々を相手に【治癒《ヒール》】で傷を癒やし、そのお駄賃代わりに屋台でごちそうになっていたのだそうだ。子供ながらになかなか逞《たくま》しい。

異世界に来る前なら伊勢崎さんのそういった姿は想像できなかったけれど、ここに来てからというもの、どこか生き生きとしている彼女を見ているとなんとも納得だ。

◇◇◇

伊勢崎さんと一緒に、食べ物の屋台がいくつも連なった道を歩く。

ここは痩せ犬横丁と呼ばれており、ここに迷い込んだ犬は痩せ犬であろうと、またたく間に食材に変わる——という逸話から名付けられたそうだ。

恐ろしい話だけれど、周辺からは焼いた肉や濃厚なスープといった食欲のそそる匂いが漂っており、さっきから俺の胃をこれでもかと言わんばかりに刺激している。

「おじさま、まずはあの屋台にしましょう」

伊勢崎さんが指差す先には、何人かの行列ができている屋台があった。

近くの立て看板には『土ネズミの串焼き』と書かれている。

「えぇぇ……。ネ、ネズミの串焼き……？」

地球でも一部地域ではネズミを食べる習慣はあると聞く。

けれど日本で普通に暮らしていた俺にとっては食材として意識したことがない代物であり、正直あまり気が進まない。

だが伊勢崎さんはニンマリといたずらっぽく笑って話し始める。

「ふふっ、ネズミじゃなくて土ネズミですよ。土ネズミと言うのは、あの荒野に棲息《せいそく》している生き物でして……実は、魔物なんです」

「魔物？」

「はい、魔物です。魔物は普通の生き物より美味《おい》しいものが多いらしくて、特に土ネズミはこの辺りでよく獲《と》れ、しかも美味しいと評判のメジャー魔物食材なんですよ。とにかく一度食べてみてください。さあさあ」

「ああ、うん。そんなに押さなくても並ぶから……」

伊勢崎さんが俺の背中をぐいぐいと押して列に並ばせる。

それにしても魔物か。やっぱり魔法のある世界には魔物だっているんだなあ……。

今更ながらそんなことを考えつつ列に並び、しばらく待つ。

やがて俺たちの順番になり、汗だくになりながら肉を焼いている店主の男に伊勢崎さんが声をかける。

「二本くださいな」

「あいよ、二本で三百Gだ……ってお嬢さん美人だねえ。一本おまけしてやるよっ」

「まあっ、ありがとうございます」

普段から言われ慣れているのだろう、ただニコリと微笑みながら串焼きを受け取る伊勢崎さん。

俺なんかが『イケメンだね』と言われておまけされそうになった日には詐欺を疑うというのにね。

「お？　そっちは旦那さんかい？　まったくこんな美人の嫁さんもらって隅に置けないねえ！」

そんな店主の言葉に伊勢崎さんが身を乗り出す。

「あらあら、そう見えます？　やっぱり旦那様に見えます？　見えますよね！　そういうことでしたら私の方もおまけをさせてください！　五百G？　いや、千Gでどうかしら!?」

「へ？　おまけってなにが!?」

もちろん店主は困惑顔。

どうやら伊勢崎さんは夫婦偽装が上手《うま》くいってることにご満悦の様子で、財布代わりの革袋から硬貨をじゃらじゃらと取り出し始めた。

俺は伊勢崎さんと店主の間に割って入ると、伊勢崎さんの手から硬貨を三枚だけつまみあげた。

「妻がすいません。それじゃ三百Gで」

「おっ、おう、まいどあり！　それじゃ次の人〜」

戸惑っていた店主もお金を受け取ると、トラブルはごめんだとばかりにさっさと次の客を呼び込み始める。

そして今度は俺が伊勢崎さんの背中を押しながら屋台から離れたのだった。


しばらく歩くと、我に返った伊勢崎さんが申し訳なさそうに顔を伏せた。

「す、すみません。ついつい浮かれてしまいまして……」

「仕方ないよ。歳は離れているし、見た目も釣り合ってないしね」

「そんなことありません！　お、おじさまはとてもステキだと思いますっ!!」

がばりと顔を上げて力説する伊勢崎さん。その瞳にはからかいの気配はどこにもない。気を使ってくれているのだろう。

「お世辞でも嬉しいもんだね、ありがとう。それじゃコレ、どこで食べようか」

「もうっ、本心なのにおじさまったら……。それではあそこのベンチはどうですか？」

さらりと流した俺にぶつぶつと言いながらも、伊勢崎さんは屋台と屋台の切れ目に置かれていた木製のベンチを指差した。

そこはどうやら休憩所になっているようで、いくつかのベンチは他の人々で埋まっている。俺たちは席が埋まらないうちに足早にベンチへと向かった。

17　土ネズミ

ベンチに座り、俺は伊勢崎さんから串焼き——土ネズミの串焼きをもらう。問答無用で三本のうちの二本を渡された。

その見た目は幸いなことにネズミの名残のようなものはまったくなく、日本でもよく見かける焼き鳥と変わらない。それにたっぷりと塗られた赤茶色のソースからは、なんとも香ばしい匂いも漂ってくる。

形も匂いも問題ないんだ。でも、ネズミなんだよなあ……。

「…………」

視線を感じて顔を向けると、伊勢崎さんが無言でじいっと俺を見つめていた。俺が串焼きを食べるまで決して逃さないという、ある種の圧力を感じる。

……よし、とりあえずネズミだということを忘れて食べてみよう。

俺は覚悟を決めると、先端の肉にガブリとかじりつき一気に口の中に収めた。

お、おお!?　これは——

表面はカリッとしているけど、中はふわっと柔らかく、嚙《か》めば嚙むほど旨《うま》みたっぷりの肉汁が溢《あふ》れ出《で》てくる。

串焼きなんてスーパーか居酒屋チェーンくらいでしか食べたことはないけれど、そういう物とは格が違うということくらいは一口食べただけでも判断できた。

「これは……美味いね！」

俺がそう言うと、じいっと見つめていた伊勢崎さんがニッコリと満面の笑みを浮かべた。

「うふっ、おじさまのお口に合ったようでなによりです！　それでは私もいただきますね――」

伊勢崎さんは小さく口を開け、自分の串焼きをパクッと一口。

食べ慣れていたのだろうし、味に驚きはなかったのだろう。

ただ目を細めて、「懐かしい味」とだけつぶやいた。

◇◇◇

こうしてすっかり魔物肉にハマった俺は、伊勢崎さんにお願いして魔物肉が売られている屋台を中心に回ってもらうようにお願いした。

だが魔物肉は本来かなり高価なものらしく、この辺りの屋台で売られているように安く出回っている魔物肉は土ネズミくらいしかないらしい。

それは少し残念だったのだが、伊勢崎さん曰《いわ》く、土ネズミの串焼きは食べる部位で味も食感も驚くほど変わるとのこと。

その教えに従い、最初に食べたモモ肉以外にも、かわ、レバー、ハツといった具合にいろんな部位を楽しむことにしたのだけれど、そのどれもこれもが美味しかった。

正直なところ、この世界の文明は地球に比べて数段落ちると思っていたのだが、食材に関していえば地球以上の可能性を秘めているように思える。

今となって思えばツナ缶が高く売れなかったのも、保存食である以上に味の方でこちらの高級食材には負けていたのかもしれない。


そんなことを考えながら次の串焼きを食べ終わり、俺はゴミ箱に木串《きぐし》をポイッと投げ入れた。

お嬢様の伊勢崎さんが食べている間は、行儀よくベンチに座って食べていたけれど、彼女はもうお腹がいっぱい。今は俺しか食べていないので食べ歩きにさせてもらっている。

ぶらぶらと痩せ犬横丁を歩き、最後の一本を頬張りながら俺は伊勢崎さんに尋ねた。

「それにしても町はとても賑やかだね。お隣の領地と紛争中だと聞いているけど」

「争いのある所には人も物資も集まるということのようです。お互いの領地の間にある荒野での争いが主になっているので、町にほとんど被害がないというのも大きいのかもしれませんね」

「結構たくましく生きてるんだね……。でも同じ国の中で領主同士が争っているのに国王は止めようとはしないのかな」

俺は最後の串焼きも食べ終わり、木串をゴミ箱に捨てた。

「は、はい……。一度は仲を取り持って、こちらの領主の令嬢とあちらの領主の令息との間で縁談の話もあったはずですが、私が暗殺された後にお流れになったとエミールおばさんに聞きました。……ところで、おじさま？」

「ん、なにかな？」

「さきほどから木串をどこに捨てているのですか……？」

「ははっ、そりゃあもちろんゴミ箱だよ。周りの人たちは地面にポイポイと捨てているけど、やっぱりそういうのはよくないしね。あっ、伊勢崎さんはまだ捨てずに持っていたんだ。俺が捨ててあげるよ」

伊勢崎さんの手元を見れば、彼女は数本の木串を手に持ったままだった。

伊勢崎さんはニマニマと口元を緩めながら俺に木串を差し出す。

「どうぞ。うふふっ」

なんだか伊勢崎さんの様子が変だな。……まあいいか、伊勢崎さんは異世界に来てからいろいろと変だし。

俺は木串を受け取るとゴミ箱に――

「おじさま？　それ、ゴミ箱ではありませんよ？」

「え？」

伊勢崎さんの言葉に、俺は木串を投げ捨てようとした手をピタリと止めた。

そして俺は改めてゴミ箱を見る。

「へ？　なんだこれ？」

俺が木串を投げ入れようとしていたゴミ箱――だと思っていたモノ。

それはまるで空中にぽっかりと穴が空いたような、直径十センチほどの黒い異空間だった。

18　時空魔法

伊勢崎さんの「とりあえず場所を移しましょう」との提案に乗り、俺たちは賑わう横丁を離れ、ひっそりとした路地へと移動した。

異空間は俺が意識したとおりにオンオフができたので、路地で再び出現させてみる。

そして持っていた木串を投げ入れると——音もなく異空間に吸い込まれていった。

うーむ、これは……。ゴミ箱が欲しいなあと思っていたら、無意識で魔法を使ってしまったということなのだろうか。

「魔力が流れたような記憶もないんだけど、意識をせずに魔法を発現させるなんてことあるのかな？」

「もちろんあります。優れた魔法使いは意識せずとも魔力を操れるものなんですよ」

そう言って伊勢崎さんが自分のエピソードを語り始めた。

「——私が幼い頃、エミールおばさんが児童向けの本を借りてきてくれました。私はその本を昼からずっと読んでいたのですけど、夢中になっていたあまり、日が暮れていたことにも気づかず——いつの間にか【光《ライト》】を使って本を読んでいた……なんてことがありました。それが初めて【光《ライト》】を使ったときの思い出です」

木串を捨てたいと思っていたらいつの間にやらゴミ箱を出していた俺とは違い、伊勢崎さんの方はなかなか素敵なエピソードだ。どうせなら俺もそういうのがよかった。

「それからおじさま？　これはただのゴミ箱魔法ではなく、【収納《ストレージ》】だと思います」

「えっ、【収納《ストレージ》】っていうと、もしかしてよくラノベに登場するアレ？」

「アレです。さすがはおじさまです！」

伊勢崎さんはニッコリ笑いながら肯定する。

【収納《ストレージ》】という魔法はラノベにおいて、好きなときにアイテムを収納できたり取り出せたりと、とても便利なことで有名だ。

これはかなりいい魔法を覚えたのかもしれない。ちょっとワクワクしてきたぞ。

ぜひとも使いこなしたいと思った俺は、そこからさらに伊勢崎さんから話を聞いてみることにした。


伊勢崎さんが言うには【収納《ストレージ》】は人によって容量に違いがあり、それは持っている魔力量に比例するとのことだった。

小さい人で鞄ひとつ、大きな人で大型トラックくらいの差があるらしい。

俺の容量も調べてみようとしたのだが、手持ちの木串やエコバッグを入れるくらいでは満タンにはならなかった。まあこれから使っていけばいずれ判明するだろう。

また、試しに腕をこの異空間に差し入れて中でぐっと掴み取《と》ると、中から俺の希望通りに木串を取り出せた。なんなら腕を入れなくても、俺が意識すれば望んだ物を異空間から排出させることも可能のようだ。

さらには異空間に投げ込まなくても、俺が物に直接手で触れて念じればその場でフッと消え、異空間の中に入れることもできた。これは便利だ、便利すぎる。


そうしてひととおりの性能テストを終え、いつの間にやら黙っていた伊勢崎さんに顔を向けると、彼女は感激したようにキラキラした瞳で俺を見つめていた。

じっと見られていたのならちょっと恥ずかしい。

「こんな短期間に二つ目、しかもこんな素晴らしい魔法だなんて、さすがはおじさま……！　どちらも時空魔法ですし、おじさまが時空属性の魔法をお得意なのは間違いなさそうですね」

「時空魔法か……。他にはどういうのがあるの？」

「たとえば【浮遊《レビテーション》】、【飛翔《フライ》】、【加速《ヘイスト》】とか……。そのような感じでしょうか。私もあまり詳しくはないのですけど」

「なるほど。いつかそういうのも使えるようになれればいいんだけどね」

「なれるに決まってます。だっておじさまですもの」

真《ま》っ直《す》ぐな瞳で答える伊勢崎さん。相変わらず伊勢崎さんは俺に対する評価が高すぎる。

「あ、ありがと、がんばるよ。それじゃそろそろ宿に帰ろうか。……たぶんそのすぐ後、日本にも帰れると思うよ」

俺の予想が正しければ、だけど。

「わかりました。それではエミールおばさんにお別れを伝えておかないといけませんね」

伊勢崎さんはにこりと笑うと、魔法素人の俺の話を一切疑わずに受け入れた。

やっぱり伊勢崎さんの俺に対する採点機能はバグっているのかもしれない。

◇◇◇

俺たちは宿に戻ると部屋に置いていた荷物をすべて【収納《ストレージ》】に入れ、エミールに泊めてもらった礼と別れの挨拶をした。

俺が「近いうちにまた来れるかも」とも伝えたので、別れはとてもあっさりしたものだったけど。

そして宿を後にした俺たちは、夕暮れの荒野に到着した。

「伊勢崎さんに尋ねたいんだけどさ、俺が死にかけたときって、この荒野のことを強く思い出していたんじゃないかな？」

俺の質問に伊勢崎さんはハッと目を丸くした。

「たしかにそのとおりです。おじさまからどんどん体温が奪われていく様子を見て、この荒野で同じように重傷を負った兵士を治療していたときの事を思い出していました……」

「やっぱりそうか……。それじゃあ今度は昨日俺が刺されたあの場所を思い出してくれないかな。できるだけ鮮明に、強く強く思い出してほしいんだ」

俺の言葉に、伊勢崎さんは珍しく言いにくそうに答える。

「……正直なことを言いますと、あのときのことはあまり思い出したくありません。少しでも頭をよぎると体が震えてきて……あの、お願いがあるのですが」

「なにかな。俺にできることならいいんだけど」

あの件は少なからず伊勢崎さんの心に傷を与えていたようだ。

伊勢崎さんは自分の体を抱きしめるように身を縮めると、上目遣いに俺を見つめる。

「おじさまが生きていると実感させてください。思い出している間、おじさまの体に触れていてもいいですか？」

「ああ、そのくらい全然かまわないよ」

どのみち彼女を連れ帰るには、彼女にも触れていないといけないと思っていた。お安い御用である。

「そ、それでは失礼します。……フヒッ」

彼女はおずおずと俺の胸に頭を預けると、なにやら独特な気合の声とともに体をぎゅっと押し付けてきた。日本だと事案なので戻ったらすぐに離れてもらおう。

俺は体に感じる魔力の操作をイメージし、思い通りに魔力で自分と伊勢崎さんを包み込んだ。これが第一段階だ。

そして伊勢崎さんが日本を思い返すのを待つ。

しかししばらく待っても伊勢崎さんが日本を思い返している様子はなかった。

「あの……伊勢崎さん、そろそろ思い出してもらってもいいかな？」

「……ハッ、そうでした！　それではいきますっ！」

トラウマを思い出すというのに、急かしすぎただろうか。伊勢崎さんは慌てたように答えると、
それからすぐに伊勢崎さんの瞳の中にイメージが浮かび始めたのを感じた。

血に塗《まみ》れた薄暗い道路とそれをほのかに照らす街灯、顔は見えないがスーツ姿の男が倒れているのが視《み》える。たしかにこれは昨日の光景だ。

それを見つめながら、俺はこの場所に行きたいと念じる。強く強く念じる。

その時、自然と口から言葉がこぼれた。

「――【次元転移《テレポート》】」

次の瞬間、俺たちの姿は異世界から消えた。

19　帰還

　急上昇中のエレベーターに乗っているような浮遊感を一瞬感じた後、俺はアスファルトで舗装された道路に立っていた。

　時刻は転移したときと同じく夜らしく、街灯の明かりだけが地面を照らしていたのだが――

「うわあ……」

　俺は思わず声を漏らした。道路にはまるで殺人現場のように大量の血がべったりと残っていたからだ。これって俺の血……だよなあ……。

　異世界で丸一日を過ごしたので、この現場も同じように時間が経《た》っているはずなんだけれど、誰かが掃除した形跡も、事件として捜査された形跡もない。

　これではまるで、俺たちが異世界に飛んだ直後の光景のよう――

「スーハー！　スーハースーハー！　ハスハスハス！　クンカクンカ！　スーハースースー！」

「あっ、伊勢崎さん」

　血まみれの現場に意識を奪われていた俺だったが、耳に届いた過呼吸らしい呼吸音で、俺の胸に寄りかかっていた伊勢崎さんのことを思い出した。

「スーハースーハー！　ハスハス！　スーハースースースースーッ!!」

「えっ、あ、ちょっ、伊勢崎さん大丈夫!?　気をしっかり持つんだ！　さあ、落ち着いて、どうど

うどう……」

俺は過呼吸を繰り返す伊勢崎さんを引き離しながら、なるべくゆっくりやさしく声をかける。

すると俺の声に反応して、伊勢崎さんがゆっくりと顔を上げた。

その顔は極度の混乱によるものだろう、汗だくで頬を真っ赤に紅潮させ、口元からはヨダ――光る物まで垂れていた。

これは酷《ひど》い。これがトラウマによるフラッシュバックか……。

「――ハッ！　……す、すみません。少々取り乱しました。私は平気です」

正気を取り戻した伊勢崎さんが、光る物を手の甲で拭いながら答える。

「本当に？　少しでも調子が悪いって感じたらすぐに病院に行くんだよ？」

「は、はい。気をつけておきます。……ところでおじさま、この光景なのですが――」

どうやら伊勢崎さんは本当に落ち着いたようで、軽く髪の毛をかきあげるとゆっくりと辺りの様子を見回した。

「うん、まるで俺たちが転移した直後みたいだ。これってどういうことだと思う？」

「こちらと異世界で、時間の流れが違うということではないかと思いますが……こればかりは今後も検証を重ねて調べていくしかないでしょう。なぜなら世界間の【次元転移《テレポート》】だなんて、おじさま以外誰もなし得ていないのですから」

「そういうものなのかな。だとすれば今後は時間の流れについても調べてみたいとは思うけど、まずは――」

俺は道路にべったりとついている血を眺めながら、

「誰かが来る前に、この血を【清浄《クリーン》】で綺麗サッパリに掃除をしようか」

と、伊勢崎さんに提案した。

だが伊勢崎さんはピクリと眉を動かすと、不服そうに低い声を漏らす。

「おじさま、それはどうしてですか？　この血はあの……えっと……誰でしたっけ……。とにかく、あのホッケー部？　のキャプテンの犯行現場として絶対的な証拠になります。おじさまの傷は治癒されていますが、後でほんの少しだけおじさまのお体に傷をつけて、刺された時はたくさん血がでたけれど奇跡的に軽傷で済んだということにでもしましょう。大丈夫、痛みが消える魔法もありますから。とにかく刺した事実と血という物証があれば、後はお婆様にお願いして腕利きの弁護士をつければなんとでもなります。そして必ずや、あのホッケー部に自分の犯した罪の大きさを自覚させ、人生をかけて償《つぐな》わせるのです。許さない。許さない、許さない。絶対。絶対に許さない、絶対に、絶対に絶対にＤＥＡＴＨ」

光を無くした瞳でつらつらと話し続ける伊勢崎さん。ちょっと怖い。

それとあの少年はサッカー部だったと思うよ。◯ッ◯ーしか合ってない。

「いや、いいんだ。だってそんな大事《おおごと》にしたらさ、伊勢崎さんだって周りから注目を浴びてしまうだろ？　いくら被害者側だったとしても、おもしろおかしく騒ぎ立てる人がいないとは限らないし」

特に学生は常に話題に飢えている。根も葉もない噂《うわさ》であろうと、それをせき止めるのは容易なことではないだろう。

そんな俺の言葉に、伊勢崎さんの瞳に光が戻った。

「まあ……！　つまりおじさまは私の……私のために、あのホッケー部のクズをお許しになる。そうおっしゃるのですか!?」

そう言って伊勢崎さんは目を潤ませながら、俺の手をがっしりと握った。

「え？　うん、まあ、だいたいはそうだね？」

もちろんそれが一番の理由であることに違いはないが、それだけというわけでもないので俺は言葉を濁した。

大事になると俺だって面倒を被《こうむ》ることになるだろうし、今はそんなことに時間を浪費したいとは思わない。異世界のことで頭がいっぱいなのだ。

もちろん今後、同じことが起きないように配慮する必要もあるけれど、それについては俺や伊勢崎さんよりも上手くやれる人物を俺は知っている。まずはあの人に相談だ――


「おじさまっ、道路を綺麗にしました！　ほら、見てください！」

俺が考えにふけっている間に、伊勢崎さんは道路に【清浄《クリーン》】をかけたようだ。

ざっと見たところ、ここで流血沙汰の事件があったとはとても思えない。どこにでもある平凡な道路へと戻っている。

「これなら問題ないだろうね。それじゃあ家まで送るよ。すぐそこだけど」

「はいっ！　おじさまっ」

◇◇◇

俺の住んでいる庶民マンションのすぐ近くに、どう見たって場違いな和風の大邸宅が存在していた。伊勢崎邸である。

普段なら入り口の門のところでお別れするのだけれど、今回は伊勢崎さんと一緒に門をくぐる。伊勢崎さんが襲われそうになった一件をあの人に説明しないわけにはいかない。

「お婆様、ただいま戻りました」

玄関の戸を開けて伊勢崎さんが声を上げると、すぐ近くの障子が開き、

「おかえり聖奈。……と、おや？　松永君じゃあないか、珍しいね。いいじゃん、とにかく上がりな？」

そう言って親指をクイッと後ろに向けたのは、黒地にド派手なプリントが施《ほどこ》されたロックなTシャツを着こなした金髪の老婦人。

伊勢崎さんのお婆さん——俺にとっては大家さんにあたる女性が姿を見せたのだった。

20　伊勢崎榛名《はるな》

俺のマンションの大家さん伊勢崎榛名さんは、血縁上は伊勢崎さんの祖母なのだけれど、戸籍上では養母となっている。

それは伊勢崎さんを溺愛《できあい》する大家さんが、数年間行方不明だった伊勢崎さん発見というビッグニュースを城之内家の力でもみ消し、自分の名字を城之内から旧姓の伊勢崎に戻した上で、愛する孫娘を養子として迎え入れ、戸籍を作り変えたからだ。

だが大家さんが彼女のために起こした行動はそれだけではない。

むしろ個人的に一番驚いたのが、大家さんの現在のファッションに関することだ。

俺が大学生の頃、マンションの大家として初めて会った彼女は、着物の似合う上品な老婦人であった。

しかし伊勢崎さんを養子にすることに決めると、大家さんは「聖奈を養子にするってのに、養母がババアじゃ聖奈までババくさくなっちまうよ」と斜め上の方向の若返りを実行し、最終的に今のロックなファッションに至ったのである。

そんな孫娘が大好きでたまらんお婆さんとテーブルを囲んでお茶を飲みながら、サッカー部少年の襲撃から異世界転移、そして帰還までのことをかいつまんで説明した。

もともと伊勢崎さんは大家さんに行方不明中は異世界で生活していたことを伝えていたようで、話はとてもスムーズに進んだ。

大家さんは湯呑《ゆの》みの中身をグイッと飲み干し、俺と隣に座っている伊勢崎さんを見やる。

「なるほど、まずはそのクソガキの件。たしかにアタシとしても大事《おおごと》にはしたくないね。ちょっと連絡してくるから待っててておくれ」

そう言ってスマホを手に持つと、障子を開けて隣の部屋に行き――しばらくして戻ってきた。

「ツイてるね。クソガキは意味不明なことをつぶやきながらフラフラしているところを、警察に保護されていたみたいだ。もうこっちの手中にあるからさ、後はなんとでもなるよ。悪いようにゃしないから、アタシに任せておいてくれるかい？」

「よろしくお願いします」

「お願いします。お婆様」

俺と伊勢崎さんが頭を下げると、大家さんは鷹揚《おうよう》に頷きながら再び俺たちの前に座り、好奇心の塊のような目をこちらに向けた。

「でさ、この件はこれで終わりでいいよ。それよりもアタシは魔法ってヤツを見てみたいね。もちろん以前から聖奈が言ってたことを疑ったことなんてないんだけどさ、やっぱ実物を見てみたいじゃん？　怪我が治ったりする魔法が使えるんだろう？　……よし、ちょっと待ってな」

などと言った直後、いきなり親指の腹を嚙《か》み切《き》ろうとする祖母を孫娘が慌てて止める。

「ちょっとお婆様！　そんなことしなくたってお見せできますから！」

そういう伊勢崎さんは伊勢崎さんで、いきなり自分の腕を切りつけようとしていたけど、こういうのはやっぱり血筋なんだろうか。

そうしてわちゃわちゃと騒いでいる祖母と孫を尻目に、まずは俺から魔法を見せてみることにした。

「とりあえず俺からいきますね。見てください、なんでも収納できる魔法です」

俺はそう言って、飲み干した湯呑みや座布団、お茶菓子なんかを【収納《ストレージ》】に入れて、それから出す。というのを繰り返した。

大家さんは目をぱちくりとさせながら感心したように声を上げる。

「へえー、松永君すごいじゃん。それってどのくらいまで収納できるんだい？」

「いやあ、それはまだ調査中で……」

「そうなのかい。もしたくさん入るならさ、産廃処理の仕事とか紹介してあげるからいつでも言いなよ？」

「いや、さすがにそんなに入らないかと……」

大家さん、これをブラックホールかなにかと勘違いしてないかな。俺が苦笑を返していると、隣で伊勢崎さんがピッと片手を挙げた。

「次は私の番です。おじさま、お手をお、お借りしますね」

伊勢崎さんがおずおずと俺の手を握ると、大家さんがニヤニヤと伊勢崎さんを見つめる。

「聖奈は松永君の手を握らないと魔法が使えないって話だったね？　ひひっ、聖奈？　それってどんな気分なんだい？」

「そ、それはおじさまにはとても申し訳なく……」

「へー、そうなのかい？　ふーん？」

からかうように口の端を吊り上げて孫の様子を見つめる大家さん。

このように大家さんは俺を引き合いに出して伊勢崎さんをからかうことがたまにある。

おっさん相手に照れてしまう伊勢崎さんは初々しくて微笑ましいので、からかってしまう大家さんの気持ちはわからないでもない。

「そ、それでは、私は【治癒《ヒール》】を実演します。お婆様、ずっとお腰を患《わずら》っていますよね？」

「ああ、こんなカッコをしていても歳には勝てないってことさね。もしかして、これも治せるのかい？」

「ええ、もちろんです。おじさま、少しいいですか？」

伊勢崎さんに手を握られたまま、一緒に大家さんに近寄る。そして——

「【治癒《ヒール》】」

柔らかな光が大家さんの腰を包み込んだ。

しばらくすると大家さんはピクリと片眉を上げ、その場で突然立ち上がった。

「お、おお!?　腰が治っとる！　こりゃーいいね！　最高だよ！　聖奈、お礼におこづかいをあげよう！　いくらほしい？　いくらでもあげようじゃないか！」

「いいえ、お婆様。こうしてお婆様のお役に立って笑顔が見れただけで、私はとても嬉しいです。

それだけで十分ですから」

「はえーいい子だいい子だ！　聖奈〜、今日は一緒に寝ようねえ！」

「もう、お婆様ったら……。今日だけですからね？」

大家さんに抱きつかれながら、伊勢崎さんは安らいだように優しく微笑む。

そんな仲のいい祖母と孫を見てほっこりとした気分に浸りつつ、俺はお暇《いとま》させていただき、自宅のマンションへと帰ったのだった。

21　帰宅

伊勢崎邸を後にして、俺は自宅のマンションに戻ってきた。

「はあ、疲れたー……」

自宅の見慣れた景色を見たせいか、緊張の糸がぷっつりと切れた気がする。

そもそも自分はご立派な人間でもないのに、伊勢崎さんの手前、年長者兼保護者として気を張っていたのだろう。俺はその場に座りこみたい誘惑に耐えながら、浴室へと向かう。

まずは風呂だよ。とにかく風呂に入りたかった。

昨晩は伊勢崎さんに【清浄《クリーン》】で体を清潔にしてもらったけれど、やはり風呂に入らないと心身ともにリフレッシュした気分にはならない。

俺は給湯器のボタンを押してきた後、自室のカーペットに寝転びながら【収納《ストレージ》】から異世界で得た戦利品である硬貨を取り出した。

金色に光る硬貨が二十数枚。これは金《きん》……なのだろうか。

まあ仮に金だとすれば、こっちで売ってしまえば結構な儲《もう》けになるんだろうなとは思う。しかし金を買い取ってもらうには当たり前だが身分証が必要だし、そのうえ課税対象だ。

こんな怪しい異世界の金貨をやたらめったら売りに出して大丈夫なものかと不安にもなる。

そもそも異世界に行けるようになった俺は、この先なにをやりたいのだろう。昨日からの非日常体験で、そのことを考えるのが後回しになっていたことに今更ながら気づいた。

俺のやりたいことってなんだろう――

『ピコン』

考えに没頭しようとしたその時、スマホの通知が鳴った。

チャットアプリのＬＡＮＥのアイコンにマークがついている。どうやら上司からの業務連絡のようだ。

面倒だと思ったけれど、見ないわけにもいかないのでさっさとチェックする。

「うげえ……」

スマホの画面を埋め尽くさんばかりの大量の文字。それは業務連絡というよりも、俺が定時に帰ったことに対する嫌味が大半を占めていた。

むしろよくぞそこまで嫌味に情熱を注げるなと思わなくもないけれど、上司のように残業してまで会社に貢献してナンボな人間にとって、俺のようにそこそこの仕事をして早々に帰る人間はよっぽどおかしく見えるのだろう。

とはいえ、考えを改めるつもりもないけどね。お気楽に仕事をして、ゆったりと自分の時間を楽しむ。それが俺の人生の目標みたいなものなのだから。

そうしていつものように上司のメッセージに適当に返信をしようと文面を考えている最中、ふと、とある思いがふつふつと湧いてきた。

それが思わず口から漏れる。

「——そうだ。会社を辞めよう」

口に出してしまえば、それがストンと胸に落ちた。

そうか、俺のしたいことってこれだったのかあ……。

異世界でなにができるかはまだわからない。けれども時空魔法を使いこなせば、稼ぎ口のひとつやふたつはあるだろう。

それなら定時に帰るだけでも文句を言われるような仕事を続けていく必要はないはずだ。

しかしそのためには、一つ確認しなければならないことがあった。

俺は一人でも異世界にいけるのかということだ。

今のところ伊勢崎さんのイメージした場所に移動するという方法でしか【次元転移《テレポート》】をしたことがない。

しかしだからといって、俺の個人的な金稼ぎに伊勢崎さんを付き合わすわけにもいかない。彼女はお金持ちだし、なによりＪＫで未成年だ。

さっそく俺は異世界の荒野の光景を思い出してみる。

赤茶色の大地、ゴツゴツした岩場、吹きさらしの風——イメージすると、まるで目の前に存在しているかのような現実感があった。もちろん以前は思い浮かべるだけでここまでリアルに感じたことはない。

これならいけそうだ。とにかく一度試してみよう。

俺は魔力を発動させながら、イメージした荒野に行きたいと強く念じる。

「よし……【次元転移《テレポート》】」


次の瞬間、俺は荒野に立っていた。

うっかり靴を履き忘れてしまっていたので、いきなり靴下が砂まみれだ。

どうやらこちらの時刻も夜らしく、やたら明るい月が荒野を照らしているのだが、こんなところにぽつんと立っているのはかなり心細いものを感じる。

なんだか怖くなってきたので、さっさと帰ることにしよう。昼のようなトラブルに巻き込まれてはかなわない。

俺は自宅を思い浮かべながら再度【次元転移《テレポート》】を試みて――


すぐに自宅へと戻ってこれた。

どうやら【次元転移《テレポート》】のテストは成功のようだ。これなら安心して退職できる。

――そう思った瞬間、心の重荷が降りたような、なんともいえない安堵感を覚えた。俺は自分が思っていた以上に会社を辞めたかったのかもしれない。

『お風呂が沸きました。お風呂が沸きました』

風呂場から音声メッセージが聞こえてきた。

俺は土がべったりついた靴下を脱ぎ捨てると、ウキウキ気分で浴室に入っていったのだった。

ちなみに上司のＬＡＮＥは既読スルーした。

22　スマホ

翌日。今日で最後になるであろう出社に備え、まずは朝食の準備をしていると玄関のチャイムが鳴った。

ドアを開けるとそこには制服姿の伊勢崎さん。たしか伊勢崎さんは、俺よりも少し遅い時間の電車で通学しているはずなんだけど……。

「おはよう伊勢崎さん。こんなに朝早くからどうしたの？」

「おじさま、おはようございます。少しお話したいことがありまして、お訪ねさせていただいたのですけど……お時間は大丈夫でしょうか？」

「少しくらいなら問題ないよ。それじゃ狭い部屋で申し訳ないけど上がってくれる？」

言ってから気づいたけれど、ここは伊勢崎さんのお婆さんの物件だ。狭いというのは失言のような気がしないでもない。

そもそもあのお金持ちがこんな庶民マンションを経営してるのも謎なんだけどね。タワマンとか経営してそうなのにな。

ソワソワキョロキョロとしている伊勢崎さんをダイニングキッチンに案内する。これまでに何度もここに来たことがあるというのに、いつまで経っても慣れないらしい。

「それでどうしたのかな？」

伊勢崎さんの分のインスタントコーヒーを淹《い》れながら尋ねる。

「はい。まずは一点、例のホッケー部の狼藉者《ろうぜきもの》についての処分が決まりました」

「えっ、もう決まったの!? 早いね……」

もはや突っ込む気にもならないが、彼はサッカー部である。

伊勢崎さんの説明によると、彼は遠い遠い北の地にある全寮制高校に転校することになったらしい。昨日の今日で物的証拠がなにもない状況からのスピード決着。わけがわからない。

「――私からすると大変手ぬるいと言わざるを得ないのですが……おじさまとお婆様の意向に従おうかと思います。……ですけど、あの、今からでも遅くはありませんから、やっぱり気が変わったりとかしませんか?」

「ないない! これで十分だって!」

「むう……」

伊勢崎さんは不満げに唇を尖らせるが、むしろよくぞここまでやれたなと思う。城之内家が怖すぎるよ。とはいえ、俺としてもこれでひと安心だ。

「……わかりました。それではこの件に関してはもうおしまいということで、さっさと記憶から消してしまいましょう。そしてこちらが本命の用件なのですが――」

伊勢崎さんは背筋を伸ばすと、じっと俺の目を見て口を開いた。

「おじさまは……今後も異世界に行かれるつもりですか？」

「うん、もちろん。昨日は日本に戻ることで精一杯だったけど、やりたいことがいろいろあるんだよ」

間髪を入れず答える。会社を辞めると決めてからいろいろと考えたが、やっぱり異世界には夢がある。

観光もまだしていないし、魔物料理だって食べたい。そしてなにより日本でサラリーマンをするより稼げそうだ。まあメインが金策目的なのは少し格好悪いと思ったので、そこまでは言わないけど。

すると伊勢崎さんは懐からスマホを取り出し、おずおずと声を上げた。

「そっ、そういうことでしたら、異世界については僭越《せんえつ》ながら私の方が詳しいかと思います。そこで、ええとですね、おじさまがなにか知りたいことがあれば、すぐに連絡がとれるように……おじさまの電話番号を教えてはいただけないでしょうか……？」

「そういえば電話番号の交換はしてなかったね。もちろんいいよ」

なんだか伊勢崎さんとはよく出会うので、これまでは特にスマホの出番はなかったんだよな。

「あっ、ありがとうございますっ！」

顔を真っ赤にして答える伊勢崎さん。

おっさんの電話番号を聞くくらいで、そんなに緊張することもないのにな。

「えーと俺の番号は――」

俺の番号を聞きながら、伊勢崎さんがわたわたとスマホを操作する。

その手にあるのは見慣れない機種……というか、これってご年配の方が持つというシニアスマホっぽい。

しばらくスマホを操作していた伊勢崎さんは、申し訳なさそうにスマホを俺に差し出してきた。

「す、すみません。私、実はその、スマホの操作が苦手でして……おじさま、私の代わりに登録してくださいませんか？」

「えっ、そうなんだ？　伊勢崎さんってゲームが趣味だし、こういうの得意そうだけど」

彼女が通っている学園は部活にひとつは入らないといけないのだが、その中で彼女はレトロゲーム部という部活に所属している。

俺と初めて出会ったのもゲームショップだったし、ゲームを遊んでいればスマホくらい簡単に扱えそうに思えるんだけどな。

「いえ、私はレトロゲーム専門ですし、機械操作はあれが限界でして……」

恥ずかしそうに目を伏せながら答える伊勢崎さん。意外といえば意外だ。

大家さんなんかは最新機種が出るたびにスマホを買い替えるので、よく見させてもらうんだけどね。普通は逆だろうと思わなくもない。

そういうことで俺が代わりに操作をして、お互いの番号を登録した。

ついでにＬＡＮＥをインストールしてやり方を教えてあげた。教えたときの感触でいうと、伊勢崎さんがＬＡＮＥを使いこなせるかどうかは微妙なところだったけど。

番号を登録したシニアスマホを手に持って、ニコニコ顔で伊勢崎さんが言う。

「ふふっ、ありがとうございます。おじさま、異世界に行かれる際はいつでも私を呼んでくださいね。すぐに駆けつけますので」

「ああ、そういえば昨日試してみたんだけどさ、どうやら俺ひとりでも異世界に【次元転移《テレポート》】ができるみたいなんだ。だから伊勢崎さんがわざわざ付いてこなくても大丈夫だよ」

「えっ……!?」

「もちろん聞きたいことがあったら、頼らせてもらうからね。よろしく頼むよ」

「さ、さすがはおじさま……！　で、ですがっ！　異世界はいろいろと常識も違っていますし、私が案内したほうが絶対に良いです、良いはずです！　ですからやはり私が！」

「そりゃあ伊勢崎さんがついてきてくれれば助かるけどさ、伊勢崎さんだって忙しいよね？」

彼女はＪＫなわけだし、若いうちはいろいろとやることがあるはずだ。おっさんの世話をしている暇なんてないだろう。

「ぜんっぜんっ！　全然忙しくなんかありません！　私、常日頃から時間をすごく、すごーく持て余してますから！　それに、ええと……そう！　私もすごく異世界に行きたいんです！　ですから是非とも私を連れて行ってください！」

ぐいぐいと顔を寄せ、伊勢崎さんがすごい勢いで迫ってくる。

彼女も異世界に行きたいというのなら、まあ……いいか。

「そういうことならお願いしちゃっていいかな？」

「はいっ、ありがとうございますっ！　……これからはいつだって連絡してくださいね」

そう言って伊勢崎さんはシニアスマホを大事そうに握りしめ、にっこりと微笑んだのだった。

23　退職

「ねーセンパイ、マジで辞めちゃうんすか？　やっぱ辞めるのやーめたってなりません？　センパイが辞めちゃうと部長のウチへの風当たりがきつくなっちゃうじゃないですかーやだー！」

社内で書類を書いている俺の隣で騒いでいるのは相原莉緒《あいはらりお》。入社二年目でまだ新人気分の抜けない後輩だ。

「知るかバカ。俺はこんな会社辞めて親戚の家業を手伝うことにしたんだ。辞めるのはやめないぞ」

なんで辞めるのかしつこく聞いてくるので、親戚の家業の手伝いと説明していた。もちろんそんな親戚などいない。

「いきなり過ぎますってマジ。さすがの部長もポカーンとしてたじゃないすか」

「そりゃまあ社会人として、どうなのかなと思わないでもないけど、有給を使ってでも俺は今日会社を辞めたいんだよ。だからせめて引き継ぎ作業はしっかりやってるだろ？　今日中に資料作って辞めるんだから、邪魔するなら向こうに行ってくれ」

しっしと手を振って追い払うが、相原はしつこく食い下がる。

「ね、ね、センパイ。その親戚さんの仕事って、あと一枠くらい空いてないっすか？　今なら若い戦力がお安くゲットできますよ？」

顎に手を当てて、キリッとしたポーズを作る相原。

入社したての頃はギャルみたいなメイクで周囲を引かせた相原だが、今は見た目だけならギリギリ社会人に見える。まあ中身はあまり変わってないけど。

「はあ……。お前な、何バカなこと言ってるんだ。ほら、さっさと仕事に戻りな」

去年新人教育を担当したせいで妙に懐かれているが、俺が辞めるから一緒に辞めると言われても困る。

それになんだかんだで要領のいいコイツなら、俺以上にこの会社で上手くやっていけるとも思う。愛想も顔も良いせいか、男連中からは特にかわいがられてるし。

相原は不服そうに眉を寄せながら、ようやく俺から離れた。

「ちぇー……。センパイ、送別会は後日やるんで、絶対に来てくださいよー？」

「ああ、それは行かせてもらうよ」

上司との仲は最悪だが、後輩や何人かの同期との仲は悪くない。俺なんかの退職をそれなりに惜しんでくれているのは、本当にありがたいことだと思う。

そのことに感謝をしながら書類をひたすら書き続け、何度も現れる相原を追い払い――

結局、久々に定時に帰れないことになってしまったが、無事に会社を辞めることができたのだった。これで俺は無職であり自由の身となったのである。

◇◇◇

翌日、俺は百均ショップに来ていた。平日の昼間から私服でウロウロするのはなんだか妙な気分になる。

無職の人間を『無敵の人』だなんて揶揄《やゆ》する言葉もあるけれど、無敵の全能感で心が満たされるようなことはないようだ。少しは貯金があるものの、収入がないというのはやっぱり心細い。

そこで俺はまず異世界で金を稼ぐことに決めた。

未《いま》だにこちらの世界で稼ぐ手段は決めかねているが、それは後回しでもいいと思う。どのみち異世界を知るためにも、しばらくは異世界をメインにした生活になると思うからだ。

そのために俺は百均ショップに異世界で売れそうなものを探しにきたのだ。百均の商品なら仮に売るのに失敗しても、さほど懐は痛まないだろうしね。

そういうわけで百均ショップに入店した俺は、まずは伊勢崎さんから得た情報を頼りに百円ライターを購入することにした。

伊勢崎さんによると、異世界では魔道コンロのように火を扱える魔道具は存在するが、百円ライターほどコンパクトなものは存在しないらしい。

やはり異世界で高く売れる商品とは、当然ながら異世界には無い商品、もしくは異世界では実現の難しいクオリティの商品になるということだろう。

百円ライター以外にもそういうものがあればいいんだけどな。

俺は真っ先に百円ライター売り場へ向かい、買い物カゴに百円ライターをごっそり入れ――ようとして、他のお客さんのためにいくつか残すと、次の獲物を探しに店内をうろつくのだった。

24　聖城学園『レトロゲーム部』

「あっ、聖奈ちゃーん。これを見てて思い出したんだけどさ、サッカー部の神崎《かんざき》君、家族の都合で転校したらしーよ」

レトロゲーム部の部室内。二人だけの部の部長である前野《まえの》六花《りっか》先輩が、手に持ったサッカーゲームのカートリッジをひらひらと振りながら話しかけてきた。

私は見つめていたスマホから視線を上げ、彼女に答える。

「そうですか。ですが私にはサッカー部の知り合いはいませんので……」

おじさまからいつ連絡がきてもいいようにスマホを眺める至福の時間を中断させてまで、わざわざ伝えるくらいだ。私は知らないけれど、きっと学園では有名な方なのだろう。せっかく話を振ってくれた前野先輩には申し訳なく思う。

しかし前野先輩はカートリッジを『済』と書かれたダンボールに投げ入れながら、呆《あき》れたようにため息をつく。

「なーに言ってんのさ、ついこないだこの部室まで乗り込んで聖奈ちゃんに告白した、あのいけ好かないイケメンだよ。野次馬もわんさかいる中で告白してきたあたり、自信あったんだろねー。速攻でフラれてうろたえてたのはめちゃ笑えたけど！」

心底楽しそうに笑う前野先輩。その話を聞いて思い出した。

これはおじさまを害したあの憎き悪漢の話だ。ホッケー部だと思っていたけれど、実はサッカー部だったらしい。

どうやら彼が転校したことが、早くも一般生徒の話題に上がっているようだ。実際は全寮制高校という名を借りた特別な非行更生施設なのだけれど。

あの時のことを思い出しただけで、怒りで目の前が真っ赤になりそうになる。

私は軽く息を吐いて気持ちを落ち着かせると、前野先輩に言葉を返す。

「交際の告白に来る方は週に一人以上、手紙だけなら毎日のように届きますから。申し訳ないのですが、覚えきれません」

「いませんよ」

「たしかにねー。マジでひっきりなしにやってくるし、聖奈ちゃんならそんなもんか。ってか聖奈ちゃんって告白されてもほんと塩対応だけどさ、あの中に少しは気になる男子とかいないの？」

「あら、バッサリとしたお答え。もしかしてすでに意中の殿方がいたりー？」

「ふふっ、それはご想像にお任せします」

「えーなにそれなにそれー？　きーにーなーるー」

前野先輩が両眉を上げながら興味深そうに身を寄せてくるけれど、もちろん私が意中の殿方――おじさまのことを口にすることはない。今はとても慎重に行動すべき大事な時期なのだから。

私だってわかっている。

おじさまが私を妹としてでしか見てくださっていないことは。

しかしこれからは違う。違わなければ変えてみせる。

おじさまとの仲を深める最高の舞台――『異世界』を通じて、私とおじさまは喜びや悲しみを分かち合い、支え合って過ごしていくのだ。

そうした生活の中、おじさまはいつもどおりのそっけない態度をとるだろう。しかしいつからか私の中の女を意識してくださって……。でも私は気づかない振りをしておじさまを困らせるの。そんな日々がしばらく続き、やがて我慢できなくなったおじさまは不意に私を引き寄せると、戸惑う素振りを見せる私を強引に抱きしめて、それから、それから、それから――フヒヒヒッ。


「うえっ……どしたん聖奈ちゃん？　学園一のアイドルらしからぬヤバい顔してるけど……」

なぜか身を引きながら、前野先輩が怪訝《けげん》な顔を私に向ける。けれど話題を変えるにはちょうどいい。

「私の話はもういいじゃないですか。それよりも前野先輩はさっきから一体なにをしているんですか？」

今日私が部室に来たときから、前野先輩はテーブルに大量に積まれている同じタイトルのサッカーゲームのカートリッジをゲーム機に挿し、一度起動させては抜き、別のカートリッジを挿し込むという行為を繰り返している。

たまに突拍子のないことをする人なので、それは見ていて楽しいのだけれど、これはさすがに私の理解を超えてしまっていた。

「よくぞ聞いてくれたね！　いつ聞いてくれるんだろうって思ってたのに、今日はずーっとスマホを見ていたからさあ！」

そう言って前野先輩はカートリッジの山を指差す。

「実はこのサッカーゲーム。中が改造されていてエロゲが入っているバージョンがあるらしいんだよ！　今はそれをチェックしているってワケ！　いやーこれだけ集めるのはほんと苦労したよー」

「は……？　サッカーゲームの中に……？　一体なにを言っているのですか？」

「むふふ、そのうちわかるって！　見つかったら一緒にプレイしようね！」

そうして再びカートリッジを挿し込む作業を再開する前野先輩。

意味不明のことを言う先輩に呆れ、私がため息をついたその時、スマホがぶるっと震えた。

画面を見るとLANEのアイコンにチェックマークがついている。LANEはおじさまとお婆様の二人にしか教えていない。

私ははやる気持ちを抑えながら、LANEの起動を試みる。たしか……こうやって、こう……のはず！

そうしてLANEの起動が奇跡的に成功した。そこにはおじさまの言葉で、

『明日は休日だし、お昼頃から例の場所にいかないかい？』

そう書かれていた。

ああっ、おじさまが私のために送ってくださったお言葉というだけで、単なる文字の羅列が光り

輝いてさえ見える。おじさま、なんてステキなのかしら……！

私はすぐに返信を行うことにした。返信するのは初めてだけれど、頭の中で何度も練習した。私に抜かりはない。

ええと、『も・ち・ろ・ん・い・け・ま・す』と。

文字を打ち込み、そして送信——成功！

機械操作の苦手な私が、まさか一度で成功するだなんて。これが愛の力と言わずして、なんと言えばいいんだろう！　おじさまはいつも私に力を与えてくれる。おじさま、好き！　好き好き好き好き大好き!!

私はまるでおじさまに抱かれているような幸福感に浸りながら、スマホを両手に持っておじさまからの返信を待つことにした。

◇◇◇

百均ショップの他にもいくつかの店を回って仕入れを十分行った後、俺はＬＡＮＥで伊勢崎さんに連絡をした。

機械が苦手という話を聞いていたし、返事がなかったら後で電話しようと思っていたのだが、意外と返事はすぐにやってきた。

さっそくＬＡＮＥを見る。そこには短く四文字。
『もろちん』
とだけ書かれていたのだった。

25　時の流れ

翌日の昼。マンションにやってきた伊勢崎さんは、俺と顔を合わせるなりニコリと上品に笑った。

「こんにちは、おじさま。今日はよろしくお願いします」

普段と変わらぬ様子の伊勢崎さん。

どうやら『もろちん』の件には気づいていないようだ。スルーして正解だったな。

俺はホッと胸をなでおろしつつ、伊勢崎さんをマンションの中へと誘う。

ここで【次元転移《テレポート》】を行うのだ。今回だけでなく、今後もここを会場にする予定。

別に俺が伊勢崎邸に通ってもよかったのだけれど、本来なら一人でも異世界にいける俺がわざわざ伊勢崎邸に向かうのは気が引けるらしく、伊勢崎さんから固辞されてしまった。

そういうことなら伊勢崎さんの気持ちを尊重するのは構わないのだけれど、ひとつだけ問題がある。

今後は女子高生がおっさんの家に頻繁に訪れるということだ。

しかも今回はレイマール商会に行くということで、休日だというのに伊勢崎さんは制服姿で来てもらっている。近所から変な噂が立たなければいいんだけどな……。

ちなみに今は俺もサラリーマンの正装であるスーツ姿だ。

無職なのにスーツを着ていると、なんだか見栄《みえ》を張っているような悲しい気分になってくるね。

ひとまず伊勢崎さんを中に案内し、敷いておいた新聞紙の上でもう一度靴を履いてもらう。

もちろん今回は俺もしっかり履いている。同じ過ちは繰り返さない。

「それじゃあ行くよ。手、出して」

「は、はいっ」

伊勢崎さんの細い手をしっかり握る。

相変わらずおっさんとの握手ごときに緊張していてかわいそうなので、さっさと飛んであげよう。

時計を確認すると十二時ジャスト。時間の流れを調べるのも今回の目的のひとつだ。覚えやすい時刻を集合時間にしておいた。よし――

「【次元転移《テレポート》】」

――すぐに視界は切り替わり、辺りは一面の荒野となった。

どこか空気が澄んでいて気温も少し低く感じる。どうやらこちらは早朝のようだ。

俺と伊勢崎さんはさっそく移動を開始することにした。

移動方法は、見える範囲に瞬間移動する魔法【跳躍《ワープ》】だ。おそらく【次元転移《テレポート》】でもいけるだろうけど、いきなり人前に現れたりするとトラブルの元なので、今回は人気《ひとけ》のない場所から少しずつ飛ぶことにした。

荒野に点在する岩を目印に小刻みに町に向かって【跳躍《ワープ》】していく。

それを十数回繰り返し、あっという間に町の外壁まで到着。そこからは徒歩で『エミーの宿』へと向かった。

◇◇◇

宿ではエミールが俺たちを歓迎してくれた。

エミールを訪ねたのは、もちろんまたここに来ると約束したからではあるけれど、俺たちがここを離れてから何日経過したのかも知りたいというのもあった。

俺たちからすれば、ほんの三日前に会ったばかり。しかしエミールが言うには俺たちに会ったのは三十日ぶりとのこと。

雑な計算をすればほぼ十倍。日本で一時間過ごすと、異世界では十時間ほどの時間が過ぎているということになる。

しかしそうなってくると、伊勢崎さんが日本に戻って六年過ごし、俺と共に異世界に来たときに十年が経過していたという計算が合わなくなってくる。

これについて伊勢崎さんは、死んで世界を渡った自分と俺の【次元転移《テレポート》】では法則が別なんだろうと推測を語ってくれた。

まあなんにせよ、世界と世界を移動するのだ。時の流れが一定とは限らない。

時間についてはこれからも注視していく必要があるだろう。

エミールと別れた俺たちは、今回の一番の目的であるレイマール商会へと向かった。
レイマール商店の店舗に入り、こないだと同じ女性従業員に声をかける。
ひと月ぶりなら覚えているかどうか不安だったのだが、なんともスムーズに俺たちの担当という
ことになっているライアスへと繋いでくれた。服装のインパクトのお陰なのかもしれない。
「いやあマツナガ様！　先日は本当にありがとうございました！　どの商品も大変好評でして、お
客様方からは次はまだなのかと嬉しい催促をいただいております！」
応接室で顔を合わせるや否や、ライアスが大げさに身振り手振りを加えながら話しかけてきた。
「ありがとうございます。今回は前回の商品に加えて新しい商品も持ってきたのですが、ご覧に
なっていただけますでしょうか？」
「おお、それはとても興味深いです！　……しかし、あの、商品はどこに……」
手ぶらの俺を見て、困ったように眉を下げるレイアス。今回、持ち物はすべて【収納《ストレージ》】に入れて
ある。
「問題ありません。ではまずはこちらから」
そう言いながら俺は【収納《ストレージ》】からライターを取り出し、合計三十個ほどをテーブルに置いてみせ
た。
「な、なんと、【収納《ストレージ》】でございますか!?　私はかれこれ二十年以上こちらで働いておりますが、

【収納《ストレージ》】を習得している方を実際に見るのは、これが初めてでございます！」

目を丸くして驚くライアス。あれ？　思ったよりも珍しい魔法だったのかな。

伊勢崎さんに披露したときは、いつものように「さすがはおじさま！」としか言わなかったので、あまりよくわからなかったんだけど。

伊勢崎さんはなんでも褒めてくれるので、どれくらいすごいのか、あまり参考にならないんだよな。……まあいい、とにかく商談を進めよう。

「ありがとうございます。それでいかがでしょう？　これはライターと言いまして、これを、こうやると――」

ライターのスイッチを押すと、ボッという音と共に小さな炎が燃え上がり揺らめく。するとライアスは【収納《ストレージ》】を見た時以上に大きく目を見開いた。

「お、おお……こ、これは！　なんと素晴らしい魔道具でしょう！　これほど小型化された物は見たことがありません！」

「いえ、ライアスさん。これは魔道具ではないのです」

「……？　と言いますと？」

「この中に液体が入っているのが見えますか？　これを燃料にして、魔力を使わなくても火が灯《とも》せるのです」

俺の説明を聞いて、ライアスはあんぐりと口を開けたまましばらく動かなくなった。そして数秒後再起動すると、俺の手を両手でガシッと握る。

「す、素晴らしいですよマツナガ様……！　是非とも購入させていただきます！」

どうやら伊勢崎さんのアドバイスどおり、ライターはかなりの好感触らしい。よしよし、この調子で他の商品もガンガン売っていきたいね。

26　二度目の取引

ライター高評価の流れに乗って、俺が次に出したのはボールペン。

先日ここで買取に関する契約を取り交わした際には羽ペンが使われていたし、ボールペンの需要はありそうだと思ったのだ。

「このペンの中にはインクが入っていまして、わざわざインクにつけなくても字が書けます。それだけでも便利なのですが、書き心地もなかなかのものなんですよ。どうぞ試してみてください」

さっそくライアスはボールペンで紙の切れ端に何度も線を引くと、感心したように大きく頷いた。

「おおおっ、これはなんとも便利な……。まさに新時代のペンでございますな！　もちろん購入させていただきます！　こちらはいかほどお持ちで……？」

「二十本あります。すべてお売りさせていただきますよ」

「おお、ありがとうございます！」

大喜びで満面の笑みを浮かべるライアスだが、実際のところ二十本というのはかなり少ないと思う。

しかし俺はレイマール商会との商売では、販売数を少なめにする方針に決めていた。

たくさん売れれば利益も多いだろうが、いずれひとつあたりの単価は下がってくるだろうし、面倒ごとも増えてくる。

なにより日本で仕入れるのも大変だ。今回百均ショップで爆買いしたときも、レジで店員さんは顔に出さないようにしていたけれど、明らかに引いていたもんな。

そういうことで少数販売のレアっぽさを出してお金持ちにターゲットを絞り、高級路線でやっていこうと思うのだ。


そうして順調に商談が進んでいき、前回も評判のよかったウイスキーやチョコレートといった商品を取り出している最中だった。

扉がノックされ、ライアスが席を立ち扉を開けると、そこには女性従業員の姿が。ライアスがやや不機嫌そうに話しかける。

「なにか用か？　今はマツナガ様と商談中で――」

「それが、あの……」

こそこそと耳打ちをする女性従業員。すぐにライアスの顔が驚愕《きょうがく》に染まる。

「あ、あの、申し訳ございませんマツナガ様。しばらくお待ちいただいても？」

「ええ、もちろん。私のことは気にせずごゆっくり」

「痛み入ります。それでは――」

そうして二人は足早に応接室を後にした。

席に残された俺と伊勢崎さんは、同じタイミングで出されていた紅茶を飲む。

味はなかなか。やはりなんでもかんでも地球に劣るというわけではないようだ。これからはその辺も調査していく必要があるだろう。

「ふう……。それで今のはなんだと思う？」

伊勢崎さんは少し考え込み、

「そうですね……。大事な接客中にもかかわらず足早に出ていくということは、おそらく――」

だがその続きを聞くよりも早く、扉がバタンと開かれた。

突如現れたのは、二十歳前後の金髪縦ロールで華やかなドレス姿の女性だ。

「あなたね、マツナガという行商人は！　わたくし、あなたのお菓子の大ファンなの！　あんな素敵なお菓子を売ってくださり本当にありがとう存じますわ！」

女性は勢いよくこちらに近づき俺の手を握ると、ぐっと顔を近づけて興奮気味にしゃべりだした。

そしてその様子に、隣で座る妻役の伊勢崎さんの顔が真っ赤な般若《はんにゃ》の如《ごと》き表情に変化する。

妻役としてはなかなかのリアリティなのかもしれないけれど、この女性が誰だかわからないうちに、その表情はヤバいと思うよ。

それをこっそりたしなめる間もなく、続いてライアスも部屋に入ってきた。

ライアスは俺と女性を交互に見て、慌てたように早口で声を上げる。

「こ、こちらの方はカリウス伯爵のご息女、レヴィーリア様でございます。マツナガ様に直々に御《お》礼《れい》を申し上げたいとのことでして――」

その言葉にレヴィーリアというらしい女性はハッと口を開けると、俺から手を離してその場に立ち上がった。

「そうでしたわ！　まずは自己紹介を――わたくし、カリウス伯爵家が次女、レヴィーリア・カリウスと申します。以後、お見知り置きを」

俺のようなただの平民に、胸に手をあて華麗なお辞儀を見せるレヴィーリア様。

そして俺の隣では、真っ赤だった伊勢崎さんの顔が今度は真っ青になっていたのだった。

27　レヴィーリア

カリウス伯爵家のレヴィーリア・カリウスということは、つまりこの領地の伯爵令嬢ということだ。

伊勢崎さんはここの領主と面識があったそうだし、このレヴィーリア様も伊勢崎さんと面識があるのかもしれない。というか伊勢崎さんの顔色からしてもほぼ間違いないだろう。

――っと、気になるところではあるが、お貴族様に自己紹介をさせておいて、自分が呆《ほう》けている場合ではない。俺は慌てて立ち上がった。

「異邦人ゆえ、無作法は何卒《なにとぞ》ご容赦くださいませ。私は行商人のマツナガと申します」

「――妻のイセザキと申します」

俺に合わせて伊勢崎さんも礼をする。顔色はともかく動揺はないみたいでなによりだ。

ちなみに伊勢崎さんのこちらでの名前はイセザキである。

さすがに大聖女時代の名前だったセイナのままではよろしくないので、こちらでの名前を改めて尋ねてみたところ、本人がイセザキを希望したのだ。

どうせならかわいい名前をつければいいのにと言ったのだが、伊勢崎さん曰く、別の名前で俺から呼ばれたところで妻感を感じないとのことだ。妻感というのが何なのかはイマイチよくわからないけど。

とはいえ、妻を「さん」付けで呼ぶ人だっているだろうし、これなら俺が対外的に「伊勢崎さん」と呼んでも違和感はない。とてもやりやすいので、これはこれでよかった。

俺たちの自己紹介を受け、レヴィーリア様がどこか貴族らしからぬ人懐っこい笑みを浮かべる。

「異国から来たのですし、そんなにかしこまらなくても結構ですわ。それよりお菓子の話をいたしましょう？」

入ってきたときから感じていたが、あまり礼儀にはこだわらないお姫様らしい。ひと安心といったところだ。

伊勢崎さんの正体バレもなさそうだし、とにかくこのまま穏便にすすめていこう。

「そういうことでしたら、レヴィーリア様がどのお菓子をお気に召したのか、教えてくださいませんか？」

「これよっ！」

テーブルに並べられていたいくつかのお菓子の中からレヴィーリア様がビシッと指差したのは、ホワイトクリームのお菓子。伊勢崎さんがセレクトしていた定番のヤツだ。

「これまで食べたことのない、甘くて、それでいて上品な味わいでしたわ。今思い出してもお口の中が幸せになりますの……！」

自分の身体を抱きしめてクネクネしながら恍惚《こうこつ》な表情を浮かべるレヴィーリア様。どうやら本当にハマっているようだ。

「そういうことでしたら、お近づきのしるしにどうか――」

そう言いながら俺が白いお菓子をパックごと差し出すと、レヴィーリア様は俺の片手をそっと押さえる。

「マツナガ、それはよろしくなくてよ。きちんとした対価を払います。ホリー、来なさい」

「はっ」

扉の向こうに控えていたのだろう。応接室にメイド服を着た栗毛《くりげ》の女性が入ってきた。

レヴィーリア様が短く「あれを」と言うと、メイドは抱えた鞄の中から革袋を取り出して俺にうやうやしく差し出す。

お菓子の料金ってことだと思うけど、これって本当に受け取っていいのかな？　お貴族様のＮＧ行為がさっぱりわからない。

チラッとライアスを見ると、彼は小さく頷いた。どうやらＯＫらしい。

「それでは、いただきます」

そう言って革袋を自分の手元に置く。それを見てレヴィーリアが満足そうに頷く。

「一番はそのお菓子ですけれど、もちろん他のお菓子も大好きですわ。それらは後に商会を通じて購入させていただきます」

「あっ、ありがとうございますっ！」

ライアスが顔に安堵の表情を浮かべて頭を下げる。たしかにこの場で全部買われたら商売あがったりだろうしね。

「ところでそちらの奥方……イセザキと言いましたわね？」

レヴィーリア様が伊勢崎さんに顔を寄せ、じっと見つめる。

「は、はい」

珍しく緊張した口調の伊勢崎さん。

「あなた……とても美しい髪をなさってますわね。どういったお手入れをされているのかしら？」

「い、いえ、特には……」

うつむきがちに答える伊勢崎さんに、レヴィーリア様がテーブルを乗り越えんばかりに顔をぐいぐいと近づける。

「ウソおっしゃい。こんないい匂いをさせて……クンクン。ああ、本当にいい匂いね……どこか懐かしさを感じるような……クンクンクン、ハアハア、いい、すごくいいわ、ハアハアハア！」

「わっ、私は自国の洗髪剤を使っております！　レヴィーリア様！」

近づかれた分のけぞりながら伊勢崎さんが声を上げると、レヴィーリア様が我に返ったように目をぱちくりとさせた。

「──ハッ！　わたくしは今いったい何を……。そ、そうですか、洗髪剤ですか。それは売り物にはあるのかしら、マツナガ？」

「今は切らしております。レヴィーリア様がご希望のようでしたら、次は仕入れておきますので、ライアス様からお求めいただければ……」

「そう。ではそちらもお願いしますわね！　ふふっ、今日はいい出会いがある予感がしたのです。

本当に来てよかったわ！　それでは失礼しますわね。オーッホッホッホッホ！」

高笑いしながら去っていくレヴィーリア様とメイド。

やっぱり金髪縦ロールは高笑いするんだ……。そう思いながら俺はレヴィーリア様の声が聞こえなくなるまで、その場でじっとしていたのだった。

28　放蕩《ほうとう》姫

レヴィーリア様とメイドが出て行った応接室。しばらくの静寂の後、ライアスがしどろもどろに口を開いた。

「マ、マツナガ様、いやはや申し訳ありません。商談中にこのようなこと、本来ならあってはならないことなのですが……」

額の汗をハンカチで拭いつつ、頭を下げるライアス。

「いえいえ、お相手がお相手ですので、気になさらないでください。とはいえご令嬢自ら足をお運びになるとは思いませんでしたが……」

高級品として取り扱っていけば、いずれお貴族様にまでたどり着くとは思っていた。

しかしさすがに二度目の商談中に突然の伯爵令嬢来襲は想定外だったよ。

「どうやらレヴィーリア様は、この町に視察にこられていたようでして。それでわざわざ当商会にお褒めの言葉をお伝えにこられたようなのです」

伊勢崎さんからこの世界のお貴族様について少しは聞いているのだが、それは俺の持っていた貴族のイメージとほとんど変わらない。

つまり――支配階級であり、ご機嫌を損ねたら平民なんかどうとでもできるというアレだ。

その話からすると、さきほどのレヴィーリアというお嬢様はかなり珍しい存在のように思える。

するとは商談中に口を挟むことはない伊勢崎さんが、珍しくライアスに尋ねた。

「あの……レヴィーリア様とはどういった方なのでしょうか？」

「そうですね、私も実際にお会いしたのは今回が初めてなのですが……。世間から漏れ聞こえる噂とさほど変わらないといった印象を受けました」

「どのような噂でしょうか？」

「あくまで民草の噂として聞いてほしいのですが、レヴィーリア様は二十歳を迎えたというのに未《ま》だご婚約すらされておらず、領内を好き勝手に遊びまわっておられるとの噂でして……。口さがない民衆からは放蕩《ほうとう》姫などと言われております」

「まあ……。伯爵家のご令嬢が二十歳を迎えてなお、ご婚約もされていないのですか？」

「ええ。長女であるデリクシル様のご縁談が未だに整っておられず、デリクシル様に先んじてレヴィーリア様の縁談をというわけにはいかない……というのがご領主様のお心なのかもしれませんが――っと、すみません、少々言葉が過ぎました。イセザキ様、マツナガ様、どうか今の話はお二人のお心に仕舞われますよう……」

俺と伊勢崎さんは深く頷き、レヴィーリア様の話はこれでおしまいとなったのだった。


その後は気分を入れ替えて再び商談。

今回の取引ではライター、ボールペン、ＬＥＤライトと電池、お菓子、ウイスキー等などを売却し、売却額の合計は四百万Ｇほどになった。

日本円にしてもおおよそ四百万円くらいの価値の売上ということであり、大儲《おおもう》けだ。

ちなみに単価が一番高かったのは、今回もウイスキーだった。

前回一本しか売ることができなかったものだが、ライアスはその一本を領内きっての酒好きの商人に売りつけたそうだ。

そしてその商人がインフルエンサーとなり、強い酒精と香り、風変わりな瓶とラベルといった評判が広まっていき、領内の酒好きたちの間で次の入荷が待たれていたらしい。ライアスは意外とやり手なのかもしれない。

そういうことで二千円で買った安酒が一本二十万Gで十本売れたわけだ。

ライアスが言うにはまだまだ売れるとのこと。領内の酒好きたちに行き渡るまでは、この値段でぼったくれそうである。


そうしてこちらの商談を終えた帰り際。

今度は逆に、商会で取り扱っている商品をライアスにいくつか売ってもらった。

ひとつは土ネズミの肉。

無職の俺はなるべく食費もこちらでまかなう必要がある。おいしい土ネズミの肉があれば、味に飽きてしまうまでは地球の肉類を食べたいとは思わないだろう。

そしてある程度品質の良い普段着もいくつか購入させてもらった。これでごわごわした肌触りの服とはおさらばである。

せっかくなのでこのまま着て帰ろうと店内で着替えさせてもらい、その後俺たちは今回も店舗入り口でのライアスからの最上級のお見送りを受けつつ、レイマール商会を後にした。

29　ティータイム

俺たちは大した寄り道もせず『エミーの宿』に戻った。

そしてエミールと交渉をし、宿の個室を一年間借りる契約を結んだ。

賃貸料金は一年で三十万Gと思ったよりもずっと安い。普段は空いていることも多い部屋なのだそうだが、なによりもお友達価格ならぬ伊勢崎さん価格なのだろう。ありがたいことだ。

これからしばらくは、ここを日本からの【次元転移《テレポート》】の着地地点にする予定だ。人目がないからといって、毎回荒野から移動するというのも面倒だからね。

そうして部屋で落ち着いた後は、伊勢崎さんと今後の相談だ。

議題は当然、『レヴィーリア様について』である。


会議を始めるにはお茶とお菓子が必要だ。

俺は【収納《ストレージ》】から電気ケトルを取り出し、インスタントコーヒーを入れたマグカップに注ぐ。

電気ケトルの中にはアツアツの熱湯が入っている。どうやら【収納《ストレージ》】の中は時間が止まっているようで、事前に準備さえしておけば、いつでもお湯が使えるのだ。

「はい、どうぞ」

「ありがとうございます。おじさま」

お茶請けのお菓子も用意して会議の準備は完了。

伊勢崎さんがインスタントコーヒーを一口飲むと、懐かしそうに目を細めながらゆっくりと語り始めた。

「レヴィーリア……レヴィと初めて出会ったのは、私が聖女として教会で生活するようになり一年ほど経った頃でした。貴族の教育の一環として、レヴィは私がお世話になっていた教会に通うことになったのです」

聖女を預かるだけあって、教会は領内で一番大きく領主とのつながりも深かったのだとか。

伊勢崎さんはさらに言葉を続ける。

「今は時間の流れの変化で私より歳上になったようですが、当時は私より一つ歳下《としした》で、人懐っこい彼女は私をまるで実の姉のように慕ってくれていました。レヴィには本当の姉もいるのですが、あまり仲はよろしくはなかったようです」

そういえばデリクシルという姉がいるのだったな。姉の縁談が未だにまとまっていないとライアスは言っていた。まあその辺の事情はどうでもいいとして――

「レヴィーリア様に伊勢崎さんの正体がバレることってあると思う？」

問題はこれだ。

なんといっても一度は暗殺された伊勢崎さんである。生きていたと知られれば、また狙われることだってあり得る。それだけは絶対に避けねばならない。

だが伊勢崎さんは首を横に振った。

「いえ、さすがに一度死んだ人間が歳下になって生き返っているだなんて、普通は想像もできないでしょう。それに髪の毛でだいぶ印象も変わっていますし。……しかし万が一、レヴィに正体がバレるようなことがあれば――」

伊勢崎さんの声がかすれ、マグカップを持つ手がカタカタと軽く震えている。明らかな恐怖を感じているようだ。これは普通じゃない。

「……もしかして、君を殺すように指示したのが、レヴィーリア様ってこともある……とか？」

だが俺の問いかけに、伊勢崎さんはキョトンとした表情を浮かべる。

「え？　いえ、それはないと思いますよ。当時の彼女は十歳ですし、本当に私に懐いてくれましたから」

「そうなんだ。それにしてはレヴィーリア様のことを怖がっているように見えたけど……」

「は、はい。私が危惧していたのは……その、レヴィはちょっと……いや、かなり度を越して私に懐いてしまいまして――」

言いにくそうにしながらも伊勢崎さんが語り始める。そこで語られたのは、レヴィーリア様による大変重い愛情表現だった。

伊勢崎さんのことをひと目で気に入った幼少期のレヴィーリア様。

本来なら週に一度ほどの礼拝の予定であったのだが、彼女は礼拝の日以外にも教会を訪れるようになった。

用事のあるとき以外はほぼ教会にいたそうで、他に習い事の入っていない日には教会に宿泊し、朝から晩まで伊勢崎さんにくっついていたのだとか。

ある日には貴族を辞めて教会に帰依《きえ》するだなんて言い出し、大騒ぎになったこともあったらしい。

とにかく食事中、入浴中、就寝中、時と場合にかかわらずレヴィーリア様に追い回される日々が続き、夢の中でまで彼女にまとわりつかれていたそうだ。

「悪気はないのでしょうし、実の姉との不仲を慰《なぐさ》める代償行為でもあったのでしょうから、私も強くは拒否できず……。そういえば一日中、私の背中にへばりついて首筋の匂いを嗅いでる日もありました。さすがにアレだけは二度としないように叱りましたけど……」

疲れたようにため息を吐きつつも、うっすらと口元に笑みも浮かべている伊勢崎さん。嫌なだけの思い出ではなさそうだった。

伊勢崎さんは吹っ切るように大きく息を吐いた。

「まあ、お貴族様は忙しいものです。もう二度と会うことはないと思いますし、レヴィの話はこの辺で終わりましょう。それよりもおじさま、ティータイムを楽しみませんか？」

「そうだね、もう少しゆっくりしてから日本に戻ろうか」

「はい、承知しました。ふふっ、おじさまとティータイム♪」

伊勢崎さんは自分のお気に入りのお菓子をポイッと自分の口に放り込み、柔らかく笑みを浮かべた。

30　五分で帰宅

ティータイムを終えた俺と伊勢崎さんは、『エミーの宿』から『榛名荘マンション：松永幸太郎《こうたろう》宅』へと戻ってきた。

まずは玄関先の時計をチェック。

時刻はえーと……えっ、十二時ジャスト!?

「まったく時間が経ってないみたいなんだけど」

「そのようですね……。私たちが異世界にいる間は、こちらではまったく時間が進まないのかもしれません」

「マジか……」

初めて異世界から日本に戻ってきたとき、道路はまるで俺が刺されて【次元転移《テレポート》】した直後のような状態だったが、時間が流れていなかったのならそれも当然だ。本当に転移直後だったのだろう。

まさか時間が進んでいないとは思わなかったけれど、そもそも他の世界に転移することを常識で考えてもしかたない。

とりあえず、地球で過ごしている間は異世界では十倍の時間が流れ、しかし異世界にいる間はまったく地球の時間は進まない――こういうもんだと覚えておこう。

「うーん、異世界に行っても時間が進まないのはいいことかもしれないけど、ずっと異世界で生活することで地球の時間が進まなくなるのも困るなあ。バランスを考えていかないと……」

こちらには異世界にはないゲームやマンガ、テレビやネットといった日々更新される楽しいコンテンツが大量にある。

俺にとってはそういう娯楽ももちろん大切なのだ。異世界に引きこもりたいわけではない。

まずは異世界でお金を稼いで、次に日本でもお金を稼ぐ。

日本での金策はまだ見つけていないので、それはこれからの課題だ。

そしてどちらの世界でものんびりと豊かに暮らせる基盤をつくるのだ。このいいとこ取りが一番だよ。

「おじさま、もうひとつ気になる点があるのですが」

「ん？　なにかな」

「この時間の流れですと、仮におじさまがずっと異世界で生活した場合、地球で生活している人から観測すると、少し見ない間におじさまがどんどん老けていくことになります」

「ああ、それもそうだ。……それはかなり困るね」

「そうでしょうか？　私は今よりも深みを増したおじさまを見てみたい気も……。試しに異世界にロングステイしてみてはいかがです？」

「ええっ、それは勘弁してほしいなあ……」

同窓会で俺だけ先生と見た目が変わらなかったり、群を抜いて毛髪が後退していたりとか、想像するだけで辛い。

だが俺の抗議に伊勢崎さんはころころと笑う。

「ふふっ、冗談です。それに関しては私にいい案があります。次の機会にお話ししますので、今は先に用事を済ませておきますね」

「あー……うん、そうだね。悪いけどよろしくたのむよ」

「任されました。それでは失礼いたします」

スッと綺麗なお辞儀をして、伊勢崎さんが家から出ていった。『いい案』とやらが気になるところだが、今は用事のほうが大事だ。

その用事とは、レヴィーリア様ご所望のシャンプーの一件だ。

お貴族様のリクエストに遅れるとトラブルの予感しかしないので、なるべく早く届けておきたい。

そしてそのシャンプーは伊勢崎さん行きつけのお高いヘアサロンにしか売っていない物らしい。

俺はてっきりドラッグストアで買えると思っていたよ……。

俺は自宅に戻る伊勢崎さんを窓から眺めつつ、庶民おっさんとお嬢様の常識の違いを改めて実感したのだった。

◇◇◇

伊勢崎さんを見送った後、私服に着替えた俺は伊勢崎邸へと向かった。

未成年を連れ回しているのだし、保護者との連絡は密にとったほうがいいと思ったわけである。

伊勢崎邸を訪ねると、すぐに大家さんが黒い派手プリントTシャツ姿で迎えてくれた。

「よう松永君。今日は聖奈と異世界に行ってきたんだろう？　聖奈も行ったと思ったら、すぐに帰ってきてタクシー拾ってどっかに出かけたよ。なにかトラブルなのかい？」

「はい、その辺の説明も含めて保護者の方にご報告をと」

俺の言葉を聞いて、大家さんが面倒くさそうに顔をしかめる。

「なんだい、聖奈だってもう一人前の女なんだ。アタシに報告なんて別にやんなくてもいいよ」

「いやいや、伊勢崎さんはまだ未成年でしょ……」

「フン、こりゃあ聖奈も苦労するね……。とはいえ、何があったのかアタシも興味がないといえばウソになる。いいよ、上がっていきな」

指をクイッと後ろに向けると、大家さんは先にさっさと応接間へと向かった。

◇◇◇

応接間で向かい合い、今日の出来事をレヴィーリア様の件を含めて大家さんに報告した。

大家さんはそのロックな服装に似合わない綺麗な所作でお茶をひと飲みした後、ゆっくりと口を開く。

「ふーん。そのご令嬢のことは聖奈が問題ないっていうなら放っておいていいさ。それで松永君の商売の方は順調なのかい？」

「はい、この調子でやればなんとかやれそうです。それで今日は日頃のお礼といいますか、お土産といいますか――」

そう言いながら、俺は【収納《ストレージ》】から油紙に包まれたブツを取り出す。

「お礼なんざいらないけど、お土産ってことならありがたく頂戴するよ。中身はなんだい？」

興味津々といった風にブツを覗き込む大家さん。

「これは異世界で買ってきた魔物の肉です。すごく美味しいですよ」

レイマール商会で自分用とは別に、大家さん用に切り分けてもらった物だ。魔物肉と聞いて大家さんの目が大きく見開いた。

「ほう、ほほう！　いいねえ松永君！　めっちゃアガるよ！　コレさ、聖奈が来たら今夜の夕食にしよう。松永君も食っていきなよ！」

「そういうことなら遠慮なく」

遠慮すると嫌がる人なので、ここは素直にごちそうになろう。俺も魔物肉料理楽しみだし。

「はてさて、どんな料理にして食べるといいだろうねえ。向こうじゃどんな料理で食べたんだい？」

「それがまだ串焼きでしか食べたことなくて」

「へえ、そうかい。串焼きもいいけれど、せっかくだから他の料理も試してみたいところだねえ。そういやこれは何ていう魔物の肉なんだい？」

まじまじと肉を見つめながら大家さんが尋ねる。

ウッ、できれば言いたくはなかった。名前のイメージが悪いからなあ……。

「ヘイ、どうした？　早く言いなよ」

「……土ネズミという魔物の肉です」

俺の返答に、大家さんは一度ピタリと動きを止めると――

「ネズミ肉……？　ネズミ肉ッ!!　ＦＯＯＯＯＯＯＯＯＯ!!　マジかい、最高にクールじゃん！　ああ、聖奈早く帰ってこないかねえ、待ち遠しくてたまんないよ！　魔物肉　イズ　デーーーッド！　イエア！」

などと感情を爆発させた。そりゃあ肉は死んでいると思う。

さすがというか、なんというか、常人では測れない感性らしい。

伊勢崎さんが行方不明から戻ってくるまでは、ここまで風変わりではなかったんだけどなあ。

俺はワクワクするあまり踊りだして腰を痛めそうな大家さんをなだめつつ、伊勢崎さんが戻ってくるのをひたすら待つことになったのだった。

31　ビフォーアフター

「ただいま帰りました」

大家さんと応接間で過ごすこと数時間。

ＹｏｕＴｕｎｅで大家さんと一緒にヘヴィなロックバンドのＰＶを延々と見せられ脳がおかしくなりかけていたところに、玄関先から伊勢崎《すくい》さんの声が聞こえてきた。

伊勢崎さんは障子を開けて応接間へと入ってくると、俺を見て顔をほころばせる。

その手に下げているオシャレな柄の紙袋には、おそらく例のシャンプーが入っているのだろう。

「おじさま、いらしていたのですね」

「やあ、おじゃましてるよ」

伊勢崎さんは髪を揺らしながらにこりと微笑み、

「先に着替えてきます。少し待っていてくださいね」

その場でくるりと半回転。きれいな銀髪がきらきらと輝いて宙に舞った。

それからしばらくして応接間に戻ってきた伊勢崎さんは、流れるような所作で俺の前で正座をする。そのとき彼女の髪がふわりと持ち上がり、どこか甘い匂いが鼻腔《びこう》をくすぐった。

「おじさま、これが例のシャンプーです」

俺に紙袋を差し出し、髪の毛をファサッと後ろに払う伊勢崎さん。ああ、うん……。

「ありがと。と、ところで……髪切った？」

俺の言葉に伊勢崎さんはパアアアア……と顔を輝かせた。

「はい！　たまたま予約のキャンセルがあったみたいで、お買い物のついでに少し髪を整えてもらったんです！」

伊勢崎さんは、ぴたっと両手を合わせてニコニコと上機嫌だ。いやまあ、さすがの俺もそこまで露骨にアピールされたらわかるよ……。

「うん、とても似合ってるね……。ところでこのシャンプーの値段はいくらだったのかな？　忘れないうちに払っておくよ」

ひとまず髪の話題を切り上げて財布を出そうとする俺の手を、伊勢崎さんがやんわりと押し止める。

「いえ、本を正せば私がレヴィに目を付けられたのが原因ですから。これは私が支払います」

「いやいや、そういうわけにもいかないから」

「ですが――」

「聖奈。男には見栄ってヤツがあるんだよ。ありがたくいただいておきな」

大家さんの鶴の一声。まあそういうことだ。ここは支払わせてほしい。

「……わかりました」

申し訳なさそうに眉尻を下げる伊勢崎さんに、俺は財布を取り出しながら話しかける。

「ありがとね。それでいくらだったのかな？」

「ええと――」

そうして伝えられた金額は、俺の想定を遥かに超えてきた。俺は顔がこわばりそうになるのを必死に抑えながら、財布からお金を取り出したのだった。

◇◇◇

「ところでおじさまはどうしてこちらに？」

「大家さんに魔物肉をお土産に持ってきたんだ。それでご相伴にあずかることになってね」

「そういうワケさね。それで何の料理にするかロックのPVを見ながらインスピレーションを働かせてたんだけどさ、やっぱ聖奈に聞くのが一番だよね。お前の意見を聞かせておくれよ」

どうやらロックのPVは献立を考えるための行動だったらしい。衝撃の真実である。

そんな大家さんに水を向けられ、伊勢崎さんが考え込むように眉を寄せた。

「そうですね……。私も土ネズミは串焼きくらいしか食べたことはなかったのですが……食感は鶏《とり》肉《にく》に近いですし、鶏鍋――いえ、ネズミ鍋にしてみてはどうですか？」

そこは別に鶏鍋でいいと思うよ。なんで言い直したのかな。

だが大家さんはそれを聞いて、弾《はじ》けたように立ち上がる。

「ヒャッハー！　いいね、いいね、ネズミ鍋！　それじゃあさっそく料理するかい！　いくよっ、聖奈！」

「はいっ、お婆様！」

腕まくりして立ち上がる大家さんとそれに付き従う伊勢崎さん。

二人は俺を残して応接間を飛び出ていった。仲がよさそうでなにより。

ちなみに大家さんも、大家さんに仕込まれた伊勢崎さんも料理は大の得意である。

一人残された俺はどんな鍋になるのかと思いを馳《は》せながら、テレビの大画面で再生されっぱなしだったイカレたロックPVを見て時間を潰すことにしたのだった。

スマホを家に忘れてきたことを、こんなに後悔したのは初めてだよ。

32　ネズミ鍋

「おまたせしました～」

グツグツと湯気の立った鍋を持ってきた伊勢崎さんが、カセットコンロの上に鍋を載せた。鍋からは昆布だしのいい香りがふんわりと漂い、なんとも食欲がそそられる。

「さあさ、食べようかね！」

一番槍《いちばんやり》は大家さんだ。大家さんは箸をつっこみ、鍋の中から魔物肉をつまみ上げる。箸に挟まれた魔物肉は煮えているはずなのになぜか赤みを帯びていた。

「ヒューッ！　十分に煮込んだのに赤いまま。まるで生肉を食べるように錯覚をしちゃうねえ。超クールだけどお味のほうは……と」

かなりグロい見た目だが、大家さんは臆《おく》することなく用意されたポン酢もつけず、そのまま口へと運んだ。そして無言でもぐもぐと頬張り――目をクワッと見開く。

「ジーーーーーザスッ！　旨味《うまみ》の凝縮がハンパないよ！　いちど嚙むと旨味が一気に広がる……まさに旨味の爆弾だよコレは！　アタシもこの歳になるまでそれなりに良い物を食べてきたとは思うけどさ、その中でもこれほどの物を、しかも家庭の食卓でいただけるってなると、ちょっと記憶にないね……ってアタシを見てないで、松永君も聖奈もさっさと食べな！」

店ではこのクラスの食材を食べたことあるんだ、セレブってすごいな……などと思っていたところを大家さんに急かされ、俺も慌てて鍋の中に箸を突っ込んだ。

選んだのは魔物肉で作ったと思われる肉団子。

こちらは切り身ほど赤くはなく、ほんのり赤い程度。そもそも串焼きのときには、まったく赤みを帯びてなかったのに不思議なものだね。

「それ、私が作りました。手でこねこね、こねこねこねっと……ふふっ」

「ああ、うん。そうなんだ。いただくね?」

話しながら手をくにくにと動かして手ごねをアピールする伊勢崎さん。妙に食べにくくなったのだが、思い切って肉団子を口の中に放り込んだ。

「ああっ……!」

なぜか声を上げて顔を赤らめる伊勢崎さんに見守られながら、俺は口の中の肉団子を味わう。

こちらは口の中に入れた瞬間、団子がホロホロと崩れていく。

そのとろけるような柔らかさと共に、旨味が口の中に染み渡っていくようなやさしい味だ。

「はあ、はあ……」

そして肉団子を味わう俺を見つめたまま、伊勢崎さんは疲れたようにぐったりと畳の上に手をついていた。

まあ手ごねは面倒だろうし、今頃疲れが出たのかもしれない。俺としても料理してくれた二人に感謝して、じっくり味わって食べないとな。

俺は二人に感謝をしながら、再び肉団子を鍋からつまみ上げた。

◇◇◇

そうして三人で魔物肉に舌鼓を打ちつつ、楽しい夕食が進んでいく。

箸休めの白菜を食べた後、大家さんが口を開いた。

「それにしてももったいないねえ。これだけ美味いのに日本で売れないってのはさ」

「ああ、やっぱり日本で売るのは無理ですか」

「売るだけなら出所不明の肉がロンダリングされたり、闇市場で出回るってのは珍しい話じゃないけどさ、それじゃあ本末転倒だろう？」

たしかに売れればいいってものじゃない。俺は異世界で安く仕入れた物を高く売りたいのだから。

「それもそうですね。なにかこっちでも売れる物がないかと考えているんですけど……」

「ヒヒッ、急に仕事を辞めたし、そんなこったろうと思ってたよ。まあ稼ぎ口なんざ慌てて決めてもロクなことにはならんし、ゆっくり考えればいいさ。異世界に行けばいくらでも時間がとれるんだろ？　とはいえ、あんまりゆっくりしすぎちゃあ、そのうちアタシと同じ歳になるかもしれないけどね、ヒャハハハ！」

「それ、笑い事じゃないですよ……」

がっくりと肩を落とす俺に、伊勢崎さんが思い出したように声をかけた。

「そうそう、それですおじさま」

「ん？」

「こちらと異世界との時間差についての解決策の話です」

「ああ、そういえば聞かせてくれるんだったね。せっかくだから今教えてもらってもいいかな？」

「はい、もちろんです」

伊勢崎さんは箸を置くと、大家さんをいたずらっぽい目つきで見つめた。

「それではおじさまのことを笑ったお婆様に、実験台としてご協力願おうかしら？」

「ん、なんだい？　面白いね、何をしてくれたっていいよ」

大家さんも箸を置き、その場にどっかりとあぐらをかく。

なにをするかは知らないけれど、実験台という言葉にも動じないあたりさすがである。

「おじさま、こちらに……お手をお借りしますね」

伊勢崎さんと一緒に大家さんのそばに近づくと、そっと手を握られた。なにかの魔法を使うのだろう。

伊勢崎さんは精神を集中するように静かに目をつむった後、ゆっくりと言葉を紡ぎ出す。

「では……【若返り《リジュベネーション》】」

その直後、伊勢崎さんの手からキラキラした光が溢《あふ》れていき、それがやさしく大家さんを包み込んでいった。

33　若返り

キラキラの光に包まれ、大家さんは気持ちよさそうに目を細める。

「ふぁあああぁぁぁぁぁぁぁ……。なんだいこりゃあ、身体がポカポカしてすごく気持ちがいいじゃーん……」

「ふふっ、それだけですか？　お婆様」

得意げな伊勢崎さんの問いかけに、大家さんは眉を上げながら注意深く自分の身体を見回す。

「ふむ、言われてみると、なんだか身体が軽くなったよーな？」

それを聞き、にこりと微笑む伊勢崎さん。そして引き続き光に包まれたままの大家さんは、自分の手のひらを見て驚きの声を上げた。

「ワオ!!　手のシワまで減っていってるよ！」

「ええっ!?　ストップ、ストーーーーップ！」

なぜか一緒に驚いて伊勢崎さんは魔法を止めると、まじまじと大家さんを見つめて首をかしげた。

「本当にシワが減っていますね。確かに今のは若返りの魔法なんですけど、そこまで劇的に効果はないはず……。お婆様、ご気分はどうですか？」

「へえ、若返りの魔法だって？　どっこいせっと」

大家さんは立ち上がると、ぐっぐっと身体を左右に動かしたり屈伸したりと機敏な動きを見せた。

「おっ、イイネ！　三年くらい若返ってるカンジがするよ」

「そんなに細かくわかるモノなんですか？」

俺の問いかけに大家さんは当然とばかりに頷く。

「こちとら常日頃から老いと戦っているからね。それくらい測れないようじゃあ、イケてるババアなんてやってらんないよ」

「まあ正確な年数はともかく、私の想定以上に若返ったのは確かなようです。これまでは私が精一杯やっても、一年分くらい若返ったあたりで魔力が尽きたのですが——」

そこで伊勢崎さんがハッとした表情を浮かべ、俺に振り返る。

「すみません、おじさま！　私はおじさまから魔力をいただいているというのに、それをすっかり忘れていました！　魔力が吸われすぎて身体がだるいとか、息が苦しいとかないですか!?　本当に申し訳ありませんっ！」

オロオロと泣きそうな顔で話しかける伊勢崎さんだが、俺の体調にはなんの変化もない。

たしかに魔力が吸われたのは感じたけれど、気にするほどではないんだよな。

「別に大丈夫だよ？」

「本当ですか？　かなり膨大な魔力を消費したと思うのですが……」

「うん。平気だから気にしないでいいよ」

「そ、そうですか、よかったです！　ですが……」

ほっとした表情を浮かべたのもつかの間、伊勢崎さんは顎に手をあてながら考え込んでしまった。

しかしなんにせよ、今のが若返りの魔法ならすごいと思う。たしかにこれなら異世界ステイが長引いたって大丈夫だ。

そしてせっかくだから、もう少し試してみたいところである。

「大家さん、俺の魔力はまだまだ平気みたいですし、なんならもっと若返りの魔法を受けておきませんか？」

だが大家さんは首を横に振った。

「いや、いいよ。これ以上若くなったら、アタシにその気がなくてもモテちまう。そうなるとあの世で爺《じい》さんがヤキモチを焼いちまうからね」

ヒヒッと笑って答える大家さん。

まあ本人がそういうのなら仕方ないか。それにあまり若返らせすぎると周辺でも騒ぎになりかねないし、これくらいでちょうどいいのかもしれない。

「そうですか、わかりました。……ところで伊勢崎さん、もしかしてこの魔法って、定期的に受けていれば永遠に生きられたりするの？」

だとすればかなりヤバい魔法だと思う。不老不死は人類の永遠のテーマみたいなところがあるからな。

俺の問いかけに、考え込んでいた伊勢崎さんが顔を上げた。

「いえ、老いは魔法で癒《いや》せても、魂の劣化は防げません。私が聞いた話によると、かつて

【若返り《リジュベネーション》】の使い手を何人も幽閉し、魔法をかけさせ続けた貴族がいたそうなのですが、その貴族は二百歳ほどで、若い姿のまま魂が抜け落ちたかのように死んでしまったとのことです」

「二百歳かあ……それでも十分凄《すご》いけど。……そういえば伊勢崎さんがこの魔法を使えるのって、もしかしてお貴族様に【若返り《リジュベネーション》】を強要されたりしたことがあったりとか……？」

「いえ、幽閉の話を聞いていただけに、私は人前では使いませんでした。ただ……」

「ただ？」

「私が異世界に転移した直後の話ですが、エミールおばさんは私の実の両親よりもかなりお歳を召していました。今亡くなられては自分が路頭に迷うと思った私は、その一念で【若返り《リジュベネーション》】が使えるようになりまして……。それでこっそりとこまめにおばさんに【若返り《リジュベネーション》】をかけ続けていたんです。おそらくおばさんは実年齢より十歳は若いかと……」

「そ、そうなんだ」

若返り魔法と聞くと、どこか陰謀めいたものを感じたりするけれど、このエピソードは微笑ましいというかちゃっかりしているというか。

「あっ、そうだ。それなら俺にも【若返り《リジュベネーション》】を使ってくれないかな？　俺も最近は食べ過ぎるとすぐに胃がもたれたりしてさ、少しだけ若返りたいんだけど――」

「それはぜっったいにお断りします」

なぜか満面の笑みで答える伊勢崎さん。笑顔なんだけど、目だけは笑っていなくてすごく怖い。

ああ、うん。俺も別に若さに固執はしていないけどね。でもそんなに怖い顔しなくてもいいじゃないか……。

「ところで、おじさま？」

「ハッ、ハイ」

「おじさまの魔力量、一度しっかり測っておいたほうがいいかもしれません。おじさまがすごいのは当然なのですが、どれほどのお力を秘めているのかを認識することは大事ですから」

うーむ。たしかにその辺は後回しにしていた自覚はあるんだよね。

俺は伊勢崎さんに頷いて答えたのだった。

34　河川敷《かせんじき》

「ああーいい天気だなあ……」

昼下がりの河川敷。

俺は独り、穏やかに降り注ぐ日の光と、それをまばゆく反射させる川面《かわも》を眺めながらつぶやいた。

ちなみに伊勢崎さんは、今日は学校である。

その伊勢崎さん曰く、魔力量を測るには【収納《ストレージ》】を活用するのがいいらしい。【収納《ストレージ》】の収納量は魔力量に比例するので、収納量がわかれば魔力量の見当がつくのだそうだ。

なお収納量を測るのに【収納《ストレージ》】に入れる物体は水がオススメとのこと。

水なら無限にある――とまでは言わないけれど、海や河川に行けばいくらでもあるのだから納得の理由である。

それで俺は辞めたばかりの会社の近くにある河川敷にきたわけだ。俺の気軽に行ける範囲で一番大きい川はここだった。

ちなみに最初はこの河川敷に【次元転移《テレポート》】で跳ぼうと思ったのだが、うまくはいかなかった。

実家やかつての母校なんかにも跳べなかったので、どうやら俺は【次元転移《テレポート》】習得後に行った場所、もしくは伊勢崎さんと異世界に行ったときのように、同伴者が強く思い描くことができる場所でないと跳べないようだ。

そうして電車に揺られてはるばる河川敷へとやって来た俺は、さっそく川の水を【収納《ストレージ》】することにした。

俺が【収納《ストレージ》】でモノを中に入れる方法は二つある。

一つはゴミ箱に使ったときのように異空間の穴を開けて、そこに放り込む方法。

もう一つは俺の手に持ったモノを、念じることで直接【収納《ストレージ》】に転送させる方法だ。

川の中に手を突っ込んで一気に【収納《ストレージ》】に流し込めれば楽だったのだが、うまくはいかなかった。

そこで今回は異空間の穴を開けて、そこに川の水を流し込むことにした。

異空間の穴をできるだけ広げてみると、その大きさは最大でマンホールほど。

川の中にその穴を開けると、浴槽の栓を抜いたときのように川の水がシュゴゴゴと音を立てながら流れていく様子は見ていてなかなか面白い。


——けれど、それも数時間ともなると飽きてくるわけで。

なかなか満タンにならない【収納《ストレージ》】に俺は正直ダレてきていた。

そもそもだ。最初のうちは水を眺めるだけでも面白くて気にもならなかったけれど、平日の河川敷で川をひたすら眺める男（無職）というのは、かなり不審者度が高い。ヘタすると通報されてしまいそうな気がしないでもない。

なんだかもう作業を切り上げて帰りたくなってくる。

しかし、周りの目が気になるし飽きてきたので帰りました――というわけにもいかない。そんなおっさん、伊勢崎さんも失望してしまうだろう。

いつも俺をすごいすごいと持ち上げてくれる伊勢崎さんに、かっこ悪いところは見せられないのだ。俺はただその一心で、居心地の悪い河川敷で長い時間を耐え忍び――


――夕暮れ時になってきた頃、ようやく【収納《ストレージ》】の中が一杯になってきたのだった。

容量的には高校時代の体育館ひとつ分といったところだと思う。なんとなくの感覚だけど。

以前伊勢崎さんから聞いた話では、容量の大きい人で大型トラック一台分くらいだそうなので、それに比べるとかなりの大容量に思える。つまり俺の魔力量は人並み外れて大きいってことだ。

その事実にどこか優越感も覚えながらも、まず最初に気になったことはといえば――

【収納《ストレージ》】が満タンのままでは他の物が入れられなくなるという現実だ。

……この作業はもう二度としたくない。そう心に深く刻み込みながら、俺は【収納《ストレージ》】から水を延々と吐き出し続けた。

◇◇◇

【収納《ストレージ》】から水を吐き出しているうちに、あたりはすっかり暗くなってしまった。

未だに全部吐き出したわけではないけれど、ある程度は中身に余裕ができたので、あとはチビチビと捨てていくことにして、俺は長らく居座った河川敷を後にした。

疲れ果てたので一気に【次元転移《テレポート》】で帰りたいところだが、それだと今日一日、川の流れを眺めただけで終了してしまう。

それはあまりにも悲しいので、俺は近くにある百均ショップに行くことにした。

そうしてボールペンやらライターやらを爆買いして店員に変な目で見られた後、人気《ひとけ》のない場所で【次元転移《テレポート》】をしようと細い路地に入った時のことだった。

路地の奥の方から男女の声が聞こえてきた。

「ちょっ……！　マジでやめろってのー！」

「いいじゃん、ちょっと休んでいこうぜ？　ほら、向こうにちょうどいい休憩場所があんじゃん？」

「あれってラブホじゃん！　行くわけねーし！　てかカットモデル募集中って話はどこにいったんだよ！」

「はは、その前に仲良くなっておこうって話じゃん」

「うるせー！　なにが『この路地がサロンの近道なんだ♪』だよ！　ウチはもう帰るからな、手ェ放せよクソ！」

――バシッ
「痛って！　おい、お前いい加減にしろよ……」

「は？　凄《すご》んでも怖くないんだが？　は？」

言い争う男女の声にヤバい空気を感じた俺は、こっそりと路地の奥を覗き込んだ。

そこには女の腕を掴む男と、男から逃れようと暴れる女。その女の方……あれって、元同僚の相原じゃないか？

35　路地裏

「ぎゃー！　腕引っ張んなって！　服も伸びてんし！」

「いいから来いやオラッ！」

抵抗むなしく、激昂《げっこう》した男に引っ張られていく女。その路地の向こう側には、なにやらムーディできらびやかな少しお泊りするのに最適な建物が見える。これはマズい。

「あのー、ちょっといいかな？」

思わず声をかけてしまった。俺の声に反応して男女が振り返る。

「あっ、センパイ！」

やっぱり女は相原だった。俺はぺこりと頭を下げながら二人に近づく。

「ども……。ええと、ソイツ俺の元後輩なんだけど……なにかご迷惑をおかけしましたか？」

「ちょっと！　なんでウチが迷惑かけた前提なんすか！」

「うるせえ黙ってろ！」

ギャーギャー騒ぐ相原を一喝し、男は俺を睨みつける。

「……なあ、おっさん。こっちはこれからいいトコロに行くんだよ。邪魔すんじゃねえ殺すぞ？」

ゆらりと体を俺に向ける男。さっきまではわからなかったが、どうやら俺よりも背が高いし体格もいい。そのぶっとい腕で殴られでもしたら、ワンパンでＫＯされそうな気がする。

……しかし、なんでだろう？　異世界でもっとヤバい連中に追いかけられた経験があるからなのか、それほど怖さは感じない。

「ちょっとした男女のトラブルってヤツだ。おっさんが首を突っ込むことじゃないワケ。わかるよな？　なあ？」

男は相原から手を放すと、ニヤニヤとバカにしたような笑いを浮かべながらゆっくりと近づいてきた。

そして片手をポケットに入れると、俺にだけ見えるように手の内からキラリと光るナイフを見せつける。

男の手のひらに収まるほどの小さな折りたたみナイフだ。

俺が実際に刺されたた分厚いサバイバルナイフから比べると、まるでオモチャのようにしか見えなかった。

「だからよ、黙って回れ右をしろ。いいな……？」

そんなオモチャを見せびらかし、勝ち誇るように口の端を吊り上げる滑稽《こっけい》な男。

——それを見て、俺はなんだか安心してしまった。これならなんとでもなりそうだと。

俺は軽く息を吐き出して男から視線を外すと、路地から見える細い夜空を見上げて叫んだ。

「ああっ！　アレはなんだ!?」

「あん？」

その声に男も上を向く――【収納《ストレージ》】。

俺は男の真上に異空間を出現させると、そこから大量の水を吐き出させた。次の瞬間、男は顔面に滝のような水を打ち付けられる。

「ぐわっ！」

突然の滝行に、男は頭を抱えて体をふらつかせた。

「おいっ、行くぞ！」

俺は背後で呆然《ぼうぜん》としている相原の手首を掴むと、そのまま大通りに向かって駆け出す。

「チッ、待てやコラァ！」

たかが水だ。怯《ひる》んでいた男もすぐに俺たちを追いかけようとして――

「あーっ！　アレは!!」

「うるせえぶっ殺す！」

今度は見上げない男。だが見上げずとも、その頭上には異空間が開き――今度はそこから電気ケトルが落下した。

ゴンッ！

「痛っ!!」

男の頭に電気ケトルが直撃する。そしてそのはずみで電気ケトルの蓋がパカリと外れた。

「ぶあぁっ！　あちいいいいいいいいいいいいいぃぃ!!」

中に入っていた熱湯を全身に浴び、男は叫びながら倒れ込むと地面をジタバタと転げ回った。

ちょっとだけかわいそうだけど、正当防衛だよね、きっと。

「えっ？　ええっ!?　ええええっ!?」

そんな様子に相原は混乱したように上を見たり下を見たりとキョロキョロしている。

「いいから行くぞ！」

俺は立ち尽くす相原の腕を無理やり引っ張ると、そのまま大急ぎで路地裏から大通りへと駆け抜けたのだった。

36　伝説の格ゲー

大通りを行き交う人々を縫うように全速力で走り、背後に男の姿がないことを確認した俺は、ようやく相原の手首を放して立ち止まった。

「はあはあ……もう大丈夫だろ。相原、怪我はないか？」

「ぜーはーぜーはー……ウチはノーダメっす。てか今が一番しんどい……ぜーはーはーぜーはー、おえっ……」

「ったく、気をつけろよ？　今どき小学生でも見知らぬ人についていかないって。アレはなんだったんだ？」

「はーはー……。アレっすか？　カットモデルの勧誘だって言うから髪ちょっと切りたかったしついていったんですけど、なんか痛いナンパだったみたいで。いやあ、マジで助かりました。センパイカッコイーー！　パチパチパチ！」

汗だくになりながら、拍手で俺を褒《ほ》め称《たた》える相原。

合間に「まあセンパイがこなくても、ウチの必殺パンチでKOしたんすけどね！」とか言いながらシュッシュとシャドーボクシングをしているけど、強がりはスルーしてやることにした。

そうしてしばらく俺の周りをくるくると回りながら感謝の舞を踊る相原だったが、ふいに拍手を止めると人差し指を顎に当て、こてんと首をかしげた。

「ケド、なんか滝みたいな水が降ってきたり、ケトルが落ちてきたり……アレって一体、なんだったんすかね……？」

さすがにそれには気づいたか。

俺は相原の肩に手を置くと、静かに語りかける。

「相原……」

「えっ、な、なんです!?」

「……お前、伝説の格ゲーを知っているか？」

「へ？　……なんすかそれ？」

目をぱちくりとさせた相原に俺は言葉を続ける。

「とあるレトロゲームだ。俺の中では格ゲーの元祖として燦然《さんぜん》とゲーム史に名を残している」

「はあ……それがなにか？」

「その伝説の格ゲーはな、路上で一対一のタイマンで戦うゲームなんだが、二人が戦っていると、ときおり二階の住人が植木鉢を落として攻撃してくるんだよ」

「えぇぇ……なんで？」

「おそらくどちらかの味方なんだろう。まあどっちにも植木鉢は当たるんだけど」

「ってことはもしかして……？」

ハッと口を開いた相原に俺は深くうなずく。

「ああ……。おそらく危機に陥っている俺たちを見て、ビルの住人が助けてくれたんだろうな。俺は二階から謎の人物がバケツに入った水を落としたり、ケトルを落としているの見たぞ」

「マジすか」

「ああ、マジだ。まったく親切な人もいるもんだよ。この世も捨てたもんじゃないな。そういうことで、お前もしっかり感謝をしておくんだぞ」

「わ、わかったっす」

神妙な顔で頷く相原。よし、コイツがバカで助かった。

「でも――」

相原は俺を見上げながらもじもじと体を揺らす。

「その二階の住人サンにはまあ感謝しますけど、一番の感謝はセンパイですよね。まあ知ってたっすけど、センパイマジで頼りになるっていうか、うへへ、へへ……」

「そうか、それじゃ勝手に感謝しとけ」

「うぃっす。なんならお礼にちょっと大人の休憩でもしていきます？　ウッフン」

「アホか」

「ぴぎゃっ」

しなを作ってウインクをする相原にデコピンをくれてやる。会社にいた頃も時折こうやってからかわれたのだが、俺はギャルのジョークに一切惑わされたりはしない。

「冗談言ってないで帰るぞ。駅まで送っていってやるから」

「ちぇーっ。わかりましたよ。……ところでセンパイ。センパイこそ、この辺りを手ぶらでうろついて何してたんすか？　会社の用事はもうないっすよね？」

相原が片眉を上げつつ俺を見つめる。勢いでごまかしきれると思ったんだが、ごまかしきれなかったようだ。こうなれば言うしかない。

「あ、あー。ええと、それはだな……。俺は朝から今まで、ずっと河川敷で川を眺めて黄昏《たそが》れていたんだ……」

「えっ、なにそれヤバ」

ドン引きする相原。

だが川の水を【収納《ストレージ》】に入れていたことは言えないし、百均ショップの荷物も【収納《ストレージ》】の中だ。言えないことを全部省《はぶ》いたら、延々と川を眺めていたという事実しか残らなかった。

「そっすかー。やっぱ離職してからも色々あるんすね……。ウチでよかったら話を聞きますよ。そうだ、久々に飲みにいきます？」

なんとも言えない表情を浮かべ、相原が俺の肩をポンと叩く。

「あ、ああ……。そうするか」

こうして俺は相原と飲みに行くことになり、居酒屋で後輩から上から目線で人生について語られることになったのだった。

37　ほろ酔い帰宅

相原と居酒屋で飲んだ後、帰り道が途中まで同じなのに【次元転移《テレポート》】で帰るわけにもいかず、相原と一緒に電車で帰った。

相原はひとつ前の駅で降りていき、俺はいつもの駅で降りる。

勘違いした相原から励まされるのは居心地が悪かったけれど、それを抜きにすれば久々に居酒屋で飲むのはなかなか楽しかった。ちなみに割り勘である。

俺はいい気分で火照った顔に心地よい夜風を感じながらマンションへと到着すると、【収納《ストレージ》】から自宅の鍵を取り出しつつエレベーターに入った。

しばらくしてエレベーターが開き、数メートル先に自宅の扉が見える。

するとそこには庶民マンションに場違いな、美しい銀髪の少女が立っていて――って、

「えっ!?　伊勢崎さん!?」

「あっ、おじさま！　こんばんは」

笑顔を浮かべて伊勢崎さんが俺に駆け寄ってきた。

なにか約束を忘れていたのかと心臓が跳ね上がったけれど、そういった記憶はまったくない。ただし一瞬で酔いは冷めた。

時刻は夜の十時である。伊勢崎さんが家の前で待っているなんてことは、これまで一度としてなかった。

「こんな時間にどうしたのかな？　も、もしかして俺がなにか約束をすっぽかしてたとか……」

「いえ、そんなことはありません。私がどうしても気になることがあって、待たせていただいただけですから」

「気になること？　それならスマホに連絡を入れてくれれば――あっ」

そういえばスマホも【収納《ストレージ》】の中だ。異空間には電波は届かない。

そのことを謝罪すると、伊勢崎さんはむしろ申し訳無さそうに眉尻を下げた。

「いえ、本当におじさまが気にすることはありません。少しでも早くおじさまの魔力量を知りたかった、私のわがままですし……」

魔力量……ああ、そうか。たしかに提案も伊勢崎さんからだったし、彼女が気にかけるのも当然ともいえる。

けれどこれは俺の気配りが足りなかったよなあ。河川敷から離れるときに一言でも報告をしておくべきだった。

こんなの社会人失格だよ、まあ無職なんだけど。

「それでも待たせて本当にごめんね。とりあえずお茶くらいは出すから中に――」

俺が鍵穴に鍵を差し込みながら話していると、隣に立つ伊勢崎さんがふいに体を俺に寄せてきた。

「あら？　これは……あら、おじさま？　あら？」

「ええと、どうかした？」

「もしかして……さっきまで誰かとご一緒していたのでしょうか？」

「うん、よく気づいたね。今日は元同僚とばったり会ってね、久々に居酒屋で飲んでいたんだよ」

酔いはすっかり覚めていたが、やはり酒臭さかっただろうか。

俺はそっと伊勢崎さんから離れようとするが、伊勢崎さんはさらに身を寄せてくる。

「クンクンクン……。あ、あの、おじさま？　つかぬことをお尋ねしますが、もしかしてご一緒されていたのは……じょ、女性の方ですか……？」

「う、うん。そうだけど……」

「そ、そうですか……ああ……」

ふらっとよろめいて俺から離れる伊勢崎さん。伊勢崎さんは声を震わせながら問いかける。

「そそそ、それって、も、もしかして、お、おじさまが……お、お、お付き合いされている方……だったりとか……？　あば、あばばばば……」

そう言いながらガクガクと震える伊勢崎さんの様子は気になるけれど、それよりも質問の突拍子のなさに笑ってしまった。

「ははっ、いやまさか。ただの後輩だよ」

「ほ、本当ですか？」

念を押す伊勢崎さんだが、本当にアレと付き合うとか考えたこともないし、そもそも付き合うとか結婚するといった願望自体、今の俺にはない。

結婚だの孫だのと口うるさく言う親がもういないということもあるけれど、恋愛とは実に面倒くさいものだし、学生時代を経て、俺はそういうものには興味が持てなくなっていた。

「うん、本当だよ。それじゃ中に入ろうか」

俺がきっぱりと答えると、伊勢崎さんはじっとりとした目で俺を見つめ、

「おじさまがそうおっしゃるなら信じますけど……後でもっと詳しく教えてくださいね？」

と、拗《す》ねたように口を尖らせた。

俺が伊勢崎さんを妹のように思っているように、彼女は俺という兄が取られるような気持ちにでもなってくれたのだろうか。

仮にそうだとすれば、伊勢崎さんには申し訳ないけれど、ちょっとだけうれしいね。

◇◇◇

そうして俺は自宅に伊勢崎さんを案内し、ダイニングキッチンでコーヒーを飲みながら、伊勢崎さんに魔力量について伝えた。

伊勢崎さんによると、やはり俺の魔力量は異世界の常識から考えると規格外なのだそうだ。

しかも魔力量は努力次第でさらに増えるので、今後の展望を考えても、とにかくおじさまはすごいとのこと。

魔法を使うにはどうしても魔力の燃費を考える必要があるのだが、それを考えないでいいだけで

も術者として相当なアドバンテージがあるのだという。

そもそも異世界に行ったり来たりする魔法なんて相当な魔力を使っているはずで、それが使えるという時点で魔力量の多さには気づかなければいけなかったと、伊勢崎さんには謝られたけど。


——そうしてひと通り魔法の話が済んだ後のことだった。

伊勢崎さんはコーヒーを一口飲むと軽い口調で俺に尋ねた。

「あっ、そうだおじさま。さっきの……後輩の方のお写真なんかはありますか？」

「相原の？　多分あると思うけど、どうして？」

「相原さんとおっしゃるのですね。一度見てみたいんですけど、駄目……ですか？」

上目遣いでおずおずと聞き返す伊勢崎さん。

もちろん駄目なんてことはない。なんだかんだで教育係として相原とは付き合いも多かったし、どこかで写真を撮ったような気もする。

「ええと、どこかにあると思うんだけどな——」

俺がスマホ内のアルバムから写真を探し始めると、伊勢崎さんがいつの間にやら俺の隣に陣取り、肩を寄せてスマホを凝視していた。

普段は俺なんかとの接触に照れてしまう伊勢崎さんだが、どうやらスマホに集中して気がついていないようだ。

「おっ、これかな？」

俺はアルバムの中から相原らしき人物が大きく写っていたサムネイルをポチッと押した。

「まあっ……！」

「ぐわっ！」

伊勢崎さんと俺の声が同時に漏れる。よりにもよって、この写真か！

拡大された写真には、俺の腕にしっかり抱きつきながらポーズを決めている相原が写っていた。

「お、おおおおお、おじさま、さっきは付き合っていないって……！」

「ご、誤解だって。これは会社の飲み会で、酔っ払った相原がいきなり俺の腕に抱きついて写真を撮ったのを俺に送ってきただけだから！」

「でもおじさまだって満更でもないお顔ですよ？」

「俺も酔っていたからこういう顔なだけだよ！」

「……本当ですか？」

「本当だよ！」

「本当に本当に本当に本当ですか？」

「本当に本当に本当に本当に本当だよ！」

「むう……。……わかりました、信じます」

伊勢崎さんが口を尖らせながらも追及の手を緩めた。どうやら疑いは晴れたらしい。

やれやれまったく紛らわしい写真のせいで、ややこしいことになってしまった。これもすべて相原の酒グセが悪いせいだ。

伊勢崎さんは再びスマホに目を向ける。

「それにしても……とても愛嬌《あいきょう》があって、すごくかわいらしい方ですね」

「いやいや、コイツのは愛嬌というか馴《な》れ馴《な》れしいだけだよ。本当に教育係として苦労させられてね。……ああ思い出した、これは教育期間が終わった直後の飲み会だ。相原のヤツが教育係を辞めないでくださいって駄々こねるもんだから、愚痴や弱音なんかを聞いてやろうと俺の同期や他の新人も誘って飲み会を開いたんだよ」

「すごく慕われているじゃないですか」

「まさか。俺なんて上司の都合のいい弾除《たまよ》けくらいにしか思われてないよ」

「そんなことはないと思うんですけど……」

何かを言いたげに伊勢崎さんが俺をじっとり見つめるが、俺なんて本当に都合よく使われただけだよ。

しばらく俺の顔色を窺《うかが》っていた伊勢崎さんだが、やがて納得したのか微笑みながら小さく頭を下げた。

「おじさま、いろいろ教えてくださってありがとうございます。社会人というのは大変なのですね」

「うんうん、大変だよ。だから俺は辞めたんだけどね」

どうやら相原の話はこれにて終了らしい。

そこまで気になるものかなと思ったりもしたけれど、俺だって伊勢崎さんが付き合っていそうな男がいたら、兄としてその素性を根掘り葉掘り聞いてしまうかもしれない。そう思えばこれもまた微笑ましいものだ。

とはいえ、なんだか妙に疲れたな……。

安堵の息を吐きながら、俺は壁にかけられた時計をふと眺めた。

するといつの間にやら時刻は深夜の零時。

さすがにこんな時間まで女子高生を自宅に連れ込むのはマズい。もう手遅れのような気もするけど、とにかく急ごう。

俺は伊勢崎さんに時刻を伝えると、大慌てで彼女を自宅へと送り届けたのだった。

38　魅せプレイ

翌日は外に出ることもなく、自宅に引きこもってネットやゲームをして過ごしていた。これぞまさしくザ・無職といった時間の過ごし方だ。

ちなみに伊勢崎さんほどではないが、俺もレトロなゲームは好きな方である。

昨日の相原との会話に上がったこともあり、久々に伝説の格ゲーを押入れから引っ張り出して遊んだりもした。

まあＣＰＵ戦オンリーだとどうしても飽きてしまうので、すぐに止めてしまったんだけどね。

――そんな風にダラダラとした時間を過ごしているうちに、気がつけば夕方が近づいてきた。

そろそろ我が家に伊勢崎さんがやってくる。彼女がくる前にゲーム機は片付けておかねばならない。

置きっぱなしだと、『あらおじさま、よろしければひと勝負しませんか？』となるからだ。

普段はいろいろと俺を持ち上げたり気にかけてくれる伊勢崎さんだが、ことレトロゲームの対戦にかけては情け容赦がない。

接待プレイどころか一切手加減することなく、しかも魅せるプレイで俺を全力で狩りにくるのだ。

例えば伝説の格ゲーの場合、強弱のパンチを使い分けて勝利を狙う俺に対し、伊勢崎さんが神がかったスウェーとブロックを使いこなし、強パンチのみで三十連勝を達成した。

あの出来事は今でもトラウマとして俺の脳裏に深く刻み込まれている。


そういうわけでいそいそとゲーム機を片付けてしばらく待っていると、伊勢崎さんがやってきた。

制服姿なので、学園から帰って直《ちょく》で来たのだろう。

今日は異世界に跳び、レヴィーリア様ご所望の伊勢崎さん愛用シャンプーをレイマール商会へと届ける予定だ。

異世界から戻ってきたのが一昨日なので、向こうでは二十日ほど経っているはず。行商のタイミングとしても、これくらいなら問題ないだろう。

伊勢崎さんには俺の部屋で異世界の衣服に着替えてもらい、その間に俺も着替える。

そして俺たちは異世界へと【次元転移《テレポート》】したのだった。

◇◇◇

俺たちは『エミーの宿』の貸し切り部屋に到着した。窓からは朝もやに包まれた町並みが見えるので、時刻は早朝のようだ。

そして部屋の壁の向こう側からは、物音や男女の話し声が聞こえる。どうやら隣の部屋にも宿泊客がいるらしい。

『エミーの宿』の二階は個室がいくつか並んでおり、俺たちは角部屋を借りていたのだけれど、隣の宿泊客の存在に気づいたのはこれが初めてだった。

しかし隣に聞き耳を立てていても仕方がない。俺と伊勢崎さんはすぐに部屋から出ることにして――同じく部屋から出た隣の客とばったり出会った。

「おっ？　この部屋は貸し切りだって聞いてたけど、住んでる人を見たのは初めてだな」

「ちょっとギータ？　ぶしつけに失礼だよ」

隣から出てきたのは細マッチョな少年と、メガネをかけたおとなしそうな女の子。歳は二人とも十八歳前後といったところか。

少年は長剣を腰に帯び、メガネ女子は長い杖《つえ》を手に持っている。

二人は町中でたまに見かける荒事《あらごと》を生業《なりわい》にする職業――冒険者なのだろう。……っと、観察していないでまずは挨拶だ。

「こんにちは。俺はマツナガといって、いま君が言ったとおり、この部屋に泊まらせてもらっている者だよ」

「妻のイセザキです」

相変わらず『妻』に強いアクセントを置いてぺこりと頭を下げる伊勢崎さん。まあいいけど。

そんな俺たちの自己紹介に、少年はニカッと笑って元気に答える。

「おうっ、俺は冒険者のギータ。それでこっちは相棒のシリルだ」

「シリルです。お二人は……冒険者には見えませんね？」

メガネをクイッとしてシリルが言う。

「うん、俺たちは行商人で、最近はこの町で商売をさせてもらってるんだ。でも町を出たり入ったりしていると泊まる場所を確保できないことが多くてね。それでエミールさんのご厚意に甘えて部屋を貸し切らせてもらってるんだよ」

などとでまかせを言ったのだが、ギータは納得したように顎をさする。

「ふーん。貸し切りだと結構カネもかかるだろうに、あんたら儲かってんだなー。……つってもオレたちもグランダに来たからには稼ぎまくってやるんだけどな！」

「へえ、わざわざ稼ぎにこの町までやってきたのかい？」

「ははっ、おっさん知らないのか？　この町は隣の領土とずっと争ってるからな。人手も物資もとにかく必要ってことで、俺たちの仕事なんかはいくらでもあるんだぜ。最近は大きな争いが始まるだなんて噂もあるし、鼻の利く連中はぞろぞろとこの町に集まっている。……俺、ぜってーここで一旗あげっから！」

グッと拳を握りしめギータ少年が語る。どうやらかなりの熱い想いがあるようだ。

俺は今の歳になるまで平々凡々と日々を過ごしてきたので、若い子が出世に燃える姿ってのは少し眩しく感じてしまうね。

しかしそうして熱く語ったギータ少年であるが、顔をけろっと素面《しらふ》に戻すと、肩をすくめて言葉を続けた。

「とはいえ、そうそうウマい話が転がっているわけでもねーし、今日は外の森で地道に魔物を狩るつもりなんだよ。そういうわけで行ってくるわ。それじゃなお二人さん」

「ちょっ、待ってよギータ～」

くるっと背を向けたギータと、それを追いかけるシリル。

シリルはギータの腕に抱きつくと、そのまま二人仲良く階段を降りていった。どうやら二人は恋人同士のようだ。

俺はなぜか二人を食い入るように見つめている伊勢崎さんに話しかけた。

「活気があるのはいいことだけど、この町もなんだか大変そうだね」

「そのようなことを十年以上続けてきたのがこの町ですから。いまさら気にしても仕方ないと思います。……そ、それよりもおじさま、私たちも商会へ行きましょう」

そう言って伊勢崎さんはシリルと同じように俺の腕をぐっと抱いた。その瞬間、伊勢崎さんの豊かな胸が俺の腕全体を柔らかく包み込む。

「あの、伊勢崎さん？　そういうスキンシップはなるべく控えてくれると――」

夫婦アピールするならともかく、今は周りに人がいないのでやる必要はない。だが伊勢崎さんはにこやかな笑顔を俺に向けた。

「あら？　おじさま？　あら？　私は昨夜、おじさまが相原さんに腕を抱かれているお姿を拝見したのですけど……。あの方がよくて、私が駄目な理由をお教え願えますか？　できるだけ詳しく」

「ヒッ」

笑顔の伊勢崎さんから冷たい声が耳に響く。昨夜で誤解はとけたと思っていたが、どうやらまだまだ根に持っていたらしい。

「う、うん。そうだね。君が駄目だということは特にはないかな……。じゃあレイマール商会に行こうか……」

「はいっ、おじさま♪」

弾んだ声で答える伊勢崎さん。そうして俺は腕に伊勢崎さんをくっつけたままレイマール商会へと向かったのだった。

39　エンカウント

伊勢崎さんに腕を抱かれたまま、レイマール商会に到着した。

「きょ、今日のところはこのくらいで許して差し上げますっ！」

「う、うん。ありがとう」

雑魚キャラの捨て台詞《すぜりふ》みたいなことを言って腕から離れた伊勢崎さんだが、その顔はゆでダコのように真っ赤であり、まさに雑魚キャラであった。

俺だってまったく照れがないわけではないけれど、ここまで照れられると逆に冷静になってしまうものだね。兄を取られると危機感を抱く妹とは、こういうものなのだろうか。

伊勢崎さんのかわいい嫉妬に頬を緩ませつつ、俺はレイマール商会の中へと足を進めた。


だが、エントランスでいつものように従業員に声をかけようとしたところで、まさかの人物に出くわしてしまった。レヴィーリア様である。

「あら、あなたたち――マツナガとイセザキですわよね!?」

そう言いながらカツカツとヒールを鳴らし、小走りに近づいてくるレヴィーリア様。

俺は小声で伊勢崎さんに尋ねる。

「もう二度と会うことはないんじゃなかったっけ？」

「伯爵令嬢ともなると、商会を直接訪問することなんてめったにないはずです。しかもこのような争い事に近い町にだなんて……」

困惑の表情を浮かべる伊勢崎さんだが、そうこうしている間にレヴィーリア様が目の前にまでやってきた。俺は頭を下げて挨拶をする。

「レヴィーリア様、ご機嫌麗しく。マツナガにございます。このたびは先日レヴィーリア様にお求めいただいた洗髪剤を持ってまいりました」

「まあっ、やっぱりそうなのね。今日あなたたちが来るような予感がしていましたの！」

両手をぱちんと合わせて喜ぶレヴィーリア様。どうやら俺たちはドンピシャでエンカウントしてしまったらしい。

「ふふっ、楽しみですわね。洗髪剤は後でライアスから購入させていただきますわ。……ところであなたたち、今日はお時間はおありかしら？」

「え？　ええ、ありますけど」

ライアスとは事前に約束をしているわけでもないので後回しにできるし、商談以外に予定もない。なにより時間がなかったとしても断れないのが階級社会だ。

「それは幸いですわ！　ではわたくしとお茶などいかが？　わたくし、あなたたちともっと仲良くなりたいと思っていましたの！」

パッと花が咲いたような笑みを浮かべ、俺たちをお茶会へと誘うレヴィーリア様。

もちろん断れないのが階級社会なわけである。

◇◇◇

レイマール商会の周辺は町の中では一等地なこともあり、すぐ近くにレヴィーリア様お気に入りのお店があった。

どうやらそこはお茶とお菓子を楽しむ店のようで、中に入った途端に香ばしい茶葉の香りとほのかに甘い匂いが漂ってくる。すぐに店主と思《おぼ》しき老婆が近づいてきた。

「レヴィーリア様。お越しいただき――」

「お邪魔するわね！　奥の席がいいのだけれど空いているかしら？」

「ええ、ええ、空いとりますとも」

本当に馴染《なじ》みの店らしい。老婆の挨拶をざっくばらんに遮って、ズンズンと奥へと向かうレヴィーリア様。

そうして俺たちが奥のテーブルにつくと、レヴィーリア様は老婆にお茶を注文し、俺たちに顔を向けた。

「ねえマツナガ？　お茶が来るまでの間、洗髪剤を見せてもらってもよろしいかしら？」

「ええ、もちろん。こちらです」

と、俺は【収納《ストレージ》】から伊勢崎さんが購入したシャンプーの入った箱を取り出すと、その様子にレヴィーリア様が目をぱちくりとさせた。

「あら、あなたは【収納《ストレージ》】持ちなのね」

「はい、そうです」

「行商人にとって、かけがえのない魔法ですわね。ぜひともお仕事に励みなさい。……自らの才能で思うがままに人生を切り開く――そのような幸福は簡単に手に入るものではないのですからね」

そう言ったレヴィーリア様の顔にはどこか影が差したようにも見えたのだが、すぐに彼女は片眉を上げながらシャンプーの箱から中身を取り出した。

「んん？　これはどうやって使うのかしら？」

レヴィーリア様が手に持っているのは二種類のボトル。伊勢崎さんが購入したものは、シャンプーとコンディショナーの二つがセットになっている物のようだ。

読めない日本語に顔をしかめているレヴィーリア様に、伊勢崎さんが声をかける。

「レヴィーリア様、こちらはまず、ここを押すことによって薬剤で出てきます。それを手ですくって髪に――」

「――まあっ、なんて便利な仕組みなのかしら！　二つあるのはどうして？」

「まずはこちらで髪の汚れを落とします。その後にこちらの――」

「――ほうほう、なるほどですわっ！　でもコンディショナーとやらで髪を補修するのでしたら、洗い流す必要はなくて？　そのままにしておいた方がたくさん綺麗になりますわ！」

「いえ、しっかり洗い流してください。もちろん地肌についたものもです。そうしないとかえって傷めてしまいますから」

シャンプーとコンディショナーの会話を続ける二人。食い入るようにシャンプーを見つめて質問するレヴィーリア様と、口元に少し笑みを浮かべながらやさしく答える伊勢崎さん。

別人として再会した二人ではあるけれど、慣れ親しんだ間柄のような、それこそ仲の良い姉妹のような雰囲気を、俺は二人から感じていた。


「ふーん。思っていたよりも、なんだか面倒くさいですわねえ!」

ひと通りの説明を終え、本当に面倒くさそうに眉をひそめるレヴィーリア様。

それに伊勢崎さんはくすりと笑って答える。

「美しい髪のためですもの。少しの手間など気にならなくなりますわ」

「そういうものかしら?」

「そういうものですよ。面倒くさがらずに使っていれば、やがて効果が現れます。そうなってくると手入れをすることも楽しくなってくるものです」

「なるほど……たしかにそうかもしれないわね! さすがお姉さまですわ!」

「えっ!?」

思わずぎょっとした声を上げる俺と伊勢崎さん。そしてお姉さまと言葉にしたレヴィーリア様も、口に手を当てながら戸惑いの表情を浮かべていたのだった。

40　お茶会

お茶会の席がしばらく沈黙に包まれた後、レヴィーリア様は落ち着きを取り戻すように、そっと紅茶をひと飲みした。

「ごめんあそばせ。なぜかイセザキと話していると、幼い頃にお慕いしていたお姉さまと話をしているような、そんな不思議な気分になりましたの……」

悲しげに目を細めるレヴィーリア様。だがすぐにその表情を一変させ、にっこりと俺たちに微笑んでみせた。

「ですが……ふふっ、もしお姉さまが生きていらっしゃったとしたら、イセザキのようなお姿だったのかもしれませんね。あなたは少しお姉さまに似ていーー」

そこで突然レヴィーリア様は目をひんむき、テーブル越しに伊勢崎さんの顔を凝視した。

「ーーえっ、あっ、アレッ？　少しどころか、かなり似てるような気がするんですけど!?」

勢いに押された伊勢崎さんは、明らかに顔をこわばらせながら口を開く。

「ま、まあっ、そんなに似ているのですか？　そそ、それはとても光栄なことですね。オホッオホホホホホ……」

その言葉を聞き流しつつ、レヴィーリア様は首を傾《かし》げながら伊勢崎さんにじりじりと顔を近づけていく。

「うーん？　髪の色はまったく違うけれど……」

「そうですか、ホホホホ……」

「でも成長すれば、きっとこのようなお顔になっていそうですわ！」

「ホッホホホホホホッ！」

意外とピンチに弱かった伊勢崎さんは、ガクガク震えながらホホホホとしか言わなくなってしまった。……いや、最近の彼女を見ていると、それほど意外じゃないかもしれないけど。

とにかく、ここは俺がフォローしなければ。

俺はレヴィーリア様の視界に入るように軽く伊勢崎さんに身を寄せる。

「レヴィーリア様、私の妻はそれほどレヴィーリア様の大事な方に似ておられるのですか？」

「えっ？　ええ、そうね……。それにさっきからイセザキの声を聞いていると、なんだか声までお姉さまに似ているような気がしてきましたの！」

「ポゥッ!!」

ついに某世界的ミュージシャンみたいなシャウトで絶句した伊勢崎さん。それをスルーして、俺はさもありなんと言わんばかりに大きく頷いてみせた。

「なるほど……。たしかに私たちも行商であちこちへと旅をすると、似た人と出会うことはありますね」

俺の話にレヴィーリア様が興味深げに顔を向ける。

「そうなのですか？」

「ええ、私の国では『この世には自分とそっくりな人が三人はいる』なんて話も聞きますよ」

「まあ、そのような話が……？　ふむ……そうですわね。広い世界には、そのようなこともあるのかもしれませんわね。実際、あなたたちが扱うような商品もわたくしは今まで見たことはありませんでしたし……」

納得したのだろうか、レヴィーリア様は伊勢崎さんに近づけていた顔を戻すと、肩の力を抜いて力なく笑った。

「……ふふっ、失礼しました。あまりにイセザキがあの方に似ていたもので、少々驚いてしまいましたわ」

そう言ってレヴィーリア様は軽く首を振ると、空気を変えるように明るい声を上げた。

「さあさ、お話がそれてしまいましたわね。ねえイセザキ、シャンプーの話をもっと聞かせてくれないかしら？　わたくしもイセザキみたいに美しい髪になりたいのですわ」

「ホイ！」

まだ顔をこわばらせたまま答える伊勢崎さんであった。


だがその後は、和やかな雰囲気でお茶会が進んでいき――

小一時間ほど過ぎた頃、二杯目のお茶を飲み干したレヴィーリア様が満足げに俺たちを見回す。

「ふふっ、今日はとても楽しかったわ。あなたたちに声をかけて本当によかったです。また声をかけてもいいかしら？」

「それはもちろん光栄なことなのですが……。レヴィーリア様はお立場上、とてもお忙しい身なのでは？」

尋ねたのは調子を取り戻した伊勢崎さんだ。

だがレヴィーリア様は薄い笑みを浮かべ――

「……ふふ、実はわたくし、この町の代官となりましたの。伯爵の令嬢が代官。しかもこのような争いから近い場所にだなんて……前代未聞でなくて？　ふふっ、ふふふっ……！」

その薄い笑みから、どんどん口の端を吊り上げていき、最終的には皮肉げに口を歪《ゆが》めたレヴィーリア様。どうやら自分の意思とは関係なく、押し付けられた役目のようだが……。

そんな折、店内に新たな客が入ってきた。いや、あのメイド服は先日も見たレヴィーリア様お付きの人だ。

メイドは俺たちに顔を向けると、一直線にこちらにやってきた。

「レヴィーリア様、お話が」

「ここで結構。なにかしら？」

「ですが……」

「二度は言いませんわ」

「……承知しました。その、デリクシル様からレヴィーリア様宛てに召喚状が送られてまいりました」

デリクシルとは、たしかレヴィーリア様の本当の姉の名前だったか。そのメイドの言葉にレヴィーリア様は不快を隠そうとはせず眉根を寄せる。

「は？　わざわざわたくしにこの町を押し付けておきながら……今度は呼び出すのかしら？」

「は、はい。書類に不備があったとのことで、今すぐ領都へと赴き本人に確認してもらいたいとのことでして」

「ぐぬぬ……そんなのでっちあげに決まってます。とにかくわたくしに嫌がらせをしたいだけだわ！」

「ですが、行かないわけには……」

「ええ、わかってます。わかっていますとも。行かなければ後から難癖をつけてくるでしょうし、その方が面倒なことになるわね……。はあ……なるべく早いほうがいいわ……明日までに準備はできる？」

「はっ、整えてみせます」

「任せました。……さて、マツナガ、イセザキ。ご覧のようにわたくしはこれから移動することになったので――」

「はい、それではお忙しいでしょうから、私たちはお先に失礼しますね。レヴィーリア様はごゆるりとなさってくださいませ」

いそいそと席を立とうとする伊勢崎さん。その手をレヴィーリア様がガシッと掴む。

「ちょっとお待ちなさい」

「な、なんでしょう……？」

伊勢崎さんが震える声で尋ねると、レヴィーリア様は伊勢崎さんにぐっと顔を近づけて、

「わたくし、良いことを思いつきましたの！　あなたたち、わたくしの移動に付き合いなさい！」

さも名案が浮かんだかのように目を輝かせ、とんでもない事を言いだしたのだった。

41　あいのり

「えっ、いや、レヴィーリア様のご公務に私たちがお付き合いするわけには――」

などと言いながら手を振りほどこうとする伊勢崎さんだが、レヴィーリア様は放さない。

「いいえ、どうせ呼び出しなんてタダの嫌がらせですもの。それならせめて道中をあなたたちと楽しく過ごしたいわ！　ねえお願い！　一緒にお茶をしましたし、わたくしたちもう友人ですわよね？」

なんとお茶を飲んだことで俺たちは友人に格上げされていたらしい。

「ですが私たちにも仕事がありますので――」

「もちろんあなたたちにも利益がありますのよ！　領都はここよりも商取引が厳しく制限されていますの。ですが、わたくしの口利きがあれば商業ギルドを通して自由に商売をすることだって――」

「くうぅぅ旦那様ぁ……」

レヴィーリア様にしがみつかれたまま、伊勢崎さんが泣き出しそうな顔で俺を見つめる。心底レヴィーリア様には弱いらしい。

ここは旦那様としては助け舟を出すところなんだろうが、俺としては――

「レヴィーリア様、そういうことでしたら、ぜひともお供させてください」

「まあっ、ありがとうマツナガ！」

「おじっ、旦那様!?」

笑みを咲かせるレヴィーリア様と、顔面ブルーレイの伊勢崎さんだが、ひとまず話を進めることにしよう。

「後学のためにも、領都には一度行ってみたいと思っておりました。ただ、商売に関しては今はレイマール商会との取引で十分ですので、お気持ちだけで結構ですよ」

「ですが、それではあなたたちに利益が……」

「私たちはまだ領都には行ったことがありません。領都への道は険しく、私たちだけでは厳しいと感じていた次第なのです。ですからレヴィーリア様にご同伴できるだけでも、私たちからすれば大変な利益となるのです」

せっかくの異世界だ。紛争地帯に近いこの町だけではなく、もっと別の町へ行ってみたいと思っていた。

それが領都――この領地の首都なら望外の幸いと言える。

領都には異世界に跳んだときのように、伊勢崎さんの記憶から【次元転移《テレポート》】できるか試したこともあったのだが、それは失敗に終わっていた。

おそらくよっぽど強烈に印象に残った場所でないと転移ができないのだろう。伊勢崎さんは荒野で重傷の兵士に触れ、日本の道端でも死にかけた俺にショックを受けていた。

【次元転移《テレポート》】ができないのなら、俺たちだけで領都へ行く場合は、馬車や護衛の確保は必須になる。

その準備を考えるとなかなか面倒だなと思っていた矢先の、このレヴィーリア様からの提案はまさに千載一遇のチャンスといえた。

なんといってもお貴族様の移動だ。護衛と馬車付きは間違いないだろう。

安全で快適な旅が約束されているのだ。乗るしかない、このビッグウェーブに。

そういうことで、俺はレヴィーリア様と話を進め、翌日、町の門前に集合ということに決まった。

「私たちはお先に失礼します。それでは――」

「はい。それではまた明日。楽しみねイセザキ！　うふふっ！」

「そ、そうですね。オホホ……」

まだ顔を引きつらせている伊勢崎さんを連れ、俺はひとまず当初の目的だったレイマール商会での取引を手早くこなし、その後すぐに『エミーの宿』へと戻った。

そこでようやく落ち着きを取り戻した伊勢崎さんに事情を説明すると、彼女は納得がいったように頷いた。

「――たしかに……私たちだけで移動するよりもよっぽど安全ですね」

「うん、そういうことなんだ。でもね、伊勢崎さんがレヴィーリア様とどうしても会いたくないなら、君は急病だってことにして、俺だけで同行することにするから気にしないでいいよ」

伊勢崎さんがレヴィーリア様に本人バレしたくないのはわかっているので、無理に付き合ってもらう必要はないと思っていた。

俺だけの同行だと断られる可能性もあるが、それならそれで仕方ない。

だが伊勢崎さんは信じられない物を見るように、目を見開きながら俺に詰め寄る。

「おっ、おじさまとレヴィが二人っきりで⁉　そんなうらやまけしからんのは絶対許さ――い、いえ！　私の同行も全然ＯＫですよ！　レヴィの疑いも一度は晴らしましたし、彼女はなかなか純粋なところがありますから、もうきっと大丈夫です！」

「本当にいいのかな？　もちろん伊勢崎さんがついてきてくれるなら助かるけど」

「ええ、問題ありません！」

力強く宣言する伊勢崎さん。俺としても、ひとりでできるもん！　と言ってはみたものの、もちろん伊勢崎さんの存在はありがたい。俺は密かに胸をなでおろした。

「それにこれはおじさまとの初めての旅行。これはむしろ絶好の機会なのでは……」

なにやらぶつぶつ呟《つぶや》いている伊勢崎さんだが、そうと決まればゆっくりもしていられない。さっそく行動に移ることにしよう。

「よし、それじゃあ旅に備えて一度日本に戻って準備をしようか。ただし制限時間は二時間しかないから急ごう」

日本の二時間はこちらの二十時間。明日集合なので二時間以上は時間が取れない。

「たしかに長旅ともなれば準備も必要ですね。さすがはおじさまです！」

「なにか買いたい物があるなら、俺の【次元転移《テレポート》】で送るよ」

前の会社周辺はそこそこいろんな店舗が立ち並んでいる。買い物をするにはちょうどいい場所だ。

そうして俺たちは日本の衣服に着替え、部屋の中央に立った。

場所はどこがいいだろうか……ああ、そういえば昨日、ちょうどいい場所を見つけたな——

「それじゃあ行くよ……【次元転移《テレポート》】」

こうして俺と伊勢崎さんは、昨日相原と遭遇した薄暗い路地へと転移したのだった。

42　ショッピング

次の瞬間、俺たちは日本の某路地へと到着した。

異世界で数時間は過ごしたけれど、思ったとおり時間は進んでいないようで、眺めた空は未だに夕方のままだった。

それでもこの路地は薄暗く、人通りもまったくない。

思ったとおり【次元転移《テレポート》】するにはちょうどいい環境だが、あまり長居をしたい場所ではないな。

「おじさま、ここは一体どこですか？」

きょろきょろと周りを見渡す伊勢崎さん。

「ここは勤めていた会社の近くにある路地なんだ。さあ、こっちだよ」

俺は向こう側に見えるいかがわしいホテルを見せないように伊勢崎さんを誘導すると、さっさと路地から大通りに出て買い物へと向かった。

◇◇◇

そして到着したのはショッピングモール。

食品から日用品、家電に雑貨と、俺が知る限り品揃《ぞろ》えならここが一番だろう。

ここから俺たちは別行動となる。

「今から二手に分かれて、それぞれが旅に必要だと思う物を買ってこようか。相談しながら買うのが一番いいんだろうけど、あまり時間がないからね。――あっ、伊勢崎さんお金は持っているのかな？」

「お金は持っていませんが、私にはこれがあります」

そう言って鞄からクレジットカードらしき物をそっと見せる伊勢崎さん。

高校生はクレカを持てなかった気がするけど、お金持ちの闇を見た気がしないでもない。そもそも初めて見たよ、黒いカード。

うん、むしろ俺なんかよりよっぽど資金はたっぷりのようだ。俺は安心して伊勢崎さんを送り出すと、旅の必要品を買いに向かうことにした。


独りでショッピングモール内を歩きながら、レヴィーリア様の話を思い返す。

彼女によると、領都までは馬車で十日ほどの旅路になるらしい。向こうの常識ではそれほどおかしくない日程らしいが、こちらの常識に当てはめると結構な長旅だ。

その間も日本に帰れないことはないけれど、日本でほんの一時間過ごすだけでも、異世界では十時間ほど経ってしまう。

すぐに戻るつもりが何かの弾みで長引いたりしたら、レヴィーリア様に失踪《しっそう》したと勘違いされかねない。なるべく買い物は今回だけで済ませるべきだろう。

俺はひとまずキャンプ用品店に行くと、寝袋やLEDランタンといった野宿で役立ちそうなアイテムを購入することにした。

馬車は一台。男の俺は外で寝ることが確定している。

寝袋は二万円、LEDランタンは五千円、さらには大量の乾電池――いまだ金策のメドが立っていないのに、現金だけがどんどん消えていく気がするが、深く考えないことにした。

正直なところ、ちょっとテンションが上がってる感も否めない。だって楽しみだもの、馬車での長旅だなんてさ。

日中は馬車の中から雄大な自然を眺め、夜には焚《た》き火《び》にあたりながら星を眺めて眠りにつく――最高じゃないか。

キャンプのお供、カップラーメンはもちろん箱買いだ。

俺はキャンプ未経験者だけど、キャンプ好きの同僚からキャンプで食べるカップラーメンは格別だと耳にタコができるほど聞かされていたからね。


そうして俺は気持ちの赴くままに、ひたすら物を買いまくった。

中には買ってから「これって必要か？」なんて首を傾げた物もあったりして、旅の高揚感とは怖いものだと少しだけ反省もしたり。

そんな風に買い物を続け、荷物がかさばってくると人目のつかないところでこっそり【収納《ストレージ》】に入れたりもしながら――あっという間に楽しいショッピングタイムを終えたのだった。

◇◇◇

俺は集合場所のショッピングモールの入り口で、伊勢崎さんを待っていた。

「おーい、センー――」

「ん？」

なにか相原みたいな声が聞こえたような気がしたのだが……気のせいか。

辺りを見渡しても相原の姿はなく、代わりに駆け寄ってくる伊勢崎さんの姿を見つけた。

「おじさま、ただいま戻りましたっ」

息を弾ませながらやってくる伊勢崎さん。

彼女は俺に負けず劣らずたくさんの買い物をしたようで、特に目に付いたのは両腕で抱えたクッションだった。

俺がクッションに目を奪われているのに気づいたのか、伊勢崎さんがクッションを抱えたまま、じいっと俺を見つめる。

「おじさま……？　馬車の旅を侮っていてはいけませんよ。馬車の旅で一番重要なものがコレなのです。私も幾度となく馬車で移動しましたが、そのときはいつもクッションを恋しく思っていたものでした」

「そ、それほどなの？」

「それほどです！　もちろんおじさまの分も買ってきたので問題ありません！　ふふっ、おそろいの柄にしてみました」

そう言って伊勢崎さんがぎゅっとクッションを抱きしめる。

たしかに言われてみれば、馬車で尻が痛くなるなんて話も聞いたことがある。

「それと異世界に戻る前に、一度だけおじさまのお宅に向かいましょう」

「え？　他になにかあるのかな？」

「水です」

「水？」

「はい。旅の間は水もかなり貴重なものとなります。水道水を時間の許す限り【収納《ストレージ》】に溜《た》めていきましょう」

「なるほど……！」

川の水ならまだ大量に残っているけれど、さすがにあれは飲めないしな。

さすがは異世界経験者、伊勢崎さんだ。頼りになる。

しかしどうやら異世界の旅とは楽しい旅行気分だけじゃいられないようだ。

俺は伊勢崎さんの話にゆるゆるだった気持ちを締め直し、気分を新たにショッピングモールを後にしたのだった。

43　相原莉緒とショッピングモール

「……ん？　あれセンパイじゃん。こんなところで珍しっ」

今日も定時に速攻で退社し、コスメを買いに寄ったショッピングモール。そこでウチはつい先日会社を辞めた松永センパイを発見してしまった。

昨日、痛いナンパに引っかかったウチを助けてくれたセンパイ。

まあ……助けたっつっても、なんか上の人が物を落としてくれたお陰だし、センパイがやったことはといえば、手ェ引っ張って一緒に逃げただけなんだけどね。

それでもセンパイに手を掴まれた瞬間、心の底から安心したのを覚えてる、ウヒヒヒ。

自分でもワリと難ありの社会人だと思うウチを、根気よく世話してくれたセンパイ。

最初の頃はウチってかわいいし身体目当てじゃね？　なんて思ってたけど、ぜんぜんそんなことないし。むしろまだアラサーなのに全然枯れてるみたいで草。

そんなところも気になってたんだけど、それが昨日の事件でなんかこう……きゅんときちゃったんだよね。もう完全にウチのしゅきぴって感じ。

でもセンパイは会社を辞めたし、もう接点がないような状況なんよね。

昨日の飲みでも、いつもみたいにセンパイからかってないで、もっとグイグイ攻めるべきだったよなあ――なんて後悔をしていた矢先にセンパイを発見。

これはもう運命っしょ。このチャンスを逃すわけにはいかねーってマジ。

手を振りながら近づこうとしたそのとき、ウチよりも先にセンパイに駆け寄っていく女の子に気づいた。

「おーい、センーーー」

てか、なにあの子？　ヤバ！　めっちゃかわいいんですけど！　髪キレイ！　足なが！　腰ほっそ！　でも胸でっっっっか!!

あまりの神々しさに思わず隠れてしまったウチは、柱の陰からそのコを観察することにした。

センパイに微笑みかけている、この世の美をすべて詰め込みましたわ～って女の子。見ているだけで目がつぶれそうなんですけど。

制服を着ているしＪＫっぽい。てかアレ、ウチがいた学園の制服じゃん。後輩か、マジか。

周りのみんなも遠巻きにあの娘に見とれてるし、なんかヤバすぎでしょ。

前世でどんな善行を積んだら、あんな遺伝子ガチャ引けんのよ。

そしてそんな超ＳＳＲ級の美少女ＪＫと普通に話をしているセンパイ。普通すぎて逆に笑える。

……んで結局、あの娘とセンパイの関係って一体なんなんだろ？

普通のセンパイとあの超絶美少女が関わり合うって状況がマジわからん。

娘なわけないし、兄妹《きょうだい》というには歳が離れてるよなー。なによりフツメンのセンパイと遺伝子が

たし。

違いすぎ。ギリギリ許容できるのは親戚とか？　なんか退職した後に親戚の家業手伝うって言って

くぅ～、めっちゃ気になるっ！

突撃してセンパイに聞くのが早いけど、あの二人の間に割って入るの、躊躇《ちゅうちょ》するんだよなー……。

なんかクッション持ちながら真剣な顔で話をしてるし。

——よし、こうなったらアレだ。後をつけるしかないっしょ！

そう決めたとき、ちょうどセンパイはＪＫと一緒にショッピングモールを出るところだった。

ウチはその二人に見つからないように、その背中をコソコソと追いかけることにした。

◇◇◇

二人は話をしながら、ゆっくりと町中を歩いている。

あのＪＫの美少女っぷりに、道行く男どころか女までみーんな振り返ってるけど、センパイがそれを気にする様子はない。

……まあセンパイってかなりの鈍感だからなあ。普通ウチみたいなかわいい女子が馴れ馴れしくしたらちょっとくらい勘違いしてもいいのに、そういうのまったくなかったし。

などと考えているうちに、どんどん二人は人気《ひとけ》のない方角へと進んでいき、不意に路地へと曲

がっていった。

……えっ⁉　ここって昨日ウチが連れ込まれた路地じゃん！

ってか、その先にあるのって……！

えっ、もしかして二人はそういう関係⁉　相手はＪＫよ？　ちょい待て、それはいかん。それはいかんですぞセンパイ！

センパイが逮捕されるのだけは阻止しなくては！

ウチはもう見つかってもいいやと猛ダッシュで駆け寄り、路地に突入して――

「センパイ！　それはアッカーン！　……ってあれ？」

路地には二人の姿はなく、そのままラブホもちょっと覗《のぞ》いてみたけど、そこに入った様子もなかった。

は？　センパイとＪＫが消えた？　どういうこと？

もしかしてさっきまでのはウチがセンパイを好きすぎて見た幻覚だったとか？　いやいや、さすがにそれはないよなあ……。

別の脇道に行ったのを、ウチが勘違いしたのかしらん。う〜ん、わからん。

ウチはしばらく路地で立ち尽くし――そしてさっさと引き返すことにした。

……まっ、いいか。こんなところで偶然出会うくらいだし、またなんか会える気がする。

ウチは路地から抜け出すと、スマホで時間をチェックした。あーあ、センパイを見かけたせいでだいぶ時間をロスしたって。

とりあえずこれからショッピングモールに戻ってコスメを買って、それからジーチャンの見舞いにも行って、それから城之内の集まりにも顔出さないといけないし……。

ウチの家は傍系だから行かなくていいと思うんだけど、たまには行かないとママが悲しい顔するんだよな。ウチってマジ忙しすぎるっしょ。

はー、マジでダルー。センパイも会社辞めたし、やっぱウチも会社辞めちゃおうかなー。辞めて無理やりセンパイの親戚の仕事を手伝ったりとかできんかなー。

そんなことを考えながら、ウチはショッピングモールへの道のりをとぼとぼと歩いたのだった。

44　異空間

【次元転移《テレポート》】で自宅に戻った俺たち。まずは伊勢崎さんのアドバイスに従い、【収納《ストレージ》】に水道水を溜めることにした。

時間に余裕はあまりない。俺は急いでキッチンに向かうと、シンクの蛇口を全開にして異空間に水を流し込んでいく。

「おじさま、水を溜める時間は十分程度にしましょう」

家の時計を見ながら伊勢崎さんが言う。十分なら浴槽一杯分も溜められるか微妙なところだ。十日の旅なら少し心許《こころもと》ないかもしれない。

家の中にはいくつか蛇口があるのに、その一つしか使えない。そのことになんとも言えないもどかしさを感じた俺は、ふと試してみたいことを思いついた。

異空間は俺の意思で広げたり小さくしたりできる。

ということは、異空間が分かれるように意識すれば――

「おおっ！」

成功だ。俺の意思に反応した異空間は、ぐにんと形を変えて綺麗に二つに分裂した。

俺はダッシュで風呂場に向かうと、さっそく風呂場の蛇口を全開にして、その分裂した異空間に流し込む。

「……あれ？」

しかし、思っていたほど蛇口から水が出てこない。

そういえば一人暮らしだから失念していたけれど、水道って同時に使うと水圧が下がってしまうのだったっけ？


「お、おじさま？　これは一体……？」

ガッカリしながら流れ落ちる水を眺めていると、背中越しに伊勢崎さんから声がかかった。

俺が急に駆け出したのでついてきたのだろう。彼女は何かに驚いたように目をぱちくりとさせている。

「ああ、うん。他の蛇口も使えば効率がよくなると思ったんだけど……なんだか微妙だね。残念」

「い、いえ、そうではなくて、おじさまは異空間を分裂させられるのですか？」

「ああ、それはできるみたいだよ。ほら」

俺は風呂場の蛇口の下の異空間を広げてさらに分け、その片方をさらに分裂、分裂、分裂――と繰り返していった。一度やり方に気づいてしまえば、いくらでも細かくできそうだ。

その様子を眺めながら、伊勢崎さんが興奮したように弾んだ声を上げた。

「すごいです！　異空間を広げたり、分裂させたりなんてことができる方を私、初めてみました！さすがはおじさまです！」

「そうなんだ。でもあまり使い道がなさそうな気も……」

調子に乗って異空間を分裂させた結果、厚みがまったくない直径一センチほどの円形が空中にびっしりと浮いている。なんだか昔なつかしの蓮《はす》コラみたいだ。

異空間の穴は小さくなると、穴より大きな物は入らなくなる。

不思議なことに、俺が手で押し込むと異空間の中に入るんだけどね。

俺は試しに風呂場に置かれていた石鹸《せっけん》を、水平に並んだ異空間群の上に載せてみる。

すると思ったとおり【収納《ストレージ》】には入らずに異空間の上に載ってしまった。収納ができない異空間なんて、なんの役にも立たないだろう――

……ん？

あれ？　これってもしかして何かに使えるのでは？

そんなちょっとしたひらめきを頭の片隅に残しつつ、俺は水道水を溜める作業をひたすら行うことにした。

◇◇◇

ひとまず水を溜めた後、俺と伊勢崎さんは『エミーの宿』へと【次元転移《テレポート》】した。

貸し切り部屋を出て、自室でくつろいでいたエミールに尋ねたところ、今は正午の鐘が鳴る前だとのこと。どうやら待ち合わせ時刻には間に合ったらしい。

俺たちは前線都市グランダの北門に向かい、そこでレヴィーリア様が訪れるのを待つことにした。


そうして初めて訪れた北門。

これまで何度も通った荒野側にある門に比べて、こちらは補修工事も必要ないくらいに立派な石壁でぐるりと囲われている。領都の方角を向いているこちらの門は、まさに正門といったものなのだろう。

他に見るものもないので、そんな石壁やひっきりなしに門を通っていく馬車や旅人を眺めて待つことしばらく。

一頭の騎馬に先導され、二頭の馬に引っ張られた一台の馬車がやってきた。たぶんアレだな。

「……なんだか地味だねえ」

俺は隣の伊勢崎さんにこっそりとつぶやく。

伯爵令嬢なのできっと豪華で真っ白な馬車に違いないと思っていたのだが、こちらに向かってくる馬車はしっかりとした造りであるものの、茶色のこぢんまりとしたものだった。

「もっと派手な馬車で権威をアピールする貴族もいるものなのですが……。まあレヴィらしいといえばらしいですね」

くすりと微笑む伊勢崎さん。どうやらレヴィーリア様は使わないでいいお金は使わないタイプの人のようだ。

その馬車の左右にも、馬とそれに乗った騎士が一セットずつ。そして馬車をぐるっと取り囲むように、十人ほどの人員が徒歩で付き従っていた。

馬に乗った兵士はみな統一された鉄の鎧《よろい》を身にまとっているのだが、歩いている人員は革鎧《かわよろい》や胸当てやローブといった風に服装も装備もバラバラ。おそらく護衛として冒険者を雇ったのだろう。

そしてそんな冒険者の中には、俺の見知った人物たちもいた。

宿のお隣さん、ギータとシリルである。

45　出発

やがて馬車が俺たちの手前で停《と》まると、ギータがこちらに駆け寄ってきた。

「ようっ、行商人のおっさんとその奥さんじゃねーか。こんなところで何してるんだ？」

「やあギータ。俺たちはこの馬車に用事があってね」

「あん？　用事だって……？」

俺の言葉に眉をひそめたギータは、そっと顔を寄せてヒソヒソとささやく。

「もしかして寄生するつもりなのか？　悪いこと言わないから止めておきな」

「へ？　寄生ってなに？」

「ほら、俺たちみたいな護衛付き馬車の後ろにくっついて旅をすることだよ。その方が安全だからな。そのつもりなんだろ？」

「いや、そんなつもりはないよ」

「いやいや、おっさんたちは行商人なんだし、そういう連中を何人も見てたから分かっちゃうんだよ俺。でもな、この馬車だけは止めといたほうがいいって。これだけ物々しい護衛がついてるとなるとわかるだろ？　……これはお貴族様の馬車なんだよ。気を悪くされると、おっさんたちがどうなるかわかったもんじゃねえからさ」

どうやらギータは本心から俺たちを心配してくれてるらしい。まったくの勘違いなんだけど。

「それは本当に大丈夫だから」

「だけどよ――」

どう説得すればいいのかと困ったように頭をかくギータの真横で、馬車の扉が静かに開いた。

そこから顔をのぞかせたのはレヴィーリア様だ。すぐさまギータがビシッと背筋を伸ばす。

「あっ、レヴィーリア様！　今すぐ追い払いますので、しばらくお待ちくださいませですっ！」

似合わない敬語で大声を上げるギータだが、レヴィーリア様はふるふると首を横に振った。

「その必要はありません。こちらはわたくしの友人ですから。さあさ、マツナガにイセザキ、お二人とも馬車にどうぞ」

「えっ、レヴィーリア様!?　お、おっさん！　これってどういうことだよ!?」

レヴィーリア様と俺を交互に見て目を見開くギータ。そりゃあそうなるよね。俺はギータの肩にポンと手をおいて事情を説明する。

「実は俺たちも同乗するんだ。詳しい話はまた後でな。それじゃ」

ぽかんと口を開けたままのギータを尻目に、俺と伊勢崎さんが馬車へと乗り込む。

そうして扉を閉めて座席に座ると、ゆっくりと馬車は動き始めた。

◇◇◇

地味な外観の馬車だが、その中も同じように地味というかシンプルだった。

向かい合わせの座席があり、その間には小さなテーブルがあるだけだ。座席にはレヴィーリア様だけが座っている。

ちなみに何度か見かけたお付きのメイドさんは、なんと前の御者台に座って馬を操っている。メイド服のままで。

俺たちがレヴィーリア様の反対側の席に座ると、彼女が上機嫌に笑みを浮かべながら話しかけてきた。

「来てくれて本当に嬉しいわっ！　イセザキ、いっぱいお話しましょうね！」

「はい、レヴィーリア様。……あら？　さっそくシャンプーとコンディショナーを使ってくださったのでしょうか？」

伊勢崎さんのその言葉に、レヴィーリア様が嬉しそうに髪の毛をかき上げた。その途端、ふわりと伊勢崎さんと同じ髪の匂いが室内に漂う。

「ええっ、そうなのです！　髪の指通りが今までとぜんぜん違ってサラサラなのよ！　それに香りもとても素敵だわ！」

「お気にいっていただけたようでなによりです。使い続けると髪の質も改善されていきます。どうかそのままお使いください」

「これ以上良くなっていくだなんて最高ね！　本当に楽しみ……！」

愛《いと》おしそうに髪を触るレヴィーリア様と、それを見て微笑む伊勢崎さん。

伊勢崎さんはレヴィーリア様との旅にかなりの拒否反応を示していたはずなんだけれど、今はまったくそのようなそぶりはない。

どうやら伊勢崎さんはすでに腹をくくったようだ。俺なんかはわりと顔に出るほうだったりするので、こういうところは見習いたいものだよ。

そしてそんな伊勢崎さんの様子に感心しながらも、俺は早くも馬車の振動が気になり始めていた。

ガタガタと小刻みに揺れる馬車の振動がダイレクトに響き、俺の軟弱な尻は早くも痺《しび》れそうになっている。

たしかに移動中、この振動をずっと尻で受けていたら、尻がなんとかなってしまいそうだった。

俺はさっそく【収納《ストレージ》】からクッションを取り出す――と、それを見てレヴィーリア様が興味深げに声を上げた。

「……あら、マツナガ。それはなにかしら？」

「これは馬車の振動を和らげるためのクッションです。もちろんレヴィーリア様の分もございますよ」

気配り上手の伊勢崎さんは、しっかりとレヴィーリア様の分も買っていた。三つとも色違いのビーズクッションである。ちなみに伊勢崎さんが青、俺が白、レヴィーリア様のがピンクである。

俺がピンクのクッションを差し出すと、レヴィーリア様が両手で押し込んだり抱きしめたりとその感触を確かめる。

「羽毛でも綿でもない……とても不思議な感触ですわね。気に入りましたわ！　こちら買い取らせていただいても？」

「いえ、差し上げますので」

「そういうわけにはいきませんわ」

「私たちも旅に便乗させていただいているのです。そのくらいはさせてください」

「むうう……わかりましたわ」

仕方なしに頷き、さっそくクッションを尻に敷くレヴィーリア様。その瞬間、レヴィーリア様の表情がパアアアアと輝いた。

「まあっ！　まるで浮いたような心地ですわ！　マツナガもイセザキも早く敷くといいですわよ！　ほらっ、ほらっ！」

クッションを敷いたままぴょんぴょんと上下に跳ねて、楽しそうにはしゃぐレヴィーリア様。たしか年齢は二十歳くらいのはずだが、たまに見せる幼い仕草はなんともかわいい。

その様子に俺と伊勢崎さんは顔を見合わせつつ、クッションを尻に敷いてみた。

するとたしかに振動がずいぶんとマシになった。これはレヴィーリア様が喜ぶのも無理はない。

隣の伊勢崎さんもクッションの仕事っぷりに満足そうである。

尻が守られるのなら、もはや怖いものはなにもない。こうして俺たちの領都へと向かう旅が始まったのだった。

46　馴《な》れ初《そ》め話

蹄《ひづめ》と車輪の音、それからひっきりなしの話し声を聞きながら、俺は馬車の中で過ごしていた。

会話の中心はやはりレヴィーリア様だ。そこから伊勢崎さんに話が振られるのがほとんどで、俺はたまに相槌《あいづち》を打つ程度。

まあ俺は異世界初心者なので、あまりいろいろな話をするとボロが出てしまう。しかしその点、異世界歴の長い伊勢崎さんは簡単に話を合わせることができるのでとてもありがたかった。

特にレヴィーリア様に俺たち夫婦（嘘）の馴れ初めを聞かれたときの、伊勢崎さんの活躍ぶりはすごかったよ。

細かい設定を作っていなかった俺が答えあぐねているうちに、伊勢崎さんがスラスラと馴れ初めを作り上げていったのだ。


——伊勢崎さんによると、俺マツナガとイセザキさんはとある国とある町の幼馴染《おさななじみ》だったらしい。

彼女は町の豪商の娘で、俺はその下で働く使用人。

ふとしたことで知り合って二人は仲を深めていくのだが、俺は彼女のことを最初は妹のようにしか見ていなかったそうだ。

しかし日々美しく成長していくイセザキさんに、俺はやがて彼女を一人の女性として見るようになったとのこと。

だが俺はなんともヘタレなことに、年の差や身分の違いを気にして、その気持ちに蓋をしていたらしい。

だがイセザキさんは初めて出会ったときからすでに俺のことを一人の男をして見ていたそうで、彼女はあの手この手で俺の気を引いたのだそうだ。

やがて気持ちを抑えきれなくなった俺は、ついに彼女に告白し、彼女はもちろんそれを承諾。

そうして結ばれた二人は生まれ育った町から駆け落ちし、夫婦で行商を営みながら今は幸せに暮らしているとのことだ――めでたし、めでたし。


身振り手振りを加えて、迫真の演技をする伊勢崎さん。俺がイセザキさんの手を引きながら町から出るラストシーンでは、レヴィーリア様も瞳を潤ませて拍手喝采だった。

お互い本当にその気がないからこそ言える、設定に妙なリアリティがあるストーリーだった。さすがは伊勢崎さんである。

ちなみに俺はその間「うん」「そうだったね」「わかる」「懐かしいね」くらいしか言葉を発していない。

そのような壮大なお話が終わり、お互い話し疲れたのだろうか。馬車の中も沈黙が支配することが多くなり、ようやく俺も外の景色を眺める余裕ができてきた。

窓の外では馬に乗った騎士、それから冒険者たちがやや駆け足程度の速度で馬車についてきている姿が見える。

かれこれ出発から数時間が経っているというのに、冒険者たちの顔にはまったく疲労は見えない。

その中にはもちろんギータとシリルの姿もあった。

レヴィーリア様が言うには、今回の護衛は冒険者ギルドでそのときに手が空いていた冒険者のリストの中から、ランクが上の順にオファーをかけたのだそうだ。なので、まだ年若い彼らはあれでなかなかの実力者ということになる。

そんな猛者のみなさんや、どこまでも広がっている草原と遠くに見える険しい山々を眺めつつ、俺はさらに一時間ほど過ごし――


代わり映えしない景色に少々飽きてくると同時に、俺に睡魔が訪れたのだった。

思い返せば、夕方に日本から異世界に跳んでから、行ったり来たりのなんやかんやで六時間以上は過ぎている。

気が張っているうちはなんともなかったけれど、体内時計的にはもう寝る時間だ。

もちろん時差ボケ対策のためにも寝るわけにはいかないが、それよりも腹が減っているのが少々つらい。お貴族様の馬車の中で間食してもいいのかな――

「キュクルルルルゥ〜」

そんなことを考えていた時、馬車の中で何かの鳴き声のような音がした。

音の出どころに顔を向けると、伊勢崎さんは普段と変わりない顔で窓の外の景色を眺めている。

肩をプルプルと震わせて耳だけがとんでもなく赤いけど。

それを見たレヴィーリア様は、ハッと思いついたように声を上げた。

「そ、そうですわ！　そろそろお昼の時間ですわよね。ホリー!?」

「いえ、もう少し後になる予定です」

御者台のメイドさんには例の音は聞こえていないようだ。その冷静な対応にレヴィーリア様が慌てて言い返す。

「わたくし、そろそろお腹が空いてきましたわ！　少し予定を早めてもらってもいいかしら？　いいでしょう!?」

「そういうことでしたら問題ありません。それでは——」

御者台のメイドさんの返事と共に、馬車が緩やかに止まった。

その間、伊勢崎さんはうつむいてぷるぷると震えるばかり。

生理現象なんだし気にしないでいいんだけどね。年頃の女の子は大変だ。

こうして予定より、ほんの少し早い昼休憩になったのだった。

47　昼休憩

昼の休憩に入ることになったレヴィーリア様一行。

俺は馬車の中で昼食をとるレヴィーリア様のお誘いを丁重に断り、ギータたちに会いに行くことにした。

ちなみに伊勢崎さんは誘われるがままにレヴィーリア様のお供だ。まだ精神的ダメージは抜けていないらしい。


馬車から降り、俺は辺りを見渡す。

馬車周辺で冒険者たちが雑談をしたり地面に座り込んだりと自由に休憩をとっており、その中にはギータとシリルの姿もあった。

俺は二人に駆け寄ると、あいさつもそこそこにこれまでの経緯を説明することにした。


「――なんだ、そういうわけか。それならそうって早く言ってくれよマツナガさんよー。まったくビックリしたぜ」

レヴィーリア様に気に入られて旅に同行するように誘われた――と簡単に説明すると、疑問が解けてスッキリしたのか、はあーと長いため息を吐きながらギータが言った。

ちなみにいつの間にやら、俺の呼び名が『おっさん』から『マツナガさん』に変化している。レヴィーリア様の知り合いだからなんだろうけど、俺としてはどっちでもいいんだけどね。若い彼らからみればアラサーは十分におっさんだろうし。

「悪かったね。そういうわけでこれから十日間よろしく頼むよ」

「こちらこそよろしく。腕には自信があるからさ。マツナガさんも安心して馬車に乗ってくれよな!」

そう言って頼もしげに胸を張るギータの横で口を尖らせるのは、メガネ女子のシリルだ。

「もうっ、ギータったらすぐに調子に乗るんだから。いくら強くても油断しちゃダメなんだからね?」

「はいはい、わかってるよー」

その忠告に軽い返事をするギータ。

昨日も腕に抱きついてイチャイチャしていたし、本当に仲の良さそうな二人である。

食事の準備をしながら話を聞いてみたところ、二人は十一歳くらいの頃に刺激も稼ぎも少ない村から飛び出し、それからずっと冒険者をしているのだと教えてくれた。

そして今の年齢は十八歳とのこと。つまり冒険者八年目。

社会人で勤続年数八年というと、俺と変わらないくらいだ。そう考えると、彼らは冒険者としては中堅どころと言えるのかもしれない。

ちなみに彼らにとって、今回の護衛はグランダに来てから一番高額な報酬の仕事らしい。この町に来てよかったと満足げに話してくれたよ。

そんな身の上話が終わった頃には、食事の準備もとっくに完了していた。

ギータとシリルが鞄から取り出したのは、真っ黒なパンと赤茶色の干し肉と水。

どうやら冒険者のデフォルトな食料のようで、周辺の冒険者もみんな同じような物を食べている。かさばらないし保存が利くのだそうだ。

そして俺は【収納《ストレージ》】から、ショッピングモール内のフードコートで購入したハンバーガーとフライドポテト、オレンジジジュースを取り出した。

ちなみに伊勢崎さんにも同じものを渡している。

彼女はお嬢様だけどジャンクフードにも抵抗はまったくない。そのことには以前から親近感のようなものを抱いていたけれど、今になって思えばきっと異世界暮らしが長かった影響なのだろう。

そんなハンバーガーから漂う香ばしいソースの香りが、空腹の胃を強烈に刺激した。

匂いを嗅いだ瞬間にたまらなくなった俺は、大口を開けてハンバーガーにかぶりついた。

うん、食べ慣れた味、だけどウマイ！

やっぱり空腹は最高の調味料だね。ソースの香りと肉の食感も、食欲をさらに高めていく。

俺はハンバーガーとフライドポテトを次から次へと胃の中に詰め込んでいき――

半分ほど食べ終わってようやく一息ついたとき、こちらをぽかんと見つめているギータとシリルの姿に気がついたのだった。

「ああ、一人で黙々と食べちゃってて悪かったね。ちょっとお腹が空いててさ」

「いやあ、それはいいんだけど。さすが行商でレヴィーリア様にお気に入られただけあって、【収納《ストレージ》】は持ってるし、変わった食い物食べてんなーって思ってさ」

物珍しそうにギータが見つめていたのは、半分ほど残ったフライドポテト。どうやらハンバーガーのようなパンに肉を挟むような料理は珍しくはないらしい。

「よかったら二人も食べてよ。残りはそんなにないけどさ」

「いいのか？　それじゃさっそく……！」

好奇心に目を輝かせたギータがすぐさまフライドポテトを口の中へと放り込んだ。次の瞬間、彼は驚きに眉を吊り上げる。

「うおおっ……！　ホクホクしてうめえなコレ！　こんなの初めて食べたぞ！　これが異国の料理か、すげえな！　ほら、シリルも貰《もら》いなよ！」

「もう、ギータったら……。えと、それじゃマツナガさん、いただきます」

ぺこりと頭を下げながら、ポテトをひとつ摘むシリル。

彼女は次から次へとポテトを放り込むギータを見ながら、マネをするようにポテトを口の中に投げ込むと、メガネの奥の瞳を何度も瞬《またた》かせた。

「うわあ……本当においしいです。……ふむ、たくさん塩がかかっているのは保存を利かせるためなのかしら？」

メガネキャラらしい知的な視点である。でも塩はただの味付けだと思うよ。

そうして俺たちの食事の時間が過ぎていった。ちなみにあまりに美味しそうに食べてくれるので、残りのフライドポテトは彼らに全部食べてもらったよ。

俺もようやく空腹が収まり大満足。その後はギータたちと取り留めのない話をしながら食休み。

——そんな時、どこからか微《かす》かな笛のような音が耳に届いた。

次の瞬間、まだ顔立ちにどこか幼さを残していたギータが険しい顔で立ち上がった。続いてシリルも。

なんとなくつられて立ち上がった俺にギータが言う。

「仲間の合図だ。どうやら魔物が近くにやってきたようだぜ。まっ、腹ごなしにはちょうどいいか」

ギータはニヤリと口の端を吊り上げると、腰の鞘《さや》から長剣をスラリと抜いたのだった。

48　初めての魔物

「よしっ、護衛はこっちに集まれ！」

前を見据えたまま野太い声を上げたのは、ヒゲを生やした中年の男。

食事中にギータから聞いた話によると、彼が今回の護衛冒険者たちのまとめ役らしい。雇われた中で一番ランクが高いパーティのリーダーなのだそうだ。

すぐさまギータは俺に振り返り鋭い声を上げる。

「マツナガさんは馬車に戻っておきな！」

「う、うん。二人とも気をつけて」

「おうっ！」「はい」

俺の声に二人は小さく頷き、そのままリーダーの元へと駆けていく。それを見て俺も大急ぎで馬車に向かって走りだした。

馬車の周辺はすでに馬に乗った騎士たちが固めており、俺が近づくと騎士の一人が馬車の扉を開けてくれた。

「どうぞマツナガ殿。馬車は我らが守りますのでご安心ください」

そんな対応でいまさら気づいたんだけど、どうやら彼らの中では俺もＶＩＰ待遇らしい。頼もしいイケボな騎士の声を聞きながら、俺は馬車の中に滑り込んだ。

「おかえりなさい、旦那様」

馬車に入り、やや緊張した面持ちで迎えてくれたのが伊勢崎さん。そしてレヴィーリア様の方はというと、緊張どころか優雅に紅茶を飲んでいた。

「あ、あの、そんなに落ち着いて大丈夫なんですか？　魔物が現れたみたいですけど」

そんな俺の問いかけに、レヴィーリア様はテーブルに陶器のカップを静かに置いて答える。

「魔物が現れるのは想定内ですわ。そのために雇った冒険者ですもの。ここでうろたえていては、彼らの仕事を信用していないことになりますから」

おお……なんとも毅然《きぜん》とした態度だなあ。これが貴族の貫禄ってやつなのかもしれない。

だがもちろんただの小者である俺は、馬車の窓にかぶりついて冒険者の戦いっぷりを見学することにした。こんな機会は初めてだし、見ないという選択肢はないよね。

窓から俺が見守る中、冒険者たちの先頭に立つリーダーの野太い声がここまで響いてきた。

「斥候によると、丘の向こうからグレートボアが向かってきているらしい。ここで休憩したのは運がよかったのかもな。先に進んでりゃあ馬車の横っぱらに突っ込まれてたかもしれねえ」

それって考えようによると、伊勢崎さんの腹の虫のお陰で危機を脱したってことなのだろうか。

なんとなく伊勢崎さんを見ると、にこっと笑顔で見つめられた。なんだか怖いので再び視線を外に向ける。

「グレートボアの数は一匹。だがかなりデケぇ個体だ。気を抜くんじゃねえぞ？　ああ、それから──」

リーダーがチラッとこちらに顔を向けた。

「騎士様、魔物の肉や素材はこっちで回収してもいいんだったよな？」

俺がかぶりついている窓のすぐ近くにいる騎士が、微動だにせず答える。

「ああ、好きにして構わない。ただし馬車には絶対に近づけるな」

その言葉を聞いて、リーダーが冒険者たちを見回しながら言った。

「おい聞いたな、お前ら？　グレートボアの肉がありゃあ、道中もしばらくは腹いっぱい食えるぞ。絶対に逃がすんじゃねえぞ？　わかったな!!」

「おおっ!!」

ビリッと馬車が震えるほどの声で冒険者たちが叫ぶ。

するとその声に誘われたように、前に見える丘の頂上から大きな赤いイノシシ──グレートボアが現れたのだった。

グレートボアはこちらを睨みつけながら二度三度と地面を足でひっかくと、丘の下り坂をものすごいスピードで突進を始めた。

グレートボアは軽自動車ほどの大きさ。走る速度も車と変わりない。

そんな魔物がこっちに向かって突撃してきているというのは、かなりの迫力と恐怖を感じる。馬車の中にいても腰が引けてしまいそうだよ。

そんな脅威が迫ってくる中、冒険者の集団から一歩前に歩み出たのは意外にもローブを着た細身の男だった。

細身男は手に持っていた木の杖をグレートボアに向けると言葉を発する。

「炎よ、炎よ、我が前に集《つど》いて形を成し、敵を焼き尽くさん――」

呪文ってヤツだろうか？

言葉を発した男の前に、真っ赤な炎がゆらゆらと集合していく。やがてそれはバレーボールほどの大きさの火の球を形作った。

「――【火の球《ファイアボール》】」

そうして男が杖を前に向かって振ると、火の球は弾丸を撃ち出したかのように、ものすごいスピードで吹き飛んでいった。向かう先はもちろんグレートボア。

炎の尾を引きながら飛んでいく火の球は、やがてグレートボアの足元に着弾。爆音と共に地面が爆《は》ぜ、グレートボアもたたらを踏んだようによろめいた。

「グルオオオオオオオオン！」

足を傷つけられた痛みに悲鳴を上げるグレートボア。

グレートボアがたまらず速度を落とすと、さらにその背や横っ腹にいくつもの矢が突き刺さっていく。

いつの間にか火の球の男の後ろには、弓矢を構えた二人の冒険者がいた。彼らは手を休めることなくグレートボアに向かって何度も矢を撃ち続けている。

突き刺さった矢を抜こうと身体を左右によじりながらも突進は止めないグレートボア。それを見てリーダーが手に持った長剣を掲げて大声を上げた。

「よっしゃあ！　後は俺たちの出番だ！　行くぞっ野郎ども!!」

「うおおおおおおおおおおお!!」

冒険者たちが剣や斧《おの》を携え、グレートボアに突撃をかける。その中には当然ギータの姿もあった。メガネっ娘シリルは杖を構えたまま待機のようだけど。

グレートボアに肉薄した冒険者たちは、暴れ狂うグレートボアに己の武器を何度も振り下ろし、薙《な》ぎ払《はら》い、突き刺していく。

もちろんグレートボアも反撃をしないわけではない。その大きな牙と、見るからに頑丈そうな出っ張った鼻で冒険者たちに襲いかかる。

鋭い牙がとある冒険者の腕をかすめた。それだけで彼の腕からは血が噴き出す。だがそれに構うことなく冒険者は武器を振り下ろしていく。

攻撃こそ最大の防御とでも言うのだろうか。冒険者たちの猛攻に、少しずつグレートボアの動きは鈍くなっていったのだった。

49　グレートボア

「おらあああッ！」

リーダーが雄叫《おたけ》びと共に剣を振り下ろす。その切るよりも叩きつけるような豪快な一撃に、血まみれのグレートボアは苦しげに大きな牙を振り回して暴れた。

その時、グレートボアが見せた一瞬の隙を見逃さなかったのはギータだ。ギータはグレートボアが突き上げた牙をかいくぐって避けると、その真っ白な喉元に剣を突き立てた。

「グルオオオオオオオオオオンン！」

断末魔の叫びを上げるグレートボア。

グレートボアはこれまでで一番の抵抗を見せ、手足を乱暴に振って荒れ狂うが、ギータは離れることなくさらに奥へ奥へと刃を押し込んでいく。

やがてグレートボアは剣を突き刺されたまま、力尽きたように頭から地面に倒れ込み――そのまま二度と起き上がってくることはなかった。

「うおっしゃあああああああーーー!!」

「うおおおおおおおおおおああああ！」

拳を突き上げるギータと、喜びを爆発させる冒険者たち。

そしてそれを見学して、年甲斐《としがい》なく大興奮したのが俺である。

「いやあ、すごかったね！」

声を上げ、窓から振り返る俺。しかしこういうのを見慣れているのか、車内の二人のリアクションは落ち着いたものだった。

「そうですね、旦那様。私としてはもう少し守りを重視していただけたのなら、安心して見れたのですけど……」

心配そうに冒険者を見つめていたのが伊勢崎さん。たしかに冒険者は擦り傷や多少の出血は当たり前といった状況だ。

そんな血を流した冒険者の元にシリルが駆け寄っていった。

シリルが手から淡い光を放つと、その血がピタリと止まる。どうやらシリルは回復魔法の使い手のようだ。

そして伊勢崎さんとは対照的に、満足げに笑みを浮かべていたのはレヴィーリア様。

「グレートボアというと、C級パーティでも手こずると聞いております。大人数とはいえ、それをあっという間に倒しましたのですから、腕がいいのは確かなようですし、統率も見事でしたわ」

貴族であり護衛慣れしてるであろうレヴィーリア様が言うのなら、この冒険者たちの質はかなり高いのだろう。

やはり攻撃こそ最大の防御。力こそパワーってことなのかもしれない。ある程度の傷は回復魔法で治せるみたいだし。

とはいえ、伊勢崎さんが心配するように危なっかしかったのも事実なんだよね。

それなら……例えば他にはどのような攻撃方法があったのだろうか。

弓と魔法で遠距離からヒットアンドアウェイとか？　……ダメだな、それだと馬車に危険が及ぶ。

じゃあ盾で攻撃を防ぎながらとか？　でも冒険者が持っているのは移動に便利な軽そうな盾だし、グレートボアの攻撃を防げそうにないよなあ……。

——などと、気がつけば俺は自分だったらこうするのに、みたいなことを考えていた。

もちろんプロの冒険者の皆様がいるのに、素人の自分が差し出がましいアドバイスをするつもりはない。

これは例えるなら野球をやったこともない人間が、「えっ、ここで送りバント!?」とか、「ここはピッチャー交代でしょ〜」みたいに、テレビでプロ野球を見ながらああだこうだと言ってるようなものだ。

それはそれで結構楽しいものなんだよね。そんなものを頭の中で妄想するくらいなら問題ないだろう。

そうして俺は、自分ならこうする——みたいな妄想を続け、なんとなく手のひらにいくつもの小さな異空間を浮かばせながら、冒険者のみなさんがグレートボアを解体する様子を眺めていたのだった。

◇◇◇

解体が終わった後は少し遅れた分を取り戻すべく、やや速いペースで移動を続けた。

だが歩くペースが速いにもかかわらず、馬車の窓から眺める冒険者たちの顔はみな一様に明るい。

その理由はおそらく、彼らの今夜の食事がグレートボアになったからだろう。

グレートボアの肉は高級食材の部類に入るらしく、冒険者にとってもなかなかお目にかかれるものではないのだそうだ。……ふーん、なるほど。


そうしてやがて日が暮れてきた。

馬車で夜間の移動は危険を伴う。今日の移動はここまでとし、今夜は近くに川が流れる平地で野営をすることになった。

パチパチと焚き火が音を鳴らし、その周辺で冒険者たちが野営の準備を行う中、俺と伊勢崎さんは彼らの元を訪ねることにした。

理由はもちろん、俺もグレートボアの肉を食べたいからである。

土ネズミよりもおいしいらしいグレートボア。そんなのご相伴にあずかるしかないだろう。

そのための策を十個ほど用意した俺は、焚き火の前でグレートボアの肉を切り分けている冒険者リーダーに近づいていったのだった。

50　肉の切り分け

せっせと肉を切り分けるリーダーと、野営の準備をしながらもそれをチラチラと見守る冒険者たち。

どうやら肉（戦利品）を切り分けるのはリーダーの役割のようだ。一見雑用のようにも見えるけど、不満がないように肉を切り分ける必要があるのだから、案外大事な仕事なのかもしれない。

そしてそんな中、これから俺は肉を分けてもらうための交渉しなければならないのだ——こいつはなかなかタフな案件になりそうだぜ。俺は気を引き締めてリーダーに声をかけた。

「どうも、こんばんは」

俺の声に、リーダーは肉を切り分ける手は止めないまま顔を上げた。手元を見ずに肉を切っているのがかなり怖いよ。

「え？　あ、はい」

「おうっ、行商人の……マツナガさんと奥さんだったよな。もうちょっと待ってくれよな！」

言われるがままにしばらく待つ。するとリーダーは切ったばかりの肉塊を大きな葉っぱに包み、俺に差し出した。

「——ほら、あんたらの分だ！」

「えっ、えっと、これは……？」

包みを受け取りつつも問いかける俺に、何言ってるんだと言わんばかりにリーダーが首をかしげた。

「肉の分け前に決まってるだろ。こんなもん俺らだけじゃ食いきれねえし」

思わず辺りを見渡すと、ギーターやシリル、他の冒険者たちもうんうんと頷いている。そしてリーダーがポンと手を叩いた。

「あーそうだ。ついでにレヴィーリア様たちの分も持っていってくれるか？　それともああいうお貴族様はグレートボアは食わないのかね？　高級食材と言われてるし、お高い料理店でも出されてるのは知ってるんだがなー」

「ああ、いえ、レヴィーリア様もとても美味しい肉だとおっしゃってましたけど……」

「そうか！　それじゃあ持っていってくれ。お貴族様の前に立つと緊張しちまうからな。代わりに頼まあ！」

リーダーはホッとした表情を浮かべると、俺が持っていた肉の上にさらに肉をドンと重ねたのだった。


――こうして俺は難なく肉をゲットしてしまったわけである。

隣を見れば伊勢崎さんも目をぱちくりと少し驚いた顔をしているし、このリーダーや冒険者たちがよっぽど太っ腹なんだろう。

金や物品で交換するつもりでいた俺がちょっぴり恥ずかしいような、なんとも嬉しい肩透かしだ。

しかしそういうことなら、こちらとしても是非ともお返しをしたいところだよね。

俺と伊勢崎さんは目を合わせると、こくりと頷きあったのだった。

◇◇◇

俺と伊勢崎さんは冒険者の食事の席に交ぜさせてもらうことにした。

一旦メイドのホリーにレヴィーリア様に献上された肉を渡し、俺たちは再び冒険者たちのたまり場に足を進める。ちなみにレヴィーリア様も同行したがっていたが、ホリーに阻止されていた。

すでに焚き火の周りでは木串に刺さったグレートボアの肉がいくつも焼かれており、近づくだけでとても香ばしい匂いが漂ってきた。

「おおっ、来たなお二人さん！」

俺たちに気づき声を上げるリーダー。俺はぺこりと頭を下げた。

「この度はご相伴ありがとうございます。それでですね、お返しと言ってはなんですが、俺たちの方からみなさんに差し入れを持ってきました」

「おおっ？　そんなの気にしなくてもいいのに。でも、貰えるものは病気以外なんだってもらうぜ！」

「あなたは本当に病気も貰ってきたことあるから、シャレになってませんよ……」

そう言ったのは火の球を撃っていた細身男だ。

「ウハハハ！　もう少し高い店にしておけばよかったな！　でもまあ具合はよかったから後悔してねえけどよー」

隣に未成年もいるのでアンダージョークはスルーしつつ、俺は【収納《ストレージ》】から目的のブツを取り出した。

それを見て目を丸くするリーダー。周辺からも「おお……」とざわめきが起こる。

ざわめきの半分は俺が【収納《ストレージ》】持ちだったこと、残りの半分は出したブツの反応といったところだ。

「へえ、マツナガさん【収納《ストレージ》】持ちかよ。それで、その黒いのは一体なんだ……？」

俺が取り出したのは、二リットルペットボトルに入った黒い液体。それが四つだ。

「これは俺の国の飲み物で、コーラといいます」

まあ実際は自由の国発祥な気がするけれど、細かいことは気にするまい。これもショッピングモールで爆買いした物のひとつだ。

食料品売り場の冷蔵ショーケースから買ったので一応は冷えている。

旅に備えていろんな食べ物も購入しているが、きっと高級魔物肉には劣るに違いない。それなら飲み物を提供しようと考えたのだ。

ちなみに酒もいくつか買っているけど、さすがに護衛中だからね。

「ふうん、異国の飲み物か……」

覗き込むように、じいっとペットボトルを見つめるリーダー。そしてざわつく冒険者たち。

「沼の水より真っ黒だぞ」「飲めるのか、アレ？」「お、俺は遠慮しておこうかな……」

そんな周りの様子を見て、リーダーがニヤリと笑う。

「へへっ、おもしれえじゃねえか。それじゃ一杯もらおうか！」

「ええ、どうぞどうぞ」

俺は準備していた紙コップに、コーラをなみなみと注《つ》ぎ込む。

すぐにしゅわしゅわと炭酸の心地よい音が鳴り、リーダーが片眉を上げた。

「なんだ、発酵しているのか？　ワインでもこんなに音が鳴らねえぞ」

そういやワインも発酵させる段階で炭酸ガスが発生するんだっけ？　詳しいことは知らない俺は笑ってごまかしつつ、注ぎ終えたコーラをリーダーに手渡した。

「よし、それじゃあ飲むぜ！」

紙コップを掲げるリーダー。そしてみんなが見守る中、リーダーは紙コップに口をつけると首を真上に向け、ゴクゴクゴクゴクーッと一気にコーラを飲み干した。

「――ぶはっ！」

ぎゅうっときつく目をつぶってリーダーがうつむく。

その様子に周辺の冒険者たちが心配そうに顔を寄せていく中、スッと顔を上げたリーダーは、

「げ～～～～～～っぷ！」

豪快なゲップをして周囲を驚かせたのだった。

「ぐわっ！　なにしやがる！」「ビビッたじゃねーか！」「心配したのに！」

やいやいと周りが騒ぐ中、リーダーは紙コップを俺に突き出しながら言った。

「おいおい、マツナガさん。こいつはすげえ飲み物だな！　苦くて、でも甘くて、それで最高に刺激的でよ！　もう一杯頼む！」

それを聞き、周りの冒険者たちも騒ぎ出す。

「ずりいぞ、次は俺だ！」「私よ！」「俺だって！」

次から次へと俺に向かって伸びてくる手に、俺は紙コップを渡してコーラを注いでいく。

その誰もがコーラの味に感動し、何度も何度もおかわりをしてくれた。どうやらコーラは異世界でも大ウケらしい。

これはまたいい売り物になるかもしれない。などとほくそ笑みつつ、そろそろ肉が食べたい——

そう思う俺であった。

51　肉の宴《うたげ》

　俺を囲んで心地よい炭酸の音と心地よくないゲップの音が入り乱れる中、ようやく救いの声がかけられた。

「おーい！　コーラとやらもいいけどよお、そろそろ肉を食わないとコゲちまうぞ〜！」

　声の主はギータだ。ギータが指差す焚き火の周りでは、地面に刺した串焼きから脂がとろりと流れ落ち、今まさに食べごろといったところ。

　それを見てリーダーは思い出したかのように声を上げた。

「おお、そうだ！　すっかりコーラに気を取られちまったな。じゃあマツナガさんと奥さんも食ってくれや！」

「いいんですか？　俺たちの分まで」

　俺たちは自分が貰った分を焼くつもりだったんだけどな。だがリーダーは気にする様子もなくニカッと笑う。

「ああ、たくさん焼いたからな！　腹いっぱい食ってくれよ！」

「だってよマツナガさん、ほら」

　ギータが俺に、グレートボアの串焼きを二本差し出した。大人の拳ほどの大きさの肉を堅そうな木の枝に刺したものだ。とてもワイルド。

「そういうことなら遠慮なく」

俺はひとつを伊勢崎さんに手渡すと、さっそく食べることにした。

あんぐりと口を開け、豪快に肉を噛み切ってみる。

すると舌に触れた瞬間に脂がとけていき、脂のなんともいえない甘みがぶわっと口内に広がっていった。歯ごたえも柔らかで、あんなにゴツそうな肉を食べたとは思えないほど。

うわあ、なんだコレ……。これはたしかに土ネズミの上を行く味だ。高級食材というのは伊達《だて》じゃなかったな。

ふと横を見ると、伊勢崎さんも小さな口をモクモクと動かしていた。彼女はこくんと肉を飲み込み俺に笑顔を向ける。

「ふふっ、グレートボアを食べるのは久しぶりです。特に旦那様と一緒に食べると格別に美味しく感じますね」

そんな伊勢崎さんの仲良し夫婦アピールにリーダーが食いつく。

「ヒューッ、まったくお熱いこったぜ。これだけの美人じゃあ競争相手も多かっただろう？　マツナガさんはどうやって奥さんを射止めたんだ？」

「あー、えっと、それは――」

だが俺が適当に答える前に伊勢崎さんが口を開く。

「いえ、私の方が先に好きになったのです。旦那様は……私がいちばん辛かったとき、親身になって寄り添ってくれましたから」

そう言って俺をじっと見つめる伊勢崎さん。

レヴィーリア様に馴れ初めを語っていたときとはまた違う、なにか大切な思い出を胸の中で抱きしめているような潤んだ瞳。

だがもちろんそんなことをした覚えは俺にはない。

どうやらまた新しい設定が生まれたようだ。伊勢崎さんの演技力には脱帽の一言だよ。


「かーっ、マツナガさんがうらやましすぎて、独り身にはツラすぎるわ。せめて肉でも食って気を紛らわせねえとやってられねえな！　——おうっ、お前ら食ってるかー!?」

「おおおおおおおおおおーー!!」

くるりと踵《きびす》を返《かえ》すと、今度は冒険者たちに向かって声を上げるリーダー。いろいろと忙しい人だなあ。リーダーってヤツは大変だ。

串焼きを食べながら辺りを見渡せば、すでに酔っ払っているような大宴会が繰り広げられている。

アルコールの匂いはしないので、雰囲気に酔ってるだけだと思うけど、始まったばかりだというのにもう大騒ぎだ。

競うように肉の大食いをしている男たち。コーラについて熱く語る痩せた男。女性の弓使いを必死に口説いてる斧使い。

そしていつの間にか木陰の方ではギータとシリルがイチャコラしている。

俺が社会人になってから経験した宴会は単なる愚痴の吐き合いみたいなものだったけど、そういう湿度の高いものとは違う、とにかく騒ぐカラッと乾いた雰囲気の宴会だ。

毎回だと疲れるだろうけれど、たまにはこういう宴会もいいものだ。

そうして冒険者たちとの宴会は夜遅くまで続き――

たっぷりと宴会を楽しみ、伊勢崎さんを馬車まで送っていったところ、俺たちは馬車の前で「とても楽しそうでよかったですわね」とスネた顔でつぶやくレヴィーリア様に迎えられたのだった。

52　深夜の秘め事

楽しい宴会から二日過ぎた夜のこと。

そろそろ約束の時間だと気づいた俺は、やや飽きてきた感のある満天の星空を眺めるのを止め、寝袋からもぞもぞと抜け出す。

その様子に、焚き火の近くで寝ずの番をしていた冒険者から声をかけられた。

宴会で弓女子を口説いていたマッチョ斧戦士だ。ちなみにアレは失敗に終わったみたい。

「ん？　なんだマツナガさん、ションベンか？」

「ああ、いや。ちょっと妻に会ってきます。帰ってくるまで少し時間がかかると思いますから、気にしないでいただけると」

そんな俺の曖昧な返事に、冒険者がニチャアと鼻の下を伸ばした。

「ふーん、あの若くて美人の奥さんと密会かあ……」

「はは、そんなところです」

「うへへ……もう三日目だもんなあ。マツナガさんも溜まってくる頃だろうし仕方ねえよな」

うんうんと物知り顔で頷く冒険者。たしかに俺の我慢は限界である。もう明日の夜までは我慢できない。

「まったく羨ましいったらねえぜ。でも危ないからあんまり遠くに行くなよ？」

「ええ、なるべく近場で済ませます」

「ウヒヒッ、それなら声はなるべく抑えねえとな？」

「はい、気をつけますね」

「あっ、よく考えたらそれは俺がつまんねえかも……。まあいいや、それじゃゆっくりと楽しんできな」

「はい、楽しんできます」

伊勢崎さんを待たせていたら悪いので、あまり長話はできない。俺は冒険者に適当な返事をしつつ、待ち合わせ場所へと向かった。

そうして馬車から少し離れた場所には、ぽつんと立つ伊勢崎さんの姿。

俺に気づいた伊勢崎さんが駆け寄ってくる。

「おじさま……」

「うん、いこうか」

俺たちは寄り添うように歩き出すと、そこからさらに人気《ひとけ》のない場所へと向かう。

候補地は明るいうちからすでに目星を付けていた。二人くらいなら余裕で隠れることができるあの大岩だ。

俺たちは辺りに人がいないか気にしながら、大岩の裏側に入った。

「伊勢崎さん、服はどうしようか？」

俺の問いかけに伊勢崎さんは周りをきょろきょろと見回し、恥ずかしそうに目をそらした。

「いつ人が来るかもわかりません。ですから……このままやってしまいましょう？」

「それも仕方ないか……。それじゃあいくよ」

「はい、おじさま……」

俺が伊勢崎さんの手を握ると、彼女もきゅっと握り返してきた。そのぬくもりを感じながら——

「【次元転移《テレポート》】」


俺たちは、日本のマンションに戻ってきた。

窓から見える景色は夜のまま。久々の帰還だというのにやはり日本でショッピングモールで買い物をして水道水を溜《た》め込んだ時から時間は進んでいない。

今後もずっと異世界に入り浸っていたら、こっちの人から見れば俺はどんどん老け込んで見えることだろう。いちおう若返り魔法は一年程度を目処《めど》にやってもらえる約束だけどね。

「さあ、伊勢崎さん急ぐよ！」

「はいっ！」

俺の声と共に、伊勢崎さんが俺の部屋へと駆け込んだ。そこで伊勢崎さんが日本の私服に着替え、俺はこの場で着替えるのだ。

本当は異世界で着替えたほうが時短になるのだが、大自然の中で着替えるというのは人目がなくともハードルが高い。伊勢崎さんが恥ずかしがるのも無理はない。

俺は未だに慣れない異世界のシャツやズボンを脱ぎ捨てると、こっそりこれだけは使っている日本のパンツ一丁の姿となった。風呂には入れていないが、【清浄《クリーン》】の魔法のおかげでいつも清潔だ。

そうして俺が上着を着てズボンを履き終えた直後、バタンと俺の部屋の扉が開いた。

そこには私服に着替えた伊勢崎さんが立っていた。

よっぽど急いだのか、髪も衣服もやや乱れている。そこまで急がなくていいのに……。

伊勢崎さんがハアハアと肩で息をしながら悔しそうにうつむく。

「くううっ、間に合わなかった……！」

「いや、そんなことないって。十分早かったし、間に合ってるよ？」

「……え!?　あっ、はい。そうでしたね！」

ハッと顔を上げる伊勢崎さん。飽くなきタイムアタック精神は尊敬に値するけどね。

なんと言っても今回の目的は買い出しだ。

たくさん買い込んでいたつもりだが、おすそ分けやらなにやらで早くも足りなくなってきた食料品や必要に感じた雑貨、それらの購入が目的なのである。なるべく買わずにやりくりしようと思っていたが、もはや我慢の限界なのだ。

こちらの一分が異世界の十分である以上、夜の合間を縫っての買い出しは時間との戦いになる。

貯め込んだ水道水も結構減っている。俺は異空間を蛇口の下にセットして水を流し込むと、すぐさま伊勢崎さんとマンションから出たのだった。

53　コンビニショッピング

マンションを降りた俺は、駐輪場からママチャリを取ってきた。

今回はショッピングモールでのんびりと買い物をしているヒマはない。目的地はここから最寄りのコンビニだ。車で行くよりもママチャリの方が早いことだろう。まあ俺はペーパードライバーで車は持ってないけどね。

俺がママチャリに乗りながら伊勢崎さんのそばに寄せると、伊勢崎さんが後ろの荷台に座った。

「飛ばすよ、しっかり掴まって」

「わ、わかりました！」

その声と共に後ろから柔らかくてダイナマイトな物がむにゅんと背中に密着したが、俺には少しも照れている余裕はなかった。

ＪＫとの二人乗り自転車。俺もかつて高校生の頃は、そういうシーンにロマンや憧れを抱いていたものだ。

しかし大人になった今となっては、自転車二人乗りをおまわりさんに見つからないかどうかの方が気になって仕方がないよ。

慎重かつ大胆に自転車のペダルを漕《こ》いで——約三分ほどで俺たちは最寄りのコンビニに到着した。

かなりの好タイムである。

素早くママチャリから降り、俺たちは急いで店へと向かう。

「いらっしゃせー」

店員の気の抜けた声を聞きながらコンビニに入ると、俺は食料品コーナーを目指した。

今回の俺のメインターゲットは食料品だ。

もちろんショッピングモールで食料は買い込んでいたものの、旅も三日が過ぎるとインスタントラーメンやハンバーガーだけでは飽きてきたんだよね。

それにラーメンやハンバーガーを食べた後、馬車の中にじっとしているというのは……そろそろお腹のお肉が気になる年頃なのだ。

ちなみに伊勢崎さんは何を食べても太らないという。これが若さか。

俺はサラダや春雨《はるさめ》スープにゼリー飲料といったヘルシーっぽい商品を買い込むことで心の安寧を保ちつつ、その他バラエティ豊かなコンビニ食品もカゴの中へと入れていく。

もちろん冒険者のみなさんに大好評のコーラの補充も忘れない。コーラのおかげでずいぶん仲良くなれたからね。


そうして俺はどっさりとカゴ二つ分の食料品を抱えてレジへと向かった。

レジで先に会計をしていたのは伊勢崎さんだ。

男の店員は会計が終わった後も伊勢崎さんをぼーっと見送り、それからハッと俺の姿に気づき、慌ててレジを打ち始める。

何度か伊勢崎さんと一緒に買物をしたことがあるのだけれど、そのたびに行われる、もはや見慣れた光景だった。


レジを済ませて店外に出ると、伊勢崎さんが待ってくれていた。

彼女の荷物は俺よりも少なく、コンビニ袋二つだけだ。

それでも俺の分と合わせれば、とてもママチャリのカゴには入りきれない。

俺たちは建物の陰に隠れると、二人分の買い物を異空間に入れておくことにした。

自分の分の収納が終わり、伊勢崎さんの荷物を預かる。

その時にちらっと見えたのは化粧品だった。あまり買ったものをじろじろ見るのはよくないけれど、ついつい言葉が先に出た。

「あれ？　伊勢崎さんってあまり化粧はやらないんじゃなかったっけ」

今どきのＪＫはメイクも常識なんてニュースを見たことがあるけれど、なにかの拍子で伊勢崎さんはほとんどやっていないと聞いたことがある。しかし伊勢崎さんは軽く首を横に振った。

「いえ、これはレヴィの分です。あの子が使っているお化粧品を見せてもらったんですけど、なんだかお肌に悪そうで……。それでこっちを使ってもらえたらなって」

そう言って伊勢崎さんは心配そうに眉を下げた。

なんとかレヴィーリア様のことを遠ざけようとしていた伊勢崎さんだけど、やっぱりレヴィーリア様のことは気になるみたいだ。

たとえ正体を明かせなくても、かつて仲が良かった二人のようになってくれれば――などと密かに思っていた俺だけど、どうやらそれも現実味を帯びてきたようでなによりだよ。


そうしてほっこりした気分を味わった後は、必死にママチャリで爆走してマンションへと戻った。

出しっぱなしだった蛇口を閉めて、再び大急ぎで着替え。

着替えた後はすぐに【次元転移《テレポート》】で異世界へと戻ったのだった。


異世界の大岩の陰に戻ってきた俺たちは、ぐったりとしながらも夜空を見上げる。空にはまだ太陽は昇っていない。どうやら想定時間内に帰れたようだ。

それにしても強行軍の買い出しは疲れた……。ママチャリを漕いでいた俺はもちろん、大急ぎの買い物と着替えで伊勢崎さんもヘトヘトだ。

俺は伊勢崎さんと途中で別れると、焚《た》き火の元へと戻った。

そしてぐったりと疲れた俺を見て、寝ずの番の冒険者が声をかけてくる。

「おっ、おう。ずいぶん長かったな。それに俺は夜目も利く方なんだけどよ、奥さんもフラフラで歩いていたじゃねえか。あんた見かけによらず激しいんだな……」

なぜか尊敬の眼差《まなざ》しの冒険者。

「……？　ええ、まあそんなところです……」

俺は曖昧に返事をしつつ寝袋の中に疲れた体を横たえると、それから早朝まで束《つか》の間《ま》の睡眠をとるのだった。

54　プレゼント

「まあ……！　これが異国の化粧品なのですか!?」

その日の朝。移動する馬車の中で、伊勢崎さんはレヴィーリア様にコスメグッズを手渡した。

まるで宝石を見るようなキラキラした瞳でリップやファンデーションを見つめるレヴィーリア様。

その様子に伊勢崎さんも口元を緩める。

「はい、きっとレヴィーリア様をさらに美しく保ってくださることでしょう」

「イセザキ、ありがとう存じます。こちらはおいくらになるのかしら？　すぐにホリーに用意させますわ」

しかしもちろん伊勢崎さんはプレゼントのつもりなのだろう。

「結構ですよ。これは私からレヴィーリア様への贈り物ですので」

「いいえ、あなたたちご夫婦は行商です。物を売る職業の方から物を貰うだなんておかしいわ。クッションは馬車の運賃ということでなんとか納得はしましたけれど」

今も自らのお尻を守っているクッションを見て嘆息するレヴィーリア様。だが今回は伊勢崎さんも引かなかった。

「……レヴィーリア様。おそれながらレヴィーリア様は私を友人と言ってくださったのではございませんか？　友人から友人にプレゼントを贈ることは、なんらおかしいことではありませんよ」

町でのお茶会の席で、たしかに俺たちはレヴィーリア様から強引に友人ということにされていた。

その言葉にレヴィーリア様はハッと伊勢崎さんを見つめ、そしてはにかむように笑った。

「イセザキ……。そうね、友人ならおかしいことではありませんわ。本当に嬉しい、ありがとうっ！」

大切にコスメセットを抱きかかえるレヴィーリア様。それを見て伊勢崎さんも満足そうに目を細めた。受け取ってもらってよかったね。

「中を見てもよろしいかしら？」

「ええ、もちろん」

伊勢崎さんが答えると、レヴィーリア様はさっそくコスメセットの蓋を開いた。そしてひとつずつ取り出しては楽しそうに見つめる。

それを何度か繰り返してるうち、彼女がふとつぶやいた。

「うふふ、プレゼントをいただくなんて何年ぶりでしょうか……」

さすがに伯爵令嬢ともあろうお方が、プレゼントを貰うのが久しぶりってことはないだろう。リップサービスってやつかな。

——そんな考えが表情に出ていたのか、俺と目が合ったヴィーリア様がいたずらっぽく笑った。

「あら、伯爵の娘なら様々な贈り物が届けられるだろうと思ったのかしら？」

「えっ、いや、まあ、ハイ……」

素直に答えてしまった俺に、レヴィーリア様はどこか遠い目をしながら答える。

「わたくしに贈り物が届けられるようなことはありませんでした。そもそもわたくしは社交界に出ることを禁じられておりましたから。周りの貴族からも腫れ物のように思われているのでしょう」

「えっ、それは……？」

社交界っていうのは多分貴族同士の交流みたいなアレだろう。伯爵令嬢なら当然そういうのに出ていそうなイメージだけど。

「社交の場にでていたのは姉のデリクシルのみ。姉が言うには、わたくしのような粗野な者は社交の場にふさわしくないとのことでしたわ。姉はわたくしを嫌っておりましたし、理由はなんでもよかったのでしょうけど」

「ですが、お父様が黙ってはおられないのでは？」

貴族にとってお互いの交流は大事なはずだし、その社交の場に娘を出さないのはおかしいと思う。

俺の言葉にレヴィーリア様は、はたと気づいたように目をぱちくりとさせた。

「ああ……マツナガは異国の方ですし、知らないですわよね。……わたくしは妾腹《しょうふく》の子なのです。父も世間体ゆえ認知はしておりますが、それ以上表に出すことを望まないのでしょう。まあ、わたくしも社交には興味はありませんでしたので、そのことに反発することはなかったのですけど」

はんっと息を吐くレヴィーリア様。

というか、どうやら思っていたより家族仲が冷え切ってる気がする。いまさらだけど、これって聞いてしまってよかったのかな。

内心ヒヤヒヤとしているところで、さらにレヴィーリア様は眉根を寄せながら言葉を続ける。

「ですが……今回の前線都市グランダの代官就任を強いたのは度が過ぎていますわ。根回しも完璧で、わたくしにはどうすることもできませんでした。……そういう意味では今回はいい機会です。姉はわたくしに何をさせたいのか、じっくり話をさせていただきましょう。もしかすると藪《やぶ》をつつくことになりかねませんが、その時は――」

ギッと爪を噛みながら眉をひそめるレヴィーリア様。

たしかによりにもよって隣の領土とのいざこざがある町の代官だなんて、嫌がらせの域を超えてる気がするけれど……。

「レ、レヴィーリア様。あまり思い詰めないほうが……」

そしてそういうきな臭い話は一般市民の俺や伊勢崎さんに聞かせないでほしい。

レヴィーリア様はハッと口を開くと、気を取り直すようにオホホホと笑った。

「オホホホホ！　話がそれてしまいましたわね。忘れてくださいまし。それにプレゼントを貰ったことがないわけではないのですよ？　かつて敬愛するお姉さまからはよくいただいたものです！」

「あ、ああ……。妻に似ているというあの方ですか。一体どのような物を？」

強引だけど、話が変わってホッとしたよ。俺は胸を撫で下ろしながら続きを促すと、レヴィーリア様は満面の笑みを浮かべて答えた。

「お姉さまからは本当にいろいろな物をいただきました。鬼面ゼミの抜け殻や黒くてつやつやした石に丁度よい木の枝。大量のマダラドングリは今でも小箱に入れて大切に保管していますの！　今度グランダに戻ったら見せてさしあげますわね！」

「はは、それは楽しみですね……」

思わず愛想笑いをする俺。プレゼントはどう考えても男子小学生みたいなセレクションなんだけど。幼少期の伊勢崎さん、一体どんなんだったんだ……。

ちらっと伊勢崎さんを見ると、彼女は顔をこわばらせながら器用に微笑んでいた。

なんというか、このことはあまり深く追及しないほうがよさそうだ。それがきっと優しさというヤツなんだろう。


——そんな風に貴族社会の闇をチラ見したりもしながらも、旅は順調に進んでいった。

そして道中もようやく半分を過ぎた六日目。

夜の野営の時間になり、夕食を食べながら夜空を眺める。

その夜の月は禍々《まがまが》しく赤く輝いて見え、俺をなんだか陰鬱な気分にさせていた。

55　赤い月の夜

「あ？　どうしたんだよマツナガさん。月なんか眺めてさあー」

ヘルシーなサラダチキンを食べ終わり、真っ赤な月を眺めていると、ギータから声をかけられた。

「いやあ、なんか不気味な色で不吉だなーって思ってね。そう思わない？」

「えーそうかあ？　緋月《ひづき》の時期はいつもこんなもんだろ？　たしかに気味悪い色だけどさ、そんなの気にしてたら冒険者なんかやってられねーし。それともやっぱ行商人は験担《げんかつ》ぎで月の色を気にしたりするもんなのか？」

ちらっとだけ夜空を見つめ、すぐに興味をなくすギータ。

どうやら彼らからすると、この月の色はさほど珍しいものでもないらしい。あまり月の色を気にしては変に思われそうだ。

「あー……まあ商売してるとさ、どうしても気になるもんだよ。それよりも今夜の寝ずの番はギータなんだね。ご苦労さま、よろしく頼むよ」

「おうっ！　任せておきな！」

明るい表情で拳を握ってみせるギータ。

寝ずの番は前半後半で交代しながら一人が担当している。おかげで俺はいつも安心して寝ていられるのだ。大変ありがたいことだよ。

ちなみに俺や他の冒険者たちはいつも焚き火のそばで寝ているのだが、レヴィーリア様と伊勢崎さんが寝ている馬車はそこから少し離れた場所にある。

まあ貴族としては寝所に冒険者を近づけるわけにもいかないってことなんだろうけど、身辺を守る騎士にも寝ずの番がいるので安心だ。

そしてこの夜も焚き火の音を聞きながら星空を見上げていると、いつの間にか眠りに落ちていたのだった。

◇◇◇

「……んぅ？」

なんとなく目が覚めた。

顔を横に向けるとまだ焚き火の炎が赤々と揺らめき、今はまだ夜だということがわかる。

今までこんな時間に起きたことはないのだけれど、寝る前に不吉な月を見ていたせいなのだろうか。

夜空を見上げると、寝る前と変わらず赤い月が妖しい光を放っていた。

「なんだマツナガさん。ションベンか？」

焚き火のそばのギータから声をかけられた。

どうやら俺の眠りは浅かったらしく、彼の交代時間はまだらしい。そういえば、こないだも別の冒険者に同じように声をかけられたな。

まあ普通に考えると、トイレくらいしか夜中に起きる意味はない。ここにはコンビニもネットカフェもないからね。

せっかくだから用を足してこよう。そう思い、寝袋から抜け出して立ち上がった次の瞬間――

ドスッ、ドッ、ドッ、ドドドッ、ドスッ！

遠くで硬い物が何かに突き刺さるような音がした。

何事かと思い、音のした方に顔を向けると――

バスンッ！

今度は俺の足元からも音がした。足元の寝袋には――え？　矢？　矢が突き刺さっている⁉

「おいっ、みんな起きろ！　賊《ぞく》だっ‼」

ギータの大声に一斉に飛び起きる冒険者たち。

えっ⁉　はっ⁉　賊だって⁉　俺はさっき音がした方――馬車の方角を見た。

赤い月に照らされた馬車のシルエットには、何本もの矢が刺さっている様子が見てとれた。

「伊勢崎さんっ‼」

声を上げる俺。だが馬車からはなんら反応がなく、その近くにいた騎士が大慌てで馬車に向かっていく姿が見えた。

だがその直後、脚に矢が突き刺さり、騎士がガクリと膝をつく。

なんだ、これ。一体、何が起きてるんだ!?

「ヒャアッ！　行くぞ野郎ども、皆殺しだ!!」

「ウオオオオオオオオオオオオォーーッ!!」

突然の雄叫びに振り返ると、岩場の陰から長剣や短剣を手に持った粗末な服装の男たちが、こちらに向かって駆け出していた。

その数は三十人ほどだろうか。こちらの数を大きく上回っている。

「レヴィーリア様をお守りしろっ！」

無傷の騎士二人が馬車の前に立つ。そのうちの一人が両手を上に掲げた。

「大地よ、我に力を与え給《たま》え！　むうんっ！　【土の矢《アースアロー》】!!」

騎士の声を共に、頭上に土色の矢《アロー》というには太すぎる柱が現れた。それが一直線に賊の方へと飛んでいく。

土色の柱は賊の集団を割くようにその真ん中に飛び込むと、直撃を受けた数人が車にはねられたように弾《はじ》き飛《と》ばされた。

思わず足を止める賊たち。その中の一人が叫ぶ。

「クソッ、ナメたマネしやがって！　おい先生！　さっさとやってくれよ！」

すると賊たちの後ろから、黒いローブを着た人物がスウッと音もなく現れた。

その人物は賊たちの前に立つと、右手をこちらに向かって伸ばす。

「――【召喚《サモン》】」

妙に響く、微かな男の声が耳に届いた。

短く呟いた男の眼前には、テニスコートほどの広さの赤い紋様が浮かびあがる。

それはまるでアニメで見たことのある魔法陣のようだ。

そうして赤い魔法陣の中から這《は》い出《で》るように現れたのは、大型トラック何台分になろうかというほどの巨大な生物。

その皮膚は硬そうな鱗《うろこ》に覆われ、顔立ちはトカゲのように無機質。その歪んだ口元からは、鋭い牙が並んでいるのが見えた。

前脚はとても太くたくましく、その重量感たっぷりの足で踏みつけられれば、自動車なんかは一撃でペシャンコになりそうだ。

そして一番の特徴は、なんといっても背中を覆う分厚く巨大な甲羅。俺たちの前に現れたのはとても大きな大きな——亀だった。


「まずは目障りな冒険者からやる。お前らは馬車を狙え」

「おうよっ！」

ローブ男の命令に賊たちは馬車へと向かい、巨大亀はこちらに向かって一歩踏み出す。

ズウンと足元が揺れるほどの地響きが起こった。

「ええ……。な、なんなんだ……アレ」

俺の声にも、横にいるギータはまばたきもせずに目を見開くだけ。周りの冒険者も同様だ。

代わりに答えたのは、いつの間にか冒険者たちの最前列に立つリーダーだった。

「アレはアースドラゴンだ」

「ドラゴンなんですか……。で、でもみなさん腕利きの冒険者なんですし、なんとかなりますよね？」

「あいつはA級モンスターと言われているもんだ。俺たちが束にかかったところで……。はは、ちょいと厳しいかもな……」

リーダーはこちらに背中を向けたまま、かすれた声で答えるのだった。

56　アースドラゴン

——ズン……。ズゥゥン……。

地響きを立てながら、一歩、また一歩とアースドラゴンが俺たちに迫ってくる。その動きはさほど速くはない。

だが巨大なだけあって一歩が大きく、思った以上の速度でこちらに迫ってきていた。

「おっ、おいっ！　これどうすんだよっ！」

ツバを飛ばしながら声を荒らげたのは、短剣を握る小男だ。

たしか斥候が得意な冒険者だったはず。リーダーは腰に帯びた剣を抜きながら面倒くさそうに答える。

「ああ？　そりゃあなんとかして倒すしかねえだろ」

「なんとかって……やれんのか？　アースドラゴンだぜ？　自慢じゃねえが俺ぁドラゴンを見るのも戦《や》るのも初めてだよ」

「へえ、そうなのか。俺は一度だけアースドラゴンを見たことがあるぜ。そのときはケツまくって逃げたけどなあ」

「そ、それじゃ、今回も逃げ——」

顔をこわばらせながら声を漏らす小男。だがリーダーが鋭い声で言葉を遮《さえぎ》る。

「それ以上言うな。俺たちはお貴族様に召し抱えられてんだぜ？　ここで逃げたら俺らはお貴族様を見捨てた罪人としてお尋ね者よ」

「そんなぁ……」

小男がくしゃっと泣き顔になった。だがそれをギータが鼻で笑う。

「ヘッ、なに言ってんだ。ドラゴンなんだぜ？　倒せば一気にドラゴンスレイヤーの仲間入りだ。いつか倒してえとは思っていたが、まさかここでチャンスが舞い降りてくるなんてよお。俺はツイてるぜ……！」

口角を吊り上げながら、食い入るようにアースドラゴンを見つめるギータ。それを見たリーダーもまた不敵に笑った。

「そのとおりだぜギータ。負ければ死ぬ、逃げたら一生お尋ね者。……でもよお、倒せばアースドラゴンの素材で一攫千金《いっかくせんきん》、さらには名を上げることもできる。悪くねえ話だ。そうだろう？」

「そ、そうだ！」「や、やってやる、やってやるぞ」「まだ負けるって決まったわけじゃねえ」「絶対に生き残ってやる！」

口々につぶやく冒険者たち。それを見てリーダーは手に持つ長剣を掲げ、これまでで一番の大声を上げた。

「よっしゃあ、その意気だ！　根性見せろよお前らァ！」

「おおおおおおおおおおおおおおおおっ！」

雄叫びを上げる冒険者たち。彼らがアースドラゴンを睨みつけながらそれぞれの武器を構えると、そこで背後から声が届いた。

「マツナガさんはこちらに！」

振り返れば、そこには弓使い二人と一緒に並ぶシリルがいた。

護衛対象の俺は後衛のラインまで下がっておけということだろう。

正直なところ、今すぐにでも伊勢崎さんのいる馬車の元へと向かいたい。

しかしすでに馬車の周辺では、騎士と賊との戦闘が始まっており乱戦模様。とても素人が近づけるような状態ではなかった。

【跳躍《ワープ》】を使えば馬車の近くまで跳ぶことはできるが、目視ができないので中には入れない。馬車の位置も動かしているので【次元転移《テレポート》】も無理だ。


やむなく俺はシリルがいる後方へと走った。

そして俺が到着すると同時に弓使い二人が弓をぐっと引き絞り、矢が放たれる。

ヒュッと音を立てながら飛んでいった二本の矢は、おそらく狙いどおりにアースドラゴンの首元に命中した。

しかしアースドラゴンの強固な皮膚を貫くことはできず、そのまま力なくポロリと地面に落ちると、

「――【火の球《ファイアボール》】！」

すぐさま、すでに詠唱を行っていた細身男が火球を放った。

「うおっ、あぶねえ！」

叫んだのは前衛の一人。火球は屈《かが》んだ彼の頭上を弧を描きながら飛んでいき——

ボンッ！

爆発音を響かせ、アースドラゴンの前脚に命中して弾けた。

「よしっ！」

拳を握りしめる細身男。

——だがアースドラゴンはそれを気にするそぶりも見せず、さらに一歩、足を前に動かした。

「クソッ、効いちゃいねえぞ！　後衛は急所を狙って援護してくれ！　お前ら、行くぞ！」

リーダーの声で、一斉に前衛の冒険者たちが走り出した。同時に攻撃を再開する後衛たち。

冒険者の頭上を矢と火球が通り過ぎ、今度はアースドラゴンの顔面に直撃する。

顔面に火球を食らったアースドラゴンが顔をそむけて歩みを止めた。

リーダーが叫ぶ。

「今だっ！」

一気に迫る冒険者たち。

各々が手に持つ武器でアースドラゴンを切りつけようとした瞬間——

アースドラゴンは無造作に前脚を真上に上げ、冒険者たちのいる大地に向かって振り下ろした。

踏まれれば即死は免れない。

ズウウウウンッ……！

大きく地面が揺れ、地響きが鳴った。

だが冒険者たちは素早く散開し、アースドラゴンの踏みつけを躱《かわ》していた。

その中で一際行動が早かったのは斧戦士だ。

「おらあああっ!!」

斧戦士は吠《ほ》えながら飛び上がると、地面についたままのアースドラゴンの前脚に向かって、その重厚な斧を振り下ろす。

ガキンッ！

しかし鉄を叩いたかのような硬い音が響き、斧戦士の方が弾き飛ばされてしまった。

斧戦士はそのままバランスを崩し、背中から地面に落下する。

「グルオオオン！」

すると咆哮《ほうこう》を上げたアースドラゴンは、まるでうざったいハエを払いのけるように前脚を内側から外側へと払う。そこにいたのが斧戦士だ。

「ぐあっ！」

ただ前脚で軽く払われただけで、斧戦士は蹴られたサッカーボールのように吹き飛んでいく。

そして彼は激しく地面に叩きつけられ、地面をゴロゴロと転がった後、ピクリとも動かなくなってしまった。

「ウソだろ、おい……」

それを見て息を呑む冒険者たち。

彼らが見つめる中、アースドラゴンは無慈悲にさらなる前進を続けた。

57　見事な連携だ

呆然とアースドラゴンを見上げる冒険者たちに、リーダーが大声を上げた。

「おいっ！　動きを止めるんじゃねえ、続けるぞっ！」

「おっ、おおおっ！」

その声にハッと気を取り直し、武器を構える冒険者たち。

すぐさま後方から矢と火球が飛び、アースドラゴンの動きを鈍らせると、再び前衛たちがアースドラゴンに挑んでいった。

その中でも特にギータの動きが目立つ。

彼は人一倍ちょこまかと動くことで気を引き、華麗な身のこなしで前脚を躱《かわ》しては、アースドラゴンの隙を作っていた。

そうやってできた隙を狙い、リーダーや他の前衛が己の武器を振り下ろしていく。統率のとれた見事な連携だ。

しかし、冒険者たちがどれだけ鋭い攻撃を繰り返しても、アースドラゴンの硬い鱗はそのすべてを跳ね返していた。

「亀のクセに甲羅以外も硬えのかよ……」

俺の横にいる弓使いからはそんな愚痴も聞こえていた。

若干の焦りと疲労を顔に浮かべつつ、それでも冒険者の攻勢が続いていたのだが――


「グロオオオオオオォォォン！」

目の前を動き回る冒険者に、イラついたように大きな咆哮を上げるアースドラゴン。

アースドラゴンは突然その両前足を勢いよく振り上げると、その勢いのままに後ろ足だけで立ち上がった。

「気をつけろ！　……なにか来るっ!!」

鋭い声を上げるリーダー。

その直後、アースドラゴンは意外なほど俊敏な動きでクルッと半回転し――

遅れてやってきた太くて長い尻尾が、うなりを上げて冒険者たちに襲いかかった。

ドゴンッッ!!

まるで衝突事故を起こしたような鈍い音が響き、吹き飛ばされる冒険者たち。

宙を舞った彼らは、そのまま受け身を取ることもなく無防備に地面に落下して、またもや鈍い音を立てると――

それきり動かなくなった。


辺りはシンと静まり返り、アースドラゴンのトラックの排気音にも似た吐息の音だけが微かに聞こえている。

そんな中、ひとりだけ膝をつき、立ち上がろうとしているのがギータだった。

「ギータ！」

悲鳴のような声を上げ、シリルが走りだした。

「くっ、来るなシリル！」

だがシリルはそのままギータに駆け寄ると、手から淡い光を放つ。

「酷い怪我……。すぐに私が――」

しかしすでに目の前にはアースドラゴンがいた。

アースドラゴンが前脚を振り払うと、紙切れのようにシリルとギータは二人まとめて吹き飛ばされた。砂と泥にまみれながら地面をゴロゴロと転がっていく二人。

今度こそギータが、そしてシリルも動くことはなかった。

「あへ……」

すると今度は近くで気の抜けたような声が聞こえた。

横を見ると俺の隣にいた細身男が膝からがくりと崩れ落ちるところだった。細身男はそのまま地面に倒れ込み気を失う。

伊勢崎さんに聞いたことがある、これは魔力切れの症状だ。さっきから幾度となく火球を放っていたので、ついに限界が訪れたのだろう。

そして倒れた細身男を見下ろしながら、弓使い二人が震えた声を漏らす。

「ひ、ひぃぃ……」

「も、もう無理よぉ……」

ガクガクと震える弓使いの男と女。その目には涙すら浮かんでいる。

前衛を蹴散らしたアースドラゴンは、今度はこちらに向かって歩き出していた。

弓を撃つことなく、呆然とその様子を眺めていた二人は、

「ひ、ひいいっ！　た、助けてくれっ……！」

「いやっ、もういやあああああー！」

突然背を向けると、叫び声を上げながらこの場から逃げ出した。

前衛は全滅。後衛も同じ有様《ありさま》。

そのような状況で呼び止める間もなく、俺が逃げ出した二人の背中を眺めていると——


「ヒヒッ」

いきなりアースドラゴンが嗤《わら》った。

いや、違う。

声を発したのは、いつの間にかアースドラゴンの甲羅の上に立っている黒いローブを着込んだ男。

このアースドラゴンを召喚した男だった。

「ヒヒヒッ、逃げたって無駄なことだ。向こうには別の賊を潜ませてあるからな。それで……お前は逃げないのか？　もしかしたら運良く逃げられるかもしれないぜ？」

どうやら一人だけ取り残された俺に言っているらしい。

目深《まぶか》にかぶったフードからは、あざけるような歪んだ口元だけが見えた。

俺は男に言葉を返すことなく、自分の中で自問自答する。

逃げる。逃げる、逃げる……ねえ？

たしかに逃げるだけなら、俺には簡単にできる。

【跳躍《ワープ》】を使えば今すぐにでもこの場を離脱できるだろうし、【次元転移《テレポート》】を使えばアースドラゴンが次元の向こうの日本まで追ってくることは不可能だろう。

でも、伊勢崎さんを残して逃げられない、逃げたくない。その思いだけが、俺をこの場に踏《ふ》み止《とど》まらせていた。


黙っている俺に、ローブ男がつまらなそうに肩をすくめる。

「なんだ、もう諦めたのか？　それとも立ったまま気を失ったのか？　……まあいい。やれ、アースドラゴン」

「グオ……ン」

返事をするように鳴いたアースドラゴンは、前脚を振り上げると――俺の頭上に振り下ろした。

目の前が真っ暗になるほどの巨大な足の裏が頭上から降ってくる。

だが――

もしかしたらいけるのでは？　そんな考えは、常に俺の頭の中にあった。

俺はそっと手のひらを頭上に突き出すと、いつもの異空間を広げた。

——その直後。

パラパラと砂の落ちる音がした。しかし、いつまで経っても足が落ちてこない。

覚悟は決めていても、いつの間にか目をつぶっていたらしい。ただの一般人のおっさんだし、仕方ないよね。

俺はそっと瞼《まぶた》を開き、顔を上に向けた。

「あら……」

思わず気の抜けた声を漏らした俺。

そこには異空間と、異空間に阻まれてピタリと止まったアースドラゴンの足裏だけが見えていたのだった。

58　異空壁

どうやら賭けには勝ったようだ。俺はアースドラゴンの真っ黒な足裏を見ながら、大きく息を吐いた。

異空間はその穴より大きな物を入れることはできない。

つまり異空間に拒絶された物体は断絶した空間に阻まれ、そこから先に進むことができないということになる。

そしてそれは、アースドラゴンの足みたいな巨大な物体でも変わらないということのようだ。

これならなんとかなる……のかな？

俺が考えを巡らしていると、ローブ男の声が聞こえた。

「おい、なにを遊んでいる？　さっさとやれ。まだ仕事は残っているんだからな」

甲羅の上からの眺めだと、寸止めしてるように見えるのだろう。面倒くさそうに言い放ったその声に、アースドラゴンはもう一度振り上げた足を落としてきた。

「ひえっ……」

再び迫ってくる大迫力《だいはくりょく》の足裏に、思わず声を上げる俺。

しかし異空間を前に、その足はピタリと止まる。衝撃音もなにもない。ただ、踏みつけようとした風圧で俺の足元の雑草が揺れていた。

当たり前だけど風が吹くのは、異空間より外側にはなんの影響もないということだ。俺が異空間を出現させた所を踏んでくれているから攻撃を防げているだけなんだよね。

そう考えると、マンホールほどの大きさの異空間はなんとも頼りないように思えてきた。

仮に異空間から外れた場所を攻撃してきたら、俺は一巻の終わりだ。

ペチャンコになるか、冒険者のように跳ね飛ばされるか……想像しただけで恐ろしい。

「あっ、それなら……」

そこで俺はピコンと思いついた。

異空間が小さいのなら、当たり判定を広げればいいのだ。そのためには異空間を細かく分割してやればいい。

異空間の分割は、馬車の移動中のヒマ潰しによくやっていたことなので慣れたもの。

さっそく俺はいくつもいくつもいくつにも異空間を小さく細かく分割していき——異空間の壁、異空間壁を作り上げた。

異空間のひとつあたりの大きさはなんと驚きの5ミリ。ヒマ潰しの賜物《たまもの》である。

俺はその異空間壁で自分の前面を覆うように展開させると——ちょうどアースドラゴンの足裏と同じくらいのサイズになった。

異空間壁に変更してもアースドラゴンの足はピタリと止まったままだ。やはり異空間は小さくしても効果は変わらないらしい。

きっとこの5ミリの一粒であろうと、物質は異空間を突き抜けることはできないんじゃないかと思う。まあこの辺は要検証だけど。

異空壁がうまくいったことにひとまず胸をなでおろしていると、頭上からの怒鳴り声が響いた。

「遊んでるんじゃねえって言ってるだろ！　さっさとやれ！」

そんな苛立《いらだ》ちを隠さないローブ男の声に従い、アースドラゴンは足を振り上げて落としてきた。

今度は一度ではなく、まるで地団駄を踏むように、何度も、何度も、俺に向かって執拗《しつよう》に足を振り下ろす。

――しかし、異空壁はその足を通さない。

異空間と異空間の隙間からすり抜けた土だけが、ぱらぱらと俺の頭に落ちてくるだけだった。

「――グオ……グホ、グホゥ……」

やがて異空壁に足を乗せたまま、息切れを始めるアースドラゴン。それを見ながらふと気になることがあった。

異空間は俺の思いどおりに動かすことができる。それじゃあ、このまま異空壁を上に押し上げていったらどうなるのだろう？

物は試しだ。さっそくやってみることにしよう。

異空壁に俺の意思を伝える。そのまま上に上がっていけ――と。

すると異空壁は俺の思いどおりに、アースドラゴンの足を乗せたままどんどん上へと上がっていった。

そこに負荷らしきものは感じない。普段と同じようにスーッと音もなく動くだけだ。

「グオ、グオオ……」

戸惑うような声を発するアースドラゴン。

そして片足は地面につけたまま、片足だけが上がっていく状況に、ローブ男から怒りの声が飛んだ。

「なにしてるんだ!? おいっ！ ふざけるんじゃねえ！」

だがアースドラゴンがさらに身体を傾けていくと、ローブ男の口調がなだめるように変化した。

「そ、そうか！ 悪かった！ 俺も怒鳴りすぎたよな！ それなら先にメシにしておくか？ ほら、そこに女が倒れてるだろ？ 女の肉は大好物だったよな、食っていいぞ！」

だが、いくらアースドラゴンをなだめたところで、動かしているのは俺なわけだ。

そのままどんどんアースドラゴンの片足が持ち上がっていき、ついにローブ男は甲羅から滑り落ちてきた。

「ぐぎゃっ！」

地面に落ち、悲鳴を上げたローブ男。腰を痛打したのか起き上がれずに四《よ》つん這《ば》いのままキョロキョロと辺りを見回している。

そして俺と目が合った。

「てめえ！ いったい何をしやがった！」

ローブ男が俺を指差し、大声で怒鳴りつけてきた。

フードで隠れて表情はさだかではないが、怒っていることくらいはわかる。

……でも、そんなのはこっちだって同じだよ。なにか言い返してやろうかと思ったところで――

突然、ローブ男の全身を大きな影が覆い尽くした。

バランスを崩したアースドラゴンが背中から落ちてきたのだ。ローブ男は迫りくる甲羅を見上げて叫ぶ。

「うわっ、うわあああああああああああ!!」

ドゴオオオオオオオオオオオオオン!!

アースドラゴンが背中から落ち、耳が痛くなるくらいの激しい音が鳴り響いた。地面も大きく震え、立っているのがやっとのほどだ。

しかし地面の震えは思いの外すぐに収まった。

そしてさっきまでの轟音《ごうおん》がウソのように静まり返り、静寂だけが辺りを支配したのだった。

59　アースドラゴン2

辺りが静かになったことで、さっきまでうるさく喚《わめ》いていたローブ男のことを思い出した。

アースドラゴンの巨大な体躯《たいく》に視界が遮《さえぎ》られ、彼の姿を確認することはできない。

でもまあ……おそらく――

「グオオオオオオンッ！」

突然の咆哮に俺の思考が中断された。

見上げると、呆然としたようにピクリとも動かなかったアースドラゴンが、必死に足や首、尻尾を大きくバタつかせている。

たしか亀はひっくり返っても起き上がることができるんだっけ……？　だとすればアースドラゴンもきっとそうなのだろう。これはこのまま放置しておけない。

俺は異空壁を展開させながら、アースドラゴンに向かって走った。

暴れまくっているせいで土埃《つちぼこり》がもうもうと舞う中、三回ほど足や尻尾の攻撃を受け、そのすべてを異空壁に守ってもらいながら、俺はなんとかアースドラゴンの元へと到着。そして右手で甲羅に触れた。

硬いゴムのような手触りを感じつつ、俺は空を見上げ――

「【跳躍《ワープ》】」

次の瞬間、俺とアースドラゴンは空中へと転移した。

周辺の景色が一気に変わり、下を見るとさっきまでいた大地が見える。

あちこちに倒れている冒険者たち。そこから少し離れた場所には馬車が見え、その周辺で騎士と賊が戦っている姿も見える。

そして真下にはひび割れた地面と、真っ赤な花が咲いたように血が飛び散っているのが見えた。

その中心にはぐしゃりと中身が潰れたような、ぺしゃんこの黒いローブがある。

アレが——ローブ男の成れの果てだろう。

意外といえば意外なのだけど、俺の心に動揺はなかった。

やらなきゃやられていたからだろうか。それともやったことを考えれば当然の報いだと思えるからだろうか。

それに今はそれどころではないというのもあるのかもしれない。重力の法則に従い、俺とアースドラゴンは落下の最中なのだから。

俺はもう一度上を見ながら【跳躍《ワープ》】をする。

さらに上を見て【跳躍《ワープ》】、【跳躍《ワープ》】、【跳躍《ワープ》】、【跳躍《ワープ》】——と何度も繰り返し、アースドラゴンと一緒にどんどん高度を上げていった。

ふと下を見ると、さっきまで見えていた馬車も倒れた冒険者もなにも見えない。赤い月明かりに照らされた大地がぼんやりと見えるだけだ。

そろそろ頃合いだろう。

俺は今まで触れていたアースドラゴンから手を離すと、一人でさらに上に【跳躍《ワープ》】した。

「ギュオッ、ギュオオオオオォォォォーーン……」

どこか悲壮な叫び声を上げるアースドラゴン。たぶん彼も地面に向かって落ちているというのを理解しているのだろう。

ドラゴンと言えば空を飛ぶイメージがあるけれど、どうやらアースドラゴンにはその能力はないらしい。

その時、俺とアースドラゴンの視線が合った。

すがりつくように俺に向けて首をぐうっと伸ばすアースドラゴン。

だがもちろん俺には届かないし、仮に届いたとしても異空壁が守ってくれる。

真っ逆さまに落ちていくアースドラゴンを眺めながら、俺は自分の足元に異空壁を展開させ、その異空壁の上に乗ってみた。

これは自家製エレベーターだ。

【跳躍《ワープ》】で直接地上に行くというのも考えたのだけれど、目測を誤ると酷いことになりそうな気もする。そこで俺は異空壁を操って、ゆっくりと降りていくことにしたわけだ。

「ひい……こわっ」

足元を見て思わず声が漏れる。

空に昇っていくときにはいろいろと必死で恐怖を感じなかったけれど、落ち着いた今、下を眺めながらゆっくり降りていくというのはかなり怖い。

しかもそのうえ、穴がボコボコに空いたエレベーターに乗っているようなものだしな……。

そんな恐怖と、上空ゆえに吹き付ける風の冷たさに震えながら降下していると——

ドゴオオオオオオオオオオオオオオン！

地上からとんでもない衝撃音が耳に届いた。きっとアースドラゴンのものだろう。

俺は異空壁の上で寒さに震えながら、その落下地点を目指して降りていった。

◇◇◇

アースドラゴンは森の中に落下していた。念のために馬車から離れた場所に落とすように気をつけていたので、これは予定通りだ。

特大の衝撃音で周辺の動物も逃げてしまったのか、鳥の鳴き声ひとつしない森の中でアースドラゴンは甲羅を下にして無防備な腹を晒したまま仰向けになっている。

その分厚い甲羅はパックリと割れ、なにか青い体液が地面に垂れ流されており、その爬虫類《はちゅうるい》じみた口元からは長い舌をべろんと伸ばしたままピクリとも動いていない。

あの高さからの落下では、さすがのドラゴンと言えどもなすすべがなかったのだろう。完全に絶命したアースドラゴンの姿がそこにあった。

リーダーが高額素材と言っていたし、このまま森に打ち捨てておくのはもったいない。

俺はアースドラゴンに触れながら【収納《ストレージ》】を念じる。【収納《ストレージ》】はなぜか生きている物は収納できないのだけれど――

瞬時にアースドラゴンがいた空間がぽっかりと空き、森の中に草木がバキバキに倒れたミステリーサークルができあがった。どうやら完全に死んでいたようでなによりだ。

さて、これでアースドラゴンの件はなんとか終わった。

ここで一息つきたいところだが、もちろんそんなわけにはいかない。

「伊勢崎さん……」

俺は独りつぶやくと、馬車のあった場所を目指して【跳躍《ワープ》】したのだった。

60　再会

何度か【跳躍《ワープ》】を繰り返し、俺は馬車の近くへと戻ってきた。

見渡すと辺りにはいたるところに倒れている賊の姿があり、ここで激しい戦闘が繰り広げられている様子がみてとれる。

しかし三十人はいた賊相手に対して、三人（うち一人負傷）の護衛騎士相手では分が悪いと思っていたのだけれど、攻勢を強めていたのは三人の騎士と――メイドのホリーの方だった。


遠くでは柱をぶん回して奮闘する騎士や、足から血を流しながらも素手で賊を殴りつける騎士。

そして俺のすぐ近くでは、驚くことにメイドのホリーが短剣を右手と左手それぞれに持って、二人の野盗相手に互角以上の戦いを広げていた。

すでに自慢のメイド服もボロボロだけれど、目だけが爛々《らんらん》と輝いていてちょっと怖い。

そんなホリーは賊の剣をかいくぐると、その喉元を短剣で掻《か》っ切り、くるりと回転した振り向きざまにもう一人の賊の胸に短剣を突き刺した。

賊二人がほぼ同時に崩れ落ちるのを、油断なく見つめるホリー。どうやら彼女はただのメイドではなく、護衛も兼ねていたようだけど――

ホリーは突然こちらに振り返り、俺に向かって短剣を構えた。

だが、俺に気づいてすぐに短剣を下ろす。

「マツナガ様、いつの間にそこに？　いえ、ご無事でしたか！」

「は、はい、無事でした。それで今の状況は？」

血濡れた短剣を手に持って駆け寄ってくるホリーにビビりながらも、俺はなんとか言葉を返す。

ホリーは森の方を見つめながら言う。

「先程なぜか召喚されたアースドラゴンが森の方に落ちていったのですが、それで賊が浮足立っております。このままいけば撃退できるかと」

「いせ――妻とレヴィーリア様は？」

「賊の攻勢が激しく、未だ馬車の中を確認できておりません」

そう言って矢が突き刺さっている馬車を心配そうに見つめるホリー。たしかにひっきりなしに賊が攻めているのだから、まずは敵の撃退するのが先決だ。

「そうですか。わかりました」

それなら二人の安否を確認するのは俺の役目だろう。

そう思って俺が馬車に向かって走り出すと――

「ヒヒッ、死ねえ！」

俺を獲物と見定めた賊が、剣を振りかぶりながら突っ込んできた。

「危ないマツナガ様っ！　ここは私が！」

俺を守るようにホリーが前に立つ。しかしホリーに守ってもらうまでもない。

「いえ、大丈夫ですよ」

俺は一言そう伝えると、駆け寄ってくる賊の足元に異空壁を展開した。それに引っかかって賊が豪快にコケる。

そして地面を舐めるように這《は》いつくばった賊の真上に、俺は異空間を開いた。

【収納《ストレージ》】から取り出すのは、さっきの森で拾っておいた根本から折れた大木だ。それをそのまま異空間から賊に向かって落とした。

「グギャッ！」

賊は叫び声を上げると、そのままガックリと意識を失った。これでもう邪魔する者はいない。

「マ、マツナガ様……あなたは一体……」

背中越しにホリーの声が聞こえたけれど、今は馬車へと向かうのが先だ。

俺は足を緩めることなく馬車へと走った。

◇◇◇

妙に静かな馬車周辺。護衛のみなさんの奮闘のお陰だろう、その周りには賊はいない。

ただ、馬車の中からは女性のすすり泣く声だけが微《かす》かに漏れ聞こえている。

「伊勢崎さんっ！」

俺が力いっぱい扉を開けると、涙で顔を濡らした伊勢崎さんが振り返る。

伊勢崎さんは無事のようだ。だが――

「ああっ、おじさまっ！　レヴィ、レヴィが……！」

そう言って顔を向ける伊勢崎さんの視線の先には、座席に横たわるレヴィーリア様。その首筋から鮮血が流れ続けており、上品なドレスを赤く染め上げていた。

足元には一本の矢が落ちている。どうやら馬車の壁を貫いた矢が、不運なことに彼女の首筋をひどく傷つけたのだろう。

レヴィーリア様はすでに意識はなく、青白い顔でぐったりとしている。

しかし口元を見れば、まだ微かに呼吸をしている様子が見てとれた。

「大丈夫だよ、伊勢崎さん。ほら、俺の手を握って。やることがあるだろう？」

俺はなるべくやさしく伊勢崎さんに伝えると、彼女のひんやりと冷たい手を両手で握った。

「はっ、はい……！」

手を握り返してきた伊勢崎さんは、自分の袖で涙に濡れた目をゴシゴシと強く拭う。

そしてさっきまでとは違う毅然《きぜん》とした表情を浮かべると、レヴィーリア様に向かって手をかざした。

「お願い……【治癒《ヒール》】！」

その言葉と共にあふれだした光がレヴィーリア様を包み込む。すると彼女の首筋から流れる血がぴたりと止まった。

やがて光に包まれたままのレヴィーリア様は、まつげを震わせながらゆっくりと瞼《まぶた》を開く。

「レヴィ！」

「……わ、わたくしは――」

伊勢崎さんの声に、レヴィーリア様が弱々しく体を起こそうとする。

「まだ動いては駄目。じっとしていて！」

必死な声を上げる伊勢崎さんは、そのまま真剣な顔で回復魔法をかけ続ける。

「はい……わかりました。ふふ、温かい……」

回復魔法の光を感じているのか、安らかな顔を浮かべるレヴィーリア様。彼女は光を放つ伊勢崎さんの手のひらをじっと見つめると、

「……この温かさ、子供の頃の記憶にありますわ……。わたくし、あの時、お姉さまにいいところを見せようと木に登って……」

レヴィーリア様の言葉に、伊勢崎さんが真剣な顔を崩して苦笑を浮かべる。

「そうね、レヴィ。あなたが急に木から落っこちたりするから、私すごくびっくりしたのよ？」

「ふふ……やっぱり、お姉さま……でしたのね。わたくし……お姉さまに話したいことが、たくさんありますの……」

「私もよ。でも今はゆっくり休んでいて。いい子でしょ？」

「……わかりました。いい子にして……お休みしますわ……」

微笑みながら瞳を閉じたレヴィーリア様。そうしてゆっくりと座席に横たわった彼女の体を、伊

勢崎さんがそっと支えたのだった。

61　治癒無双

伊勢崎さんはレヴィーリア様が落っこちないように丁寧に座席に横たわらせ、【清浄《クリーン》】で周囲の血を取り除く。

レヴィーリア様は完全に眠りに落ちたようだ。

伊勢崎さんが言うには【治癒《ヒール》】では体力までは回復しないようで、衰弱した身体を休める必要があるとのこと。

そうして安らかな表情で眠っているレヴィーリア様は金髪縦ロールと上品な衣服も相まって、まるで美しいアンティークドールのよう。

どこか現実味のないその姿に、なんとなく目を奪われていると――「ウオッッホン！」とやたら大きな咳《せき》が聞こえた。

ハッとして音の発生源の方にいた伊勢崎さんを見たのだが、彼女は俺を見ておすまし顔でコテンと首を傾げるのみ。

……うん、そうだよな。伊勢崎さんがあんなおっさんみたいな咳をするわけがないよな。

おそらく寝ている女子をまじまじと見つめるのはよくないという俺の良心が、幻聴を発生させたのだろう。

そう納得した俺は伊勢崎さんからも視線を外し、そそくさと窓から外を眺める。

すると馬車の外では、賊の最後の一人を騎士が切り捨てたところだった。どうやら襲撃は完全に終わったようだ。

だとすればやるべきことはまだある。

俺は騎士にレヴィーリア様を任せると、伊勢崎さんを連れて急いで冒険者たちの元へと向かった。

◇◇◇

傷つき、地面に倒れている冒険者たち。苦しそうにうめき声を漏らしながらうずくまる人がいれば、まったく身動きしない人もいる。

もしかしたら手遅れの人だっているのかもしれない。しかし酷い状態だったレヴィーリア様も回復したのだ。とにかくやってみないことには始まらない。

「伊勢崎さん――」

「わかっています、おじさま。ですが……一刻を争う事態だと思います。おじさまの魔力をかなりお使いしてしまうことになるのですけれど……」

「大丈夫だよ。俺の魔力でよければいくらでも使って」

そう言って手を差し出す俺に、伊勢崎さんはコクリと頷き手を握りしめた。

「では……【範囲治癒《エリアヒール》】……！」

伊勢崎さんが言葉を発すると、伊勢崎さんを中心に金色の粒子がブワッとあたり一面に広がった。

金色の光は倒れた冒険者たちにふわりと絡まっていき、そして全身を包み込んでいく。

その途端、苦悶《くもん》の表情を浮かべていた冒険者の顔が安らかに変わり、ピクリとも動かなかった冒険者の胸が上下する様子も見て取れた。

「すごい……」

思わず声を漏らす俺。これまで見てきた魔法の中でも、これは特に大規模なものだろう。

伊勢崎さんの表情はいつも以上に真剣で、その端正な顔にはいくつもの汗が浮かんでいた。


――やがて光が収まり、伊勢崎さんは流れる汗を指でそっと拭う。

「手応えあり――ですわ。全員助かると思います」

確信したようにつぶやく伊勢崎さん。

さすがは元大聖女だ。頼もしさが半端ないよ。

全員が助かった。その事実に俺はフーッと安堵の息を吐く。だが今度はそれを見て、伊勢崎さんが心配そうに眉を下げた。

「おじさま、やはりこれだけの魔力ですし、お体が……」

「あ、いや――」

しかし俺がすべてを言い終わる前に、伊勢崎さんが意を決したように声を上げた。

「そ、そういうことでしたら、ぜひとも私を使ってください！　私に寄りかかってくだされば、少しはお体のご負担も減りますから！　さあどうぞ！　全身を押し付けるように！　ぐいーっと！

さあさあ！」

　ばっちこいとばかりに両手を広げる伊勢崎さん。

「いやいや、ぜんぜん大丈夫だよ？　そんなに魔力は吸われた気はしないし、ホッとして息を吐いただけだから」

「えぇ……。そうなのですか……」

　伊勢崎さんがどこか残念そうに肩を落とす。気持ちは本当にありがたいんだけどね。

　そうして気落ちした様子の伊勢崎さんに、なんて言葉をかけようかと考えていると、周辺の冒険者たちが意識を取り戻したらしく、もぞもぞと動き始めた。

62　ドラゴンスレイヤー

「ううっ……」

俺たちの近くで倒れていたリーダーが声を漏らすと、その直後にガバリと体を起こした。

「ハッ！　アースドラゴンッ!!　――えっ、あれ？　マツナガさんと奥さん!?」

俺たちの姿に気づき、目を丸くするリーダー。

彼はキョロキョロと辺りを見回すと、呆然とした顔つきでのろのろと立ち上がった。

どうやら体の方はもうなんともないのようだ。本当に伊勢崎さんはすごいな。

「こ、これは一体どういうことだ……？　マツナガさん、アースドラゴンはどこにいった？」

「もう倒しましたよ」

俺がそう答えると、リーダーはしばらく顔をこわばらせ、やがて納得したように顎に手をあてた。

「……だよな、そういうことだよな……。信じられねえような話だが、俺たちがまだ生きているってことは、そういうことになるよなあ……」

自分を納得させるように何度もウンウンと頷くリーダー。

次に彼は俺の肩に手を置くと興奮気味に尋ねた。

「なあマツナガさん。いったい誰がどうやってヤツを倒したんだ!?　マツナガさんの知ってることを、なるべく細かく教えてくれ。そいつの活躍っぷりを世間に知らしめてやらねえといけねえからな！」

使命感に目を輝かせるリーダーだが、俺としてはちょっと困る。偶然倒せただけだし、そもそも世間に知らしめられたくもない。

「ああ、そういうのは結構なんで」

「いやいや、なんといってもドラゴンスレイヤーだぜ？　冒険者ならここで名を上げない手はないだろ。戦いの役には立てなかったが、せめて名を上げる手伝いくらいはしてやらねえとバチが当たるってもんよ。……というか、マツナガさんが決めることでもないだろう？　それで、誰がアースドラゴンを倒したんだ？」

「それは俺だと思います」

倒したということなら俺になるのだろう。

もちろん俺としては、冒険者のみなさんが勇敢に戦ってくれたお陰でアースドラゴンの特性がわかって安心して挑めたので、俺だけの手柄ではないと思うけどね。

しかしリーダーは面白い冗談を聞いたように吹き出すと、顔をほころばせながら俺の背中をバシバシと叩いた。

「ふはっ！　んなわけねえだろ！　アースドラゴンだぜ？　マツナガさんもそういう冗談を言うんだな！　ははは っ！」

するとそこで伊勢崎さんが口を挟む。

「お言葉ですが、旦那様はすごいのです。アースドラゴンくらい、ちょちょいのちょいですから！」

珍しくムスッとした表情の伊勢崎さん。少し怒っているのかもしれない。でも俺の説明が足りてないのはわかっているし、気にしないでいいんだよ。

そもそも伊勢崎さんだって、俺がアースドラゴンを倒したのをまだ知らないはず。ちょちょいのちょいでは倒してないしね。

さすがにそんな伊勢崎さんの言葉では納得しかねるのだろう、困ったようにリーダーが頭をぼりぼりとかきながら伊勢崎さんに話しかけた。

「あー……、たしかにな。あんたの旦那は夜がすごいという話は聞いてるし、ここの仲間たちもみんな知ってることだけどよ。でも、それとこれとは話が別だろう？」

「よる？」

首を傾げる伊勢崎さん。というか夜がすごいってのはああいう意味だよね？　一体なんでそんな話になっているんですかね。

俺が抗議の声を上げようと口を開いたところで、背後から声がかかった。

「マツナガ様がアースドラゴンを倒したのは本当でしょう。先程の賊との戦いぶりで私は確信しました」

声の主はメイドのホリーだ。まだ短剣を腰に下げ、どこかピリピリした表情のホリーがさらに言葉を続ける。

「そしてマツナガ様は商人です。商人にとってドラゴンスレイヤーの名声など煩《わずら》わしいものにしかならないのは、あなたにも理解できるのでは？」

「たしかに商人には不要の名声かもしれないが……。えっ、本当にマツナガさんが？」

目を丸くしてホリーに問いかけるリーダー。それを無視してホリーが俺に顔を向けた。

「マツナガ様。なにか証拠になるような物を見せて差し上げればよいかと存じます。その上で皆さんに口止めをすればよろしいかと」

「ああ、それもそうですね」

証拠というのなら、一番わかりやすい物がある。


俺は冒険者がいない方向に手を向けると、そこに【収納《ストレージ》】に入っているアースドラゴンを取り出すことにした。

異空間から甲羅を上にしてニュッと落ちてきたアースドラゴン。その巨体が地面に落ちた瞬間、ズシイイイインと鈍い音を辺りに響かせた。

突然のアースドラゴンの登場に意識を取り戻していた冒険者たちが騒ぎ始める中、あんぐりと口を開けながらリーダーが俺を見つめる。

「マ、マジか……。マツナガさん、あ、あんた一体何者なんだ？」

「俺ですか？　俺は見てのとおり、ただの行商人ですよ」

俺がそう答えると、隣の伊勢崎さんの声が耳に届いた。

「ドヤ顔の旦那様も素敵……」

え？　いや、ちょっと待ってほしい。たしかに少しはいい気分に浸ったけれど、俺はドヤ顔なんかしたつもりはない。……本当だよ？

63　手の内

動けるまでに回復した冒険者たちが、おっかなびっくりにアースドラゴンに近づきながらざわついている。

「すげえ……」「甲羅がパックリと割れてるぜ。どうやったらこんなことできるんだよ」「ていうか俺、なんで生きてるんだ？」「知るかよ。俺だって知りてえよ……」

そして同じようにアースドラゴンを見上げていたリーダーが振り返り、申し訳なさそうに眉尻を下げた。

「すまねえマツナガさん、疑って悪かったな……。それに護衛する側の俺たちが助けられるなんて、恥ずかしいってもんじゃねえ。なんて詫《わ》びればいいのか……」

「いやいや、たまたまマグレで倒せただけなんで気にしないでください」

「なに言ってんだ。マグレでやれる魔物じゃないだろ……」

呆れた顔をしながらアースドラゴンを再び眺めるリーダー。

だけど本当にマグレなんだよね。とにかく俺の時空魔法と相性がよかったのだ。

仮にこれが火を吐くドラゴンだったりしたら、俺はなにもできずに死んでいただろう。

異空壁は小さい異空間の集合体なので隙間がある。その隙間から火や熱が入り込んでくるだろうからね。

なのでそこまで畏《かしこ》まって謝罪されると、なんだか困ってしまう。

ちなみに伊勢崎さんは逆に誇らしげに胸を張っている。こう言っちゃあなんだけど、アレこそがドヤ顔だろう。


そういうことで、しきりに謝り続けるリーダーを俺がなだめていると――

「うおおおお！　マツナガさん、すげえええええ！」

叫びながら走ってきたのはギータだ。隣には心配そうに彼を見つめながらシリルもついてきていた。

倒れていたときのギータは特に状態が酷く、手遅れでもおかしくはないと思っていたのだけれど、今は元気そのものといった様子。

全速力で俺のそばまで駆け寄ると、興奮で顔を真っ赤にしながらアースドラゴンを指差す。

「コレ、マツナガさんがやったんだって⁉　すげえ！　マジですげえよ！　なあ、一体どうやったんだ⁉」

前のめりに俺に話しかけてくるギータ。年の割に大人びたところもあったけれど、今は少年のように瞳を輝かせていてちょっと微笑ましい。

「ああ、それは――」

と言いかけたところで、リーダーがため息まじりで声を上げた。

「なに言ってんだギータ。そんなのおいそれと教えてくれるわけねえだろ。なにより手の内を探るのは冒険者の仁義に反する。それくらいは知ってるだろう？」

そういうものなのか。ちらっと伊勢崎さんを見ると、彼女も小さく頷く。

まあたしかに手の内は知られないに越したことはないか。

リーダーの言葉にギータはバツが悪そうに頭をボリボリとかいた。

「あー……そういやそうだった。悪かったな、マツナガさん。ちょっと興奮しすぎちまったみたいだよ。忘れてくれ」

「ああ、気にしないでいいよ」

しれっと答える俺。

するとギータが苦笑いを浮かべながら、身体の様子を確認するようにグルグルと腕を回した。

「っていうか、そもそも俺は死にかけてたはずなんだけど、体はどこも痛くねえし、他の連中もケガひとつしてねえみたいなんだよな。いまさら不思議なことがひとつ増えても気にもならねえかも」

たしかにそっちも説明していないままだ。まあ……こちらに関しては元から説明するつもりはないんだけど。

するとこれまで黙っていたホリーが口を開く。

「今回の依頼には守秘義務が課せられることになると思います。あなたたちが知ることは少ないほうがいいでしょう」

その言葉を聞いて、リーダーが苦虫を嚙み潰したような顔で遠くの馬車を見つめた。

「ああ、たしかにそのとおりだな……」

そういえば、これまで必死だったので考えるのは後回しにしてきたけれど、今回の襲撃は偶然だったのか、それとも必然だったのか。

もちろんこちらも護衛を雇っているということは、賊に狙われることもあるというのを想定していたはず。しかし、それにしても賊の戦力が異常だった。

アースドラゴンを召喚するような人物が、ケチな賊なんてやるものだろうか。最初からレヴィーリア様を狙い、確実に葬るために集められたような戦力にしか思えない。

そうして誰しもが無言で馬車を見つめている中、ゆっくりとその扉が開かれた。そして騎士に手を借りながらレヴィーリア様が外に降りてきたのだった。

64　調査

まだ本調子には程遠く無理を通しているのだろう。真っ白い顔をしたレヴィーリア様は俺たちの元へやってくると開口一番、騎士と冒険者に周辺の警戒を命じた。

そしてレヴィーリア様は俺に案内を頼み、伊勢崎さんとホリーを引き連れてローブ男がアースドラゴンに押しつぶされた場所へと向かうことになった。

レヴィーリア様自ら立ち会いの元、現場の調査を行うのだそうだ。

少し歩き、地面がひび割れを起こし真っ赤な血が飛び散っている場所に到着。そこには俺が上空から見下ろした時と変わらぬ姿でローブ男が仰向けに倒れていた。

「暗くてあまりよく見えませんわ」

「それでしたら、これを」

じっと目を凝らすレヴィーリア様に、俺はＬＥＤライトの明かりをつけて地面を照らす。

「まあなんて明るい光……。マツナガは本当にいろんな品を扱っているのですね。……その辺の事情も後で聞いてもよろしいかしら？」

「あはは……」

いたずらっぽく俺を見るレヴィーリア様に、俺は苦笑を返す。

今のところレヴィーリア様の態度は襲撃前と変わらない。

本来なら死んだはずのお姉さまともっと語らいたいところだと思うのだが、状況が状況なだけに今は堪《こら》えているのだろう。まあたまにチラチラと伊勢崎さんを見ているけどね。

ホリーがローブ男の死体のそばにしゃがみ込むのに合わせ、俺が死体にライトの光を当てると、アースドラゴンに下半身のほとんどを押しつぶされた死体が鮮明に映し出された。

死体を見てもやっぱり罪悪感みたいなものは湧かないようだ。

ただただ普通に、死体がグロくて気持ち悪くて怖い。気を抜くと足が震えてきそうなので、足にぐっと力を入れておこう。

ちなみに伊勢崎さんは、聖女時代に戦場にも駆り出されたという話も聞いているし、血やグロは慣れっこなのだろう、ケロッとした様子。

ホリーはローブ男をじろじろと見つめると、おもむろにローブをつかんで上着ごとガバリとめくり、男の素肌を眼前に晒した。

キャー！　ホリーさんのエッチ！　――って、もちろんそんなワケはない。

俺はすぐにその異様な状態に息を呑む。

ローブ男の体は痩せすぎという言葉では足りないほどにガリガリの姿だった。

あばらはベコベコに浮いており、みぞおちから下は腹が背中にくっつくんじゃないかというくらい肉が削《そ》げ落ちている。それを見ながらホリーがつぶやく。

「……あれほどの魔物を召喚したのです。魔力だけでは足りず、命を削る行いなのでしょう。強大な魔法を使う術者によくある症状です」

たしかにあの召喚はものすごいものだった。その代償ということだろうか。ちなみに俺は生き物を【収納《ストレージ》】に入れることはできないので、同じことをやろうとしても無理だ。

「これほどの術者が単なる賊に身を落とすとは思えません。おそらく……暗殺が生業の者だと思われます」

ホリーの報告にレヴィーリア様はあっさりと頷く。すでに予想していたことなのだろう。

「ですわね。そして姉に呼ばれたわたくしの道中に暗殺者が現れたのです。偶然とは考えられませんし、暗殺を指図したのは姉ということになるのでしょう……。それでホリー、賊の中に生き残った者は？」

「一人確保して尋問している最中ですが、おそらく何も出てこないでしょう。何か出てくるとすれば、この男なのですが……」

そう言いながら、さらにローブ男を探るホリー。ホリーはローブ男が腰に下げていた小さな鞄の中身を地面に並べると、ひとつずつ調べ始める。

黒パン、革袋に入った水、干し肉など冒険者たちがよく食べていたような物しか入ってないと思ったのだが、その中から興味深げにホリーがつまみあげたのは真っ白い干し魚だった。

「これはハルモア湖にしか生息しない、そのままハルモアという魚の干物です」

その言葉にレヴィーリア様が眉をひそめた。

「ハルモア湖というと……ディグラム伯爵領にある湖ですわね」

ディグラム伯爵というのは、このカシウス伯爵領と延々と紛争を続けている例の喧嘩相手の名前だ。

「はい。この干物はそれほど日持ちはしません。この男がディグラム領から来た者であるのはほぼ間違いないかと」

「そうですか……」

そう言ったきり、眉間にシワを寄せながら考え込むレヴィーリア様。そうしてしばらく時間が経ち、彼女は疲れたように長いため息を吐いた。

「いろいろと考えつくことはありますが……決定的な証拠はなにひとつありませんわね。ひとまず後の処理はホリーに任せます」

「はっ」

そうしてホリーを残し、背を向けるレヴィーリア様。俺と伊勢崎さんはその後を慌てて追った。

「あの……。レヴィーリア様はこれからどうなさるのですか？」

俺の問いかけにレヴィーリア様はなんてことのないように答える。

「なにも変わりませんわ。このまま領都へ向かいます」

「えっ？　ですがその……暗殺されそうになったのに、このままですか？」

「はい。なんの証拠もありませんからね。今わたくしが姉を糾弾すれば、追い詰められるのはむしろわたくしの方でしょう」

「しかし領都に行くのは危険じゃないでしょうか……？」

「いいえ、あそこまで大掛かりな襲撃を計画したのです。考えの浅いあの姉に、次の手があるとは思えませんわ。生きているわたくしの姿に狼狽《ろうばい》する姉が見られると思えば、少しは楽しみが増えるというもの……ククク」

暗い笑みを浮かべるレヴィーリア様。貴族というのは肝っ玉が太いものなのだなあ。

そんなことを思いながらレヴィーリア様の背後を歩いていると、彼女は突然きょろきょろと辺りを見渡し始めた。

そして人がいないのを確認すると、足を止めてクルッとこちらに体を向けた。

「お姉さま、それにその旦那様であるマツナガ様。このたびは命を救っていただきましたこと、まことにありがとう存じます。そしてわたくしのお家騒動に巻き込んでしまい、本当に申し訳ございません」

そう言って丁寧に頭を下げるレヴィーリア様。この世界の人間じゃないけれど、やっぱりお貴族様に頭を下げられるとなんだか恐縮してしまう。ワタワタとしながら俺は答える。

「いえいえ！　悪気があったわけじゃないですし、別に構わないですよ。ねえ伊勢崎さん？」

「はい。レヴィ、私は気にしないわ」

伊勢崎さんも同意のようだ。

そうして俺たちの返事に軽く微笑んでみせたレヴィーリア様は、意を決したように口を引き締めて俺たちに話しかける。

「ありがとう存じます。そして……非常に心苦しいお願いなのですが……。あなた方が強大なお力を持っていることはわたくしにも十分にわかりました。そのお力で……どうかわたくしを手助けしてはいただけないでしょうか？」

「「あっ、それはちょっと無理」」

俺と伊勢崎さんが見事にハモって答えたのだった。

65 そんな、ひどい……。

シンと耳が痛いほどの静寂が辺りを包み込む中、キョトンとした表情のレヴィーリア様が再び口を開く。

「えっと、お二人方にご協力をお願――」

「「無理」」

食い気味に再びハモる俺と伊勢崎さん。

「――え？　無理？　ウソですわよね!?」

「いやあ、申し訳ない」

「本当よ」

今度は二人で口々に答えると、レヴィーリア様は口元をにんまりとさせながらポンと手を叩いた。

「ハハーン……。お姉さまったら、わたくしをからかっておいでなのですね？　久々の再会でわたくしと遊びたいという気持ちは、まあわからなくもないのですけど、そういう冗談は後にしましょう？　ね？」

「こんなことを冗談で言うわけがないでしょう？」

ハアとため息をつきながら答える伊勢崎さん。レヴィーリア様はそれを愕然《がくぜん》とした表情で見つめると、ついに伊勢崎さんにすがりついた。

「ええっ、そんなあ……。かわいい妹がお願いしてるんですよ？　そんなイジワル言わないで？　ねっ、お姉さま？」

このまま『はい』と言うまで延々と続きそう。そんなことを考えていると、

「レヴィ……あなたももう成人しているんだから、甘えるのはよしなさい。旦那様もお困りになるでしょう？」

キッパリとそう言って、伊勢崎さんが俺に顔を向けた。そうだね、ここはしっかり言っておかないと。

「レヴィーリア様、お貴族様のお家騒動は俺たちには荷が重いですよ。それに俺たちは別世界の人間ですから、そこまで巻き込まれたくはないというのが本音です」

正直に言った上にカミングアウトもしてやったぞ。当然のようにレヴィーリア様は首を傾げる。

「別世界？　貴族と民とで住む世界が違うということですか？　もちろんそれは重々承知の上で――」

すると伊勢崎さんがレヴィーリア様の肩にポンと手を乗せて、ゆっくりと噛みしめるように話した。

「レヴィ……。私たちは、この世界の人間ではないのよ」

「え？　……それってもしかして、お姉さまが昔たまにおっしゃっていた神の国の話ですか？」

どうやらレヴィーリア様にも異世界から来たことを言っていたらしい。当時は誰も信じてくれなかったらしいけど。

「そう、それよ！　そして私はこの世界で殺されたことで元の世界に戻れたの。そして旦那様と知り合ったのよ♪」

顔をほころばせながら俺の腕に抱きついてくる伊勢崎さん。

俺はそんな伊勢崎さんの腕をやんわりとほどきつつレヴィーリア様に話しかける。

「この際なので言いますけど、実は夫婦というのも偽装なんです。この方がいろいろと都合がいいと、彼女から教えてもらいまして」

「むう……。それは別に言わなくてもいいのに……」

口を膨らませながらつぶやく伊勢崎さん。

しかしもう伊勢崎さんのことはバレているのだから、レヴィーリア様にはいっそすべてをカミングアウトして、しっかり納得してもらったほうがよさそうだからね。

それにこれまでずっと隠していただけに、すごく爽快な気分だよ。

今なら刑事ドラマで犯行をベラベラしゃべる犯人の気持ちが理解できるかもしれない。

「お二人が別世界の人間で？　マツナガ様が旦那様じゃなくて？　えぇぇ……。なんかだかもう……話がさっぱりわかりませんわ……」

混乱したように頭を抱えて唸《うな》るレヴィーリア様。それも仕方あるまい。

「わかりました。そういうことなら詳しく説明しましょう」

そう言うと、俺はどこかウキウキした気持ちでレヴィーリア様を断崖絶壁の崖……ではなく馬車へと誘ったのだった。

66　質疑応答

　薄暗い馬車の中。向かい合って座りながら、俺と伊勢崎さんはレヴィーリア様にこれまでのいきさつを説明した。

　ひと通りの説明が終わったところでレヴィーリア様は大きく長い息を吐くと、確認を取るようにゆっくりと話し始める。

「つまり――お姉さまとマツナガ様はこことは違う世界のご出身で、マツナガ様のお力で今この世界に来られている」

「はい」

「マツナガ様の住まわれている世界には魔法は存在しておらず、代わりに科学というものが発達しており、マツナガ様の扱う商品はその科学の産物である――そういうことですか？」

「そういうことです。ご理解していただけましたでしょうか？」

「それは……。も、もちろん、あなた方がウソをついているとは思わないのです。ですが貴族という立場ゆえでしょうか、言葉だけでは納得しかねるというのが、わたくしの正直な心境ですわ……」

　申し訳なさそうに肩を落とすレヴィーリア様。しかしこちらは証拠だってバッチリと提示しているのだ。

「証拠ならこれで十分じゃないですか。このＬＥＤライトがまさに科学の産物ですよ？」

俺はテーブルに置いてあったLEDライトを指差すと、レヴィーリア様はそれを手に取ってカチカチとライトのオンオフを繰り返した。

「それではマツナガ様、このLEDライトという物は科学のどういう仕組みで動くのですか？」

「ええっと……。それを説明するには俺の知識だけじゃちょっと難しいと思います。申し訳ない」

だってしょうがないじゃない、文系だもの。

「それならやはり、これは異国の魔道具だとしか思えないのですが……」

「でも魔力を込めなくても使えるんですよ？」

「魔道具も年々発展しております。最初に魔力を込めておけば後は魔力不要の魔道具が異国で開発されたと考えたほうが納得できますわ。もちろん魔道具の仕組みはわたくしにはわかりませんけれど、マツナガ様もLEDライトの仕組みが説明できないのなら、それは同じことでしょう？」

ううむ、なるほど……。『理解ができないなら科学も魔法も同じ』ということか。たしかに彼女の考えもわからないでもない。

この世界でそれほど怪しまれずに日本の商品が受け入れられたのには、そういう考えが下地にあるのかもしれない。

そう思えば、俺たちの説明を受け入れられないレヴィーリア様の心情は理解できる。

しかし……それはそれとして、なんだかもうまどろっこしくなってきたよ。

幸いなことに、ついさっきホリーが今夜は朝まで警戒態勢のままのだと伝えにきた。

その際にレヴィーリア様も人払いを命じたので、ここにはしばらく誰もやってこないのだ。

なるべく言葉を尽くして説明したつもりだが、これ以上の説明は厳しいと思う。

こうなったら——後はもう実力行使しかないだろう。

「伊勢崎さん……」

「ええ、おじさま」

伊勢崎さんも同じ考えのようだ。俺たちはコクリと頷き合った。

「レヴィーリア様、お手をお借りしてもいいですか？」

「え？　今ここで、でしょうか？　……いえ、許します」

なぜか戸惑いを見せたレヴィーリア様は、顎を引いてスッと背筋を伸ばすと、綺麗な所作で手の甲を差し出すように腕を伸ばした。

……ああ、コレ知ってる。貴族とかが手の甲にキスをするヤツだ。だがもちろん俺にそんなつもりはない。

「いえ、レヴィーリア様。手を握らせていただくだけでいいんですよ。それでは失礼して——」

俺はレヴィーリア様の手を握る。すると伊勢崎さんもレヴィーリア様と同じ仕草で手の甲を差し出してきた。

「——許します」

「いや、許さなくていいからね。それじゃ握るよ」

「むうう～」

俺は不満げに口を尖らせた伊勢崎さんの手も握る。

もう何度も握っている伊勢崎さんの手はいつもと同じく華奢で細くてひんやりとしており、レヴィーリア様の手はそれに比べるともっちりと柔らかで温かい。

そんな両者の違いを感じながら、俺はレヴィーリア様に伝える。

「今から転移魔法で俺たちの世界に案内します」

「え？」

突然の話に首を傾げるレヴィーリア様。俺はかまわずに言葉を続けた。

「では――【次元転移《テレポート》】」

――次の瞬間。俺は彼女たちを引き連れて、住み慣れた榛名荘マンションへと帰還を果たしたのだった。

67　お宅訪問

「ふぎゃっ！」

我が家に転移した途端、レヴィーリア様と繋いだ手が離れて変な声が耳に響いた。足元を見るとレヴィーリア様がぺたんと尻もちをついている。

うっかり馬車の座席に座ったまま転移したせいだろう。ちなみに同じように座席に座っていた俺と伊勢崎さんはしっかり立っているんだけどね。慣れというヤツである。

しかしレヴィーリア様は尻もちを気にする様子もなく、そのままの姿勢でゆっくりと辺りを見回した。

「ここが……マツナガ様とお姉さまが普段生活しておられる世界なのですか？」

「はい、そうです。これで信じてもらえたでしょうか？」

「いえ、それはまだ判断がつきませんが……。ここは、どこかの倉庫……いえ、作業場でしょうか？」

レヴィーリア様が立ち上がりながら尋ねる。もちろん俺の家には作業場なんてものはない。転移した場所はダイニングキッチンである。

「違います。ここは俺の家でして、ここは食事を作ったり食べたりする部屋です」

「えっ？　そ、そうなのですか？　……たしかにそう言われてみれば、とても清潔そうな場所ですし、食事するにはよさそうな場所ですわね。オホホホ……」

取り繕うように笑ってごまかすレヴィーリア様だが、一般人の、しかも異世界のダイニングキッチンなんてわからないのが当たり前だしね。俺は気にしないよ。

「あの、お宅を見学してもよろしいでしょうか……？」

レヴィーリア様がそわそわとあちこちに目を向けながら尋ねる。好奇心旺盛な人みたいだし、そりゃあ気になるか。

「もちろんいいですよ。あ、ですが先に靴を脱いでくださいね」

「あら、失礼しましたわ。……あ、あのお姉さま？」

申し訳なさそうに伊勢崎さんに声をかけるレヴィーリア様と、くすりと苦笑を浮かべる伊勢崎さん。

「はいはい。レヴィ、あなたまだ一人で靴がうまく脱げないのね」

「ううっ、それは言わないでくださいまし……」

レヴィーリア様が恥ずかしそうに答えると、しゃがみ込んだ伊勢崎さんがレヴィーリア様のブーツの紐《ひも》を解き始めた。

「ふふ、この手際のよさ。やっぱりお姉さまですわ……」

懐かしそうに目を細めてつぶやくレヴィーリア様と「ひとりで脱げるようになりなさい」と文句を言う伊勢崎さん。なんとも仲睦《むつ》まじくて結構なことだよ。

そしてお客さん用スリッパに履き替えたレヴィーリア様は、好奇心に目を輝かせながら元気に声を上げた。

「それではわたくし、マツナガ様宅を探検してまいりますわ！」

「お好きにどうぞ。伊勢崎さんもついていってあげて」

「はい、おじさま」

「お姉さま！　わたくし、あの扉が気になります！」

「はいはい」

二人は仲良く揃って、まずは俺の部屋へと突撃していった。

ちなみに見られて困るような十八禁のブツは、パソコンの中にしかないので何も心配していない。

俺は二人を見送ると、ひと息つけるためにお湯を沸かしてインスタントコーヒーを作ることにした。

とはいえ、あまりのんびりしている時間はないんだけどね。

ここでの滞在は長くても三十分が限度だろう。それくらいなら異世界の早朝前には戻れるはずだ。

――そうしてインスタントコーヒーを作り終えた頃、俺はなかなか部屋から出てこない二人が気になり始めた。狭い部屋だから、すぐに出てくると思ったのだが……おかしいな。

しかたなく俺は自室へ向かった。すると――

伊勢崎さんとレヴィーリア様はモニターの前に座り込み、レトロゲームで遊んでいた。

雪山のステージを一人、もしくは二人で一緒に登っていくレトロゲームだ。ただいま二人プレイ中らしい。

目を見開いて前のめりにモニターを見つめているレヴィーリア様が、突然大声を上げた。

「ちょっ、お姉さま!?　これ以上先に進むのはおよしになって！」

「レヴィが遅すぎるのよ！　もうこれ以上は待たないから！」

「ああっ、つららが、つららがーー！」

自キャラにつららが当たってやられてしまい、ガックリと肩を落とすレヴィーリア様。いやいやいや……。

「なにしてんの、君たち……」

俺のつぶやきに、レヴィーリア様がぐるんと首をこちらに向けて抗議の声を上げる。

「マツナガ様！　お姉さまったら、酷いのですよ！　まったく助けてくださいませんの！」

だが伊勢崎さんはボーナスステージで自キャラを動かしながらしれっと答える。

「レヴィ……。このゲームには協力プレイなんて存在しないわ。これは対戦ゲームなの。そして戦うからには負けるわけにはいかないわ」

「くうう〜！　お姉さまのいじわるっ……！」

レヴィーリア様はハンカチを取り出すと、悔しそうに噛みしめた。こういうシーンを実際に見るのは初めてだなあ、さすがは貴族令嬢。

ちなみにこのレトロゲームが対戦ゲームかどうかは個人の感想だと思うけど、伊勢崎さんは対戦ゲームでは一切手を抜かない。だから手加減をしてもらうのは諦めたほうがいいと思うよ。

……ところでコレ、どうやって収拾をつけたらいいんだろうね。

68　ＹＯＵは何しに地球へ？

「――それで、どうしてこんなことに？」

ベッドに腰掛けた俺の目の前には、なぜか自主的に床に正座をした伊勢崎さんとレヴィーリア様。

まずは伊勢崎さんが言いにくそうにごにょごにょと話し始める。

「その……ですね。やはりここは日本が誇るべき文化のひとつであるテレビゲームを見せてあげれば、レヴィもすぐにここが異世界だと納得するかと思いまして……」

「なるほど。それはたしかにいいアイデアだと思うよ。でも時間のこともあるし、遊ぶのはほどほどにね」

「すいません。つい熱くなってしまいました……」

恥ずかしそうにうつむく伊勢崎さん。別にそこまで反省はしなくていいんだけど。正座もしなくてもいいし。

そしてレヴィーリア様がゲーム機のほうをチラチラと見ながら口を開く。

「あの、マツナガ様？　わたくし、もう少しこのゲームを遊んでみたいのですが……。できればマツナガ様がお相手してくれませんでしょうか？　お姉さまは無慈悲すぎますので」

どうやらレヴィーリア様はかなりゲームをお気に召したようだ。

しかし俺はそんな彼女に悲しいお知らせを伝える。

「レヴィーリア様、説明を忘れていたこちらが悪いのですが、実はこの世界とあちらは時間の流れが違っているんです」

「……？　それはどういうことなのでしょうか？」

「こちらの世界で十数える間に、あちらの世界では百の時間が過ぎるみたいで……。ですからあまり長い時間、ここには滞在できないのですよ」

「まあ、そんなことが……。承知いたしましたわ。残念ですけど諦めます……」

がっくりと肩を落とすレヴィーリア様。少しかわいそうだけど、こればかりは仕方ない。

「それで、どうでしたか？　ここが異なる世界だということは信じてもらえたでしょうか？」

ようやく本筋に戻れた感じがする。レヴィーリア様に日本文化ツアーをさせるのが今回の目的ではないのだ。

俺の問いかけに、レヴィーリア様はゲーム機を眺めながら口を開いた。

「テレビゲームなんていうもの、わたくしの世界にはありませんし、これまでの常識からもかけ離れておりました。……ここは異世界だと信じるに足るには十分です。マツナガ様、頭の固い私のためにご苦労をおかけしましたわね」

「いえいえ、気にしないでください。それにまだ少しは時間もありますし、他にもご案内しますよ」

できることならゆっくりと時間をとって、伊勢崎さんとレヴィーリア様の二人でたっぷり楽しんでほしいんだけどね。諸々《もろもろ》の事情でなんともならないのが残念だ。

「ありがとう存じます、マツナガ様。ですけど、その前に、ええと……」

言葉を濁したレヴィーリア様が伊勢崎さんの耳元でぼそぼそと話しかける。

伊勢崎さんが小さく頷いた。

「おじさま、少し私たちは席を外しますね」

「ああ、うん」

もじもじとしながら頬を赤らめるレヴィーリア様を見てピンときた。これはトイレだろう。

そうして俺の部屋から出ていく二人。

最近はトイレも進化しており、俺の家のトイレもそれなりに多機能なものだったりする。

そのことが少し気になったのだけれど、あっさりとゲーム機に順応したレヴィーリア様だ。きっと大丈夫だろう。

そう考えた俺はベッドから立ち上がり、次はベランダからの夜景でも見せてあげようとカーテンを開いていると――


「ほわあああああー！　なんですの、これは一体なんですのー！　水っ、水がっ!!　ほわあああああああああああああ!!」

そんなレヴィーリア様の絶叫が、この部屋にまで聞こえてきたのであった。

69　落とし所

「申し訳なさそうに目を伏せる伊勢崎さん。

「ごめんね、レヴィ……」

テーブルを囲み、顔を真っ赤にしてぷるぷると震えているレヴィーリア様と、申し訳なさそうに目を伏せる伊勢崎さん。

突然の叫び声にさすがに事情を尋ねたところ、伊勢崎さんの事前説明でレヴィーリア様も多機能な便座であることは理解していたそうだ。

しかし例のシャワーが想定以上の威力だったらしく、その衝撃に思わず声が出てしまったとのこと。

どうやら伊勢崎さんが親切心で初心者向けに水量を弱めに設定しようとして、間違って水量を最強にしてしまったのが原因のようだ。そういや伊勢崎さんってレトロゲーム以外では機械オンチだったたな……。

「初めて使った人の中にはびっくりする人も結構いますから、あまり気にしない方が……」

「お気遣いありがとう存じます。……しかし異世界にはこのような物もあるのですね。なんとも衝撃的な体験でした……」

俺の慰めに、なぜか頬に手をあてうっとりとつぶやくレヴィーリア様。

……うん、深く追及するのは止めておくことにしよう。

◇◇◇

気まずい空気を変えるため、俺はレヴィーリア様にベランダからの夜景を見せることにした。

なんてこともないただの郊外の住宅地だけれど、それでも真夜中に電気の明かりが灯る光景に、レヴィーリア様はとても感動していた様子。見せてよかったと思う。

ただ、ベランダからも見える立派な伊勢崎邸を訪ねる時間がないことだけは、心底残念そうだったけどね。

そうして榛名荘マンションの見学は終了。

再びテーブルを囲み、入れ直したコーヒーを一口飲んだレヴィーリア様がゆっくりと口を開いた。

「この世界はわたくしたちの世界と違い、平和と安定が実現されているように感じました。たしかに……このような世界で生きているマツナガ様やお姉さまをわたくしの事情に巻き込むというのは、大変厚かましい願いであったと今では思いますわ。重ねて無礼をお詫びいたします」

しずしずと頭を下げたレヴィーリア様に、伊勢崎さんが気遣うように声をかける。

「それは気にしないでいいわ。それよりレヴィ、あなたとあなたの親しい人の何人かをこの地に亡命させるくらいなら、私のお婆様にお願いすればなんとかなると思うのだけれど……どうかしら？」

「亡命……ですか」

目を細めながらつぶやくレヴィーリア様。

たしかに大家さんのコネと財力なら、少しくらいの人数ならなんとかなりそうではある。

これって意外と良いアイデアなのでは？　俺だってレヴィーリア様が謀殺されてしまうのを望んでいるわけではない。

しかしレヴィーリア様は即座に言葉を返した。

「今回の襲撃の件には、まだ裏があると思われます。それを明らかにしないで逃げ出すことは、わたくしの誇りが許しません。ですから、ご厚意だけ受け取っておきますわ。ありがとうお姉さま」

「そう……。そういうことなら頑張るのよ、レヴィ」

少しさみしそうに伊勢崎さんが眉を下げる。その顔を見て、思わず言葉がついて出た。

「レヴィーリア様、もちろん俺としては面倒事を避けたいですし、危険な目にあうのは御免です。ですが商人としてでしたら、今後も引き続きお付き合いさせていただきたいと思っています。せっかくお互い事情を知っているのですから、これまで以上に融通も利くと思いますしね。そういうことでいかがでしょうか？」

謀略に巻き込まれた令嬢のお付きの商人——危険なことは確かだけれど、どのみちこの世界は危険いっぱいだ。今後も商売を続けていけば、他の貴族から横槍《よこやり》が入ることだって十分に考えられる。

そんなときにレヴィーリア様が後ろ盾になってくれれば俺としてもありがたい。

彼女から手を引くことなく、このまま関係を続けていくのがベストだろう。

俺の提案にレヴィーリア様は口元をほころばせた。

「まあ……マツナガ様。それだけでも十分ありがたいですわ。ご協力感謝いたします」

隣では伊勢崎さんも嬉しそうに微笑んでいる。うん、これでよかったのだろう。

「いえいえ、とんでもないです。さてと、それではそろそろ戻りましょうか……と、その前に」

俺は異空間を手元に出して、コーヒーを沸かして余ったお湯をそこに流し込もうとした。お湯はたくさんあればあるだけ便利だからね。

——そのときに違和感があった。

「ん？」

「どうしたのですか、おじさま？」

伊勢崎さんが俺を不思議そうに見つめる。

「うーん……。ちょっと待ってね」

俺は試しに異空間を広げられるだけ広げてみた。すると、これまで最大でマンホールほどの大きさだった異空間が、たたみ二畳分くらいにまで広げることができていた。

「まあ……」

目の前に広がる漆黒の空間を見て、目と口を大きく開ける伊勢崎さんとレヴィーリア様。そして首を傾げる俺。

「なんで急に、ここまで広げることができるようになったんだろう？」

異空間にはいろんな使い方があることを知った。それを広げることができればできるほど、便利になるのは想像に難くない。

しかし、そうなった要因がわからないというのは気持ちが悪いものだ。

するとレヴィーリア様が「あっ」と声を上げた。

「もしかすると、アースドラゴンを討伐なさったからでは？」

「え？　どういうことです？」

「以前、ホリーに聞いたことがあるのですが、高位の魔物を倒すと身体能力が上がったり魔力が高まることがあるそうです。高位の魔物から抜け落ちた魂や魔力がその討伐者と融合し、その身体をさらなる高みへと誘《いざな》うとのことでした」

「えぇぇ……。それって大丈夫なんですかね？」

魂や魔力が融合って、なんだか気持ち悪くない？　だがそんな俺の気持ちとは裏腹に、伊勢崎さんが興奮気味に声を上げる。

「さすがです、おじさま！　これ以上素敵になってしまうだなんて、この先おじさまは一体どうなってしまうのかしら……！」

頬に手を当ててクネクネと体を揺らす伊勢崎さん。

そんな風に自分のことのように喜んでいる彼女の姿をみていると、融合だなんだってのはどうでもいいことのように思えてきた。

うん、強くなったのならそれでいいじゃないか。

こうして俺はアラサーにして、パワーアップイベントを果たしたのだった。

70　パワーアップ

「謎も解決したことですし、今度こそ戻りましょうか」

俺は二人を玄関先へと案内した。

想定外のパワーアップイベントがあったせいで、予定からほんの少し遅れている。

数分の遅れでも異世界では数十分の遅れになってしまう。馬車は早朝には出発する予定なので、そろそろ戻らないと本格的にマズいのだ。

玄関先で靴を履き、俺は二人と手を繋いだ。意味もなくレヴィーリア様が伊勢崎さんの手を握ろうとして、ペシッと手を叩《たた》き落《お》とされているのを見ながら――

「では……【次元転移《テレポート》】」

次の瞬間、俺たちは馬車の中へと戻ってきた。

今回は全員がうまい具合に座席にドスンと座り込んだ。

ちなみにこれまで何度となく転移してきたけれど、もちろん　＊いしのなかにいる＊　となったことはない。

おそらく魔法の方でいい感じに調整してくれているのだろう。意思やイメージだけで魔法を発動させているだけあって、その辺もいい意味で実に曖昧《あいまい》だ。

――さて、護衛のみなさんが俺たちを捜索中ってことになってなければいいんだけど……。

俺は恐る恐る窓の外を覗き込んだ。

しかしまだ外は暗く、点々と灯された松明《たいまつ》と焚き火の明かりが周辺を照らし続けていた。松明のそばには警戒を続ける冒険者の姿も見える。

「あれ？」

「あら？」

俺と伊勢崎さんが首を傾げた。

「もう早朝だと思ったんだけどねえ……。これはどういうことだろう？」

「理屈はわかりませんが、要因ははっきりしています」

「もしかして……パワーアップの影響？」

「はい。それ以外考えられません」

そうだよね。やっぱりそれしか考えられないよね。どうやら俺はさっそくパワーアップの恩恵を受けてしまったらしい。

最近は日本で時間を気にして急いで行動することが多かったし、本当に時間の流れがゆるやかになってくれたのならとてもありがたい。頑張ってアースドラゴンを倒してよかったよ。

そうして俺がほっとひと息つきながら座席の背もたれにもたれかかったところで、レヴィーリア様が真剣な顔で口を開いた。

「マツナガ様。差し迫った話はとりあえず終わりましたよね？」

「え？　そうですね。今すぐ話すようなことは特にはないですけど」

「ですわよね。でしたら……もう我慢の限界ですわ！　お姉さま〜！」

突然甘えた声を上げたレヴィーリア様が、テーブル越しに伊勢崎さんに抱きついてきた。

「うげっ、レヴィ……。やっぱり甘えたがりは直ってなかったのね！　ちょっ、離れなさいっ！」

抱きついて顔をぐりぐりとこすりつけるレヴィーリア様。そういえば幼少期にはベタベタとくっつかれて困っていたと言っていたけど、それがコレかあ……。

「もう立派な淑女なんでしょ？　そもそも今はあなたの方が歳上なのだから。ほらっ、早く離れなさいっ」

レヴィーリア様の肩を押しのけようとする伊勢崎さんだが、レヴィーリア様の方が力が強いようだ。さらに顔を押し付けるレヴィーリア様。

「お姉さまが歳下になっても、わたくしのお姉さまなのは変わりませんわ〜！　はあ……十年ぶりのお姉さまの匂い……！　しゅき、しゅきしゅきしゅき、大しゅき！」

レヴィーリア様の顔は、普段の貴族然としたキリッとした顔とは違い、だらしなく蕩《とろ》けている。

逆に心底嫌そうに顔をそむけているのが伊勢崎さんだ。

伊勢崎さんはハアと一度ため息をつくと俺に顔を向けた。

「仕方ないですね。おじさま、お手を」

手を伸ばしてきた伊勢崎さんに、俺は言われるがまま手を差し出す。彼女はすぐに手を握ると、

「【光雷《ライトニングボルト》】！」

「あびゃびゃびゃびゃー！‼‼」

薄暗い馬車内に眩しい光が走り、レヴィーリア様が変な声を上げた。

「こ、これも、懐かしい……ですわ……」

ニチャアと笑いながら声を漏らしたレヴィーリア様は、そのままテーブルにバタリと突っ伏してしまった。ひええ、こんな魔法もあるのか……。

「これって大丈夫なの？」

「手加減はしてあります。当時もこれでレヴィを撃退していたんですよ？　たしかに懐かしいですね、うふふ……」

倒れたレヴィーリア様を見て、伊勢崎さんが目を細めて微笑んでいる。

そんな伊勢崎さんを見て、彼女を絶対に怒らせないようにしよう。そう思う俺であった。

71　旅の終わり

護衛の皆さんが徹夜で警戒したものの、結局二度目の襲撃がないまま俺たちは朝日を迎えた。

そもそもあれだけ大掛かりな襲撃だ。護衛の皆さんもおそらく二度目はないと考えていたと思う。

それでも万が一の可能性を見過ごすことができないのが、護衛というお仕事の悲しいところなんだよね。無職の俺が言うのもなんだけど。


馬車は寝不足顔の冒険者たちに包囲されながら、予定通り早朝に出発。

しかし馬車を走らせてしばらく進んだところで、すぐに馬車を停めることになった。

近くの茂みに打ち捨てられている男女二人の遺体が発見されたからだ。

行方不明になっていた──俺を見捨てて逃げた冒険者二名の変わり果てた姿である。

そんな二人ではあるけれど、俺としては恨みなんかはまったくない。あんなのは逃げ出したって仕方ないと思う。冒険者の中にも彼らを悪く言う者は一人としていなかった。

遺体を調べたところ、二人は遠くから矢を射掛けられて命を落としたようだ。ローブ男が言っていた賊の包囲網は本当にあったらしい。

遺体からは金目の物は奪われてはいたが、体を辱《はずかし》められた形跡がなかったのが唯一の救いだろうか。

ひと通り遺体の検分が終わると、冒険者たちは遺体を火の魔法で焼き払った。遺体をそのままにしておくと、生ける屍《リビングデッド》になってしまうことがあるのだそうだ。

冒険者にとって同業者の死は珍しくもないのだろう、粛々と遺体を処理し埋葬を行う姿が印象的だった。

数日前に弓使いの女性を口説いていた斧戦士だけは、酷く悲しげな顔をしていたけれど。

その日の昼には、捕縛した賊を尋問した結果をホリーがレヴィーリア様に報告にやってきた。俺や伊勢崎さんがいる馬車の中での出来事だ。

なんだか関係者としてガッツリ巻き込まれている雰囲気があるけれど、俺としても知りたくないといえばウソになる。そのまま拝聴させてもらったよ。

賊の自白によると、ローブ男は突然ふらりと賊の根城にやってきて、レヴィーリア様の襲撃を賊に依頼してきたそうだ。

ターゲットが伯爵令嬢ということで、当初は賊の中にも二の足を踏む連中がいたらしい。しかしそんな連中も報酬の大金と戦力のアースドラゴンを見るや、手のひらを返して大喜びで参加したのだという。

強大な戦力を持ちながらも、万が一の失敗をも想定して賊にまで協力を求めるローブ男——やはり賊の中にもその正体を気にする者がいたらしいが、ローブ男がそれを語ることは一切なかったそうだ。

ホリーたちも捕縛した賊には随分念入りに尋ねたらしい。しかし賊が口を割ることはなく、おそらく本当になにも知らされていないとホリーたちは判断したとのことだ。

どうやって念入りに尋ねたのかは、恐ろしくてとても聞けなかったけどね。

◇◇◇

道中では何度か【次元転移《テレポート》】の時間差についても調べた。

その結果、これまで日本で過ごす一時間が異世界の十時間になっていたものが、異世界の三時間にまで短縮されていることが判明した。

お陰で日本への買い出しもずいぶん楽になった。

警備体制が強化され疲れを見せる冒険者が多くなっていく中で、せめてものねぎらいに差し入れくらいはしてあげたいと思っていたのだ。

とはいえ人目がつかない場所まで【次元転移《テレポート》】で跳んでから歩かないといけないスーパーに行くほどの余裕はなく、何度も近くのコンビニにママチャリで通うことになったんだけどね。

コンビニ店員から見るとひっきりなしに買い物にやってくる客みたいに見えていただろうけど、それについてはもう気にしないことにしたよ。

——そうして旅を続け、出発から十日が経った。

結局、襲撃があった日以降はなにひとつトラブルもなく、俺たちは順調に旅を進めることができた。

「領都が見えてきました」

御者台のホリーの声が馬車の中に届き、俺は窓から外を覗き込んだ。

窓の外に広がるのは、前線都市グランダよりも大きくて高い壁。

その中央には大きな門があり、ひっきりなしに多くの馬車や通行人が通っていて活気にあふれている様子が見える。

こうして俺たちは旅の目的地であり、襲撃の首謀者と目《もく》される令嬢デリクシルが住まう都、カリウス領領都カーネリアに到着したのだった。

あとがき

このたびは『ご近所JK伊勢崎さんは異世界帰りの大聖女～そして俺は彼女専用の魔力供給おじさんとして、突如目覚めた時空魔法で地球と異世界を駆け巡る～』をお買い上げいただきありがとうございます。作者の深見おしおと申します。

この作品は第八回カクヨムWEB小説コンテストの異世界ファンタジー部門で、特別賞とComicWalker漫画賞を受賞し、書籍化させていただいたものです。

突然ですが、私はWEB小説の中でも特にいわゆる異世界ファンタジーが大好きです。

一言で異世界ファンタジーと言いましても、その中には地球から異世界に転生する、転移する、地球と異世界を行ったり来たりする、異世界の住人が主人公などなど、様々なジャンルがありますが、そのどれもが私の大好物です。

そして私はネット上にたくさん存在する、それらの大好物をひたすら読み続けていたわけですが、いつの間にやら書くようにもなりまして、これまで「異世界転生」、「異世界転移」を題材にした作品を一作ずつ執筆してきました。

そんな中、第八回カクヨムWEB小説コンテストが始まることを知り、なにか書いてみよう↓どうせならまだ書いていないジャンルがいいなあ↓　よし、今度は地球と異世界を行ったり来たりする話を書こう！　――という流れで作られたのが、この『ご近所ＪＫ伊勢崎さんは異世界帰りの大聖女』なのです。

本作品は、平凡なサラリーマンである松永《まつなが》と、そのご近所さんであり完璧美少女である伊勢崎さんが異世界に転移することから始まります。

そこで松永は時空魔法の才能に目覚めて悠々自適の生活を目指すようになり、伊勢崎さんは元聖女であることが明らかになると同時に、これまでの完璧美少女からどこか残念なおじ専ＪＫの本性を明らかにしていく――そんな二人の物語です。

そのような作品を選考してくださったカクヨムコン関係者の方々、応援してくださった読者の皆様、本当にありがとうございます。

そして本作品を書籍化するにあたり、加筆や改稿についてのアドバイスをくださった担当編集さん、私のセンスのなさすぎて『とにかく超美少女』くらいにしか伝えることのできなかった伊勢崎さんを、超かわいく超美しく描いてくださったイラストレーターのえいひ先生に心より感謝を申し上げます。

それではまたお会いできることを楽しみにしております。深見おしおでした。

電撃の新文芸

ご近所《きんじょ》JK伊勢崎《いせざき》さんは異世界《いせかい》帰《がえ》りの大聖女《だいせいじょ》

～そして俺《おれ》は彼女《かのじょ》専用《せんよう》の魔力供給《まりょくきょうきゅう》おじさんとして、突如《とつじょ》目覚《めざ》めた時空魔法《じくうまほう》で地球《ちきゅう》と異世界《いせかい》を駆《か》け巡《めぐ》る～

著者／深見《ふかみ》おしお

イラスト／えいひ

2024年2月17日　初版発行

発行者／山下直久
発行／株式会社ＫＡＤＯＫＡＷＡ
〒102-8177　東京都千代田区富士見2-13-3
0570-002-301（ナビダイヤル）
印刷／図書印刷株式会社
製本／図書印刷株式会社

【初出】……

本書は、2022年から2023年にカクヨムで実施された「第8回カクヨムWeb小説コンテスト」で特別賞（異世界ファンタジー部門）を受賞した『ご近所JK伊勢崎さんは異世界帰りの大聖女 ～そして俺は彼女専用の魔力供給おじさんとして、突如目覚めた時空魔法で地球と異世界を駆け巡る～』を加筆・修正したものです。

ISBN978-4-04-915365-1　C0093　Printed in Japan

ファンレターあて先
〒102-8177
東京都千代田区富士見2-13-3
電撃の新文芸編集部

「深見おしお先生」係
「えいひ先生」係

煤まみれの騎士 Ⅰ

どこかに届くまで、
この剣を振り続ける——。
魔力なき男が世界に抗う英雄譚！

知勇ともに優れた神童・ロルフは、十五歳の時に誰もが神から授かるはずの魔力を授からなかった。彼の恵まれた人生は一転、男爵家を廃嫡、さらには幼馴染のエミリーとの婚約までも破棄され、騎士団では"煤まみれ"と罵られる地獄の日々が始まる。

しかし、それでもロルフは悲観せず、ただひたすら剣を振り続けた。そうして磨き上げた剣技と膨大な知識、そして不屈の精神によって、彼は襲い掛かる様々な苦難を乗り越えていく——！

騎士とは何か。正しさとは何か。守るべきものとは何か。そして彼がやがて行き着く未来とは——。神に棄てられた男の峻烈な生き様を描く、壮大な物語がいま始まる。

著／美浜ヨシヒコ
イラスト／fame

電撃の新文芸

勇者刑に処す

懲罰勇者9004隊刑務記録

世界は、最強の《極悪勇者》どもに託された。絶望を蹴散らす傑作アクションファンタジー！

勇者刑とは、もっとも重大な刑罰である。大罪を犯し勇者刑に処された者は、勇者としての罰を与えられる。罰とは、突如として魔王軍を発生させる魔王現象の最前線で、魔物に殺されようとも蘇生され戦い続けなければならないというもの。数百年戦いを止めぬ狂戦士、史上最悪のコソ泥、自称・国王のテロリスト、成功率ゼロの暗殺者など、全員が性格破綻者で構成される懲罰勇者部隊。彼らのリーダーであり、《女神殺し》の罪で自身も勇者刑に処された元聖騎士団長のザイロ・フォルバーツは、戦の最中に今まで存在を隠されていた《剣の女神》テオリッタと出会い――。二人が契約を交わすとき、絶望に覆われた世界を変える儚くも熾烈な英雄の物語が幕を開ける。

著／ロケット商会
イラスト／めふぃすと

電撃の新文芸

異世界から来た魔族、拾いました。

うっかりもらった莫大な魔力で、ダンジョンのある暮らしを満喫します。

著／Saida
イラスト／KeG

もふもふ達からもらった規格外の魔力で、自由気ままにダンジョン探索！

　少女と犬の幽霊を見かけたと思ったら……正体は、異世界から地球のダンジョンを探索しに来た魔族だった⁉
　うっかり規格外の魔力を渡されてしまった元社畜の圭太は、彼らのダンジョン探索を手伝うことに。
　さらには、行くあての無い二人を家に住まわせることになり、モフモフわんこと天真爛漫な幼い少女との生活がスタート！　魔族達との出会いとダンジョン探索をきっかけに、人生が好転しはじめる——！

電撃の新文芸